Quarante jours,
le reste d'une vie.

Roman

DU MÊME AUTEUR

La bonne longueur de l'élastique
Roman, Bookelis – 2015
ISBN 979-10-227-0282-9

Emmanuel Ranson

Quarante jours,

le reste d'une vie.

roman

Bookelis

ISBN 979-10-227-4159-0

A la mémoire d'Omayra Sánchez, victime de l'éruption du *Nevado del Ruiz* en 1985, morte digne et courageuse sous nos yeux impuissants.

A mon ami Jean-François (1961-2016).

A Seb qui part, à Justine qui reste.
A Xavier et à l'enfant qui naîtra.

Il n'y a pas de hasard. Il n'y a que des rendez-vous.

Paul Eluard

J'ai toujours préféré aux sœurs de mes camarades, leurs mères. Pour l'attraction qu'elles exerçaient sur moi. A leur façon de me plaire sans chercher à séduire. Pourtant, la société bienpensante m'a marié à une danoise qui avait deux atouts : mon âge et le plus beau cul qu'une école de commerce n'ait jamais eu. Pour me consoler, je passais mes nuits à observer les ridules creuser le coin de ses yeux, les taches brunes apparaître sur sa peau. Quand elle eut enfin quarante ans, ma vie a volé en éclats.

Quarante, ma marotte. Quarante, leur âge. Quarante, le nombre de jours qu'il me restait à vivre…

Je m'appelle Marc. Marc Vanbrughe. Je suis d'origine flamande et je n'en peux plus qu'on me le ressasse. Je suis la cinquième génération née sur ces terres fertiles. La dernière aussi. Alors je vous en supplie : laissez mon père, laissez ma mère. Laissez s'éteindre mon espèce. Le temps s'en charge déjà…

J-40

Soleil dominant sur la majeure partie du département. Températures en-dessous des normales de saison.

— Marc ! Tenez, prenez ! Vous l'avez méritée !

Le président de la Chambre de Commerce et d'Industrie me tendait ce qu'il promettait, dans son élan à moitié renversée : une coupe de champagne.

— Bravo pour cet exposé ! La région recherche des talents comme le vôtre. Comment vous est venue l'idée de travailler pour nous ? Je veux dire : si tard ?

Il riait pour qu'on l'entende. J'avais sur l'épaule la main de Dieu. Devant un parterre nouveau et dangereux. Je côtoyais des hommes influents entourés d'acrobates aux loyautés successives. Ne l'avais-je pas moi-même été ? Pour plaire ou devenir complice ?

A voix basse :

— Vous aimez l'Asie ?

— Beaucoup.

— Je ne devrais pas vous le dire mais notre direction Asie cherche son nouveau directeur. Appelez ma secrétaire pour caler un rendez-vous ; nous serons plus au calme pour en parler.

Son sourire carnassier exhalait une haleine de champagne oxydé. Pourquoi tous l'approchaient ? J'aurais dû me fier à ma première impression. Une femme, tailleur satin sur silhouette fluette, cheveux noirs et raides, m'a souri quand j'ai compris qu'elle lisait sur nos lèvres. Les siennes étaient gourmandes. Nous avons fini en comité restreint dans un bar huppé. Champagne millésimé et cognac centenaire. J'intégrais la garde rapprochée.

Je garais la Bonnie sous le hangar, près de la batteuse qui ne moissonnait plus. J'ai coupé le contact. La nuit a avalé les ombres. Une ampoule au-dessus de la marquise vacillait au vent. L'heure de la marée. La lumière transformait en or les flaques d'eau. Mes chaussures de ville jouaient à la marelle pour les éviter. La porte était ouverte. A la campagne, les portes sont toujours ouvertes. Et quand elles ne le sont pas, les propriétaires sont six pieds sous terre. Les notaires ferment à double-tour. L'espérance de vie galope. Les affaires diminuent. Une porte close est souvent un avis de décès qui vous a échappé.

— C'est toi, Marc ?

— C'est moi, maman !

En m'essuyant les pieds devant le miroir qui m'a vu grandir, il fallait vraiment que j'aille chez le coiffeur. En trouver un qui ne parle pas. J'ai à peine posé le casque que l'odeur de la bonne soupe m'attirait vers la cuisine. La suspension timide au-dessus de la table m'inspirait un tableau de Millet dans la tradition paysanne ; *Valentine servant sa soupe à son fils*. Je l'ai embrassée et j'ai crié *Salut P'pa !* La télé gueulait. Normal. Il me tournait le dos. Normal. Trente-neuf ans qu'il me le tournait. Ma mère souriait car la famille était réunie. Sinon les ténèbres nous menaçaient. Stigmates d'une disparition. Elle a eu un soupir en s'asseyant. Le même que quand j'étais enfant. Un peu plus long. Un peu plus grave. Les soupirs aussi vieillissent. Elle glissait toujours sa blouse bleue à fleurs blanches entre la chaise et la table, sans les décoller. Ses seins lourds finissaient sur la nappe comme l'invitation à dîner. Le dimanche, elle portait une autre blouse : blanche à fleurs bleues. L'inverse. La dominante claire rappelait que le dimanche n'est pas un jour ordinaire.

Je dînais seul, face à la cuisinière à bois d'avant-guerre, seule rescapée des bombardements en 40. Sous mes semelles, je jouais à détecter l'aspérité des carreaux de ciment cassés. Je me revoyais, le menton à peine plus haut que la table, manger des céréales et inonder de lait la toile cirée. Mes petits déjeuners étaient incommodés par les odeurs de cuisine. L'huile chaude qui marque les viandes, le déglaçage au vinaigre des rognons ou du foie de veau et la pire de toutes : le flambage des volailles.

— Elle s'est bien passée, ta journée ?

— Très bien.

— Ça se passe bien avec ton nouveau patron ?

— Très.

— J'ai dit à Fleur que tu irais l'embrasser quand tu rentrerais. Tu as fini tard. Elle a fini par aller se coucher.

Le père a augmenté le volume en grommelant. Ma mère s'est mordu la lèvre. Cinquante ans qu'elle se mordait plutôt que lui dire d'aller se faire voir !

— Beaucoup de travail. Comment ça s'est passé avec Fleur ?

Elle chuchotait. Ça m'agaçait.

— Elle s'est levée à neuf heures. J'ai fait décongeler du pain. Elle a mangé deux tartines au Nutella. Ensuite…

Chez ma mère, le détail supplantait l'essentiel. Je savais que Fleur s'est resservie deux fois du lapin parce que les lapins de papi sont les meilleurs, a refusé de goûter les pruneaux et dès qu'il a fait un peu de soleil en début d'après-midi, bien couverte, elle a pu aller donner du pain dur au cheval. Je savais tout sauf l'essentiel : comment, loin de sa mère, allait-elle ?

Ma fille ne manquerait de rien. Moi-même, en avais-je manqué ? Pour le Noël de mes huit ans, j'ai eu des *Lego Technic* ; une voiture avec roues directrices, suspensions, moteur à pistons. J'ai compris – sans pour autant qu'un jour, ça me fut utile – comment fonctionnait un différentiel. Duchaussoy, le magasin du centre-ville, la vendait 850 francs. C'était beaucoup d'argent. A seize ans, j'ai voulu un blouson de cuir de marque Marlboro : 1750 francs. A vingt ans, une moto Yamaha 650 cc : 25 750 francs. Je peux dire au franc près combien mes parents m'ont aimé. Comme je peux affirmer que pas une fois, ma mère ou mon père ne m'ont dit : *Je t'aime.* Pourtant, ça ne coûtait rien.

Chaque chose avait un prix. Me suis-je cru plus malin à exercer un métier qui le fixerait ? Dans des salles boursières borgnes. Borgnes sur la misère du monde.

Je n'ai connu qu'une exception : la *Triumph Bonneville T100* héritée de grand-père. Son unique fantaisie. Elle, elle n'avait pas de prix. Probablement pour ça qu'elle avait de la valeur…

Sur son oreiller, les cheveux de Fleur faisaient un soleil. Elle les avait épais, roux et bouclés comme ceux de sa mère. Je l'ai embrassée en lui murmurant *Je t'aime.* Sur la table de chevet, Indra me souriait. La photo avait au moins cinq ans. Ma femme trichait comme les politiques sur les affiches électorales.

Elle me posait des questions sans écouter les réponses. Comment allait Fleur ? S'était-elle ennuyée ? L'avait-t-elle réclamée ?

Alors je lui ai dit qu'elle avait mangé deux tartines au Nutella, profité du soleil pour aller caresser le cheval avec mon père et qu'elle était déjà couchée quand je suis rentré. Indra me reprochait de rentrer tard. Elle était épuisée. Il faisait gris à Göteborg. Ce weekend, elle rentrera à Copenhague mais ira chez sa mère. Elle essaiera de l'avoir demain au téléphone. Le préciser à mes parents.

On ne se disait plus *Je t'aime* à la fin de nos conversations. Elle n'a pas demandé comment j'allais. Ni si mon nouveau travail se passait bien.

Les odeurs de colle à tapisser et de literie neuve m'entêtaient. A la demande de ma mère, un artisan local avait tenu les délais pour que tout soit terminé avant mon arrivée. Je me demandais si je ne regrettais pas le temps où je pouvais sauter sur le lit et accrocher les posters du magazine Onze : Platini, Rocheteau… Le vent soufflait entre les tuiles. J'avais dix ans et je voulais écouter l'album *Tango in the night* de *Fleetwood Mac* sur mon walkman aux oreillettes en mousse orange qui me blessaient les tympans. Je l'aurais volontiers prêté à mon père pour qu'il fasse taire sa télé…

Je me repassais en boucle les paroles du président. J'imaginais notre rendez-vous. Jamais je ne m'étais intéressé à l'Asie. Je n'avais d'ailleurs aucune notion de chinois, de japonais ou de coréen mais mon anglais était parfait. Et cette femme qui ne me lâchait pas du regard.

Excité par tant de changements, je ne trouvais pas le sommeil. Indra ne me manquait pas. Etait-ce l'esprit revanchard de cette maison à son égard ?

Chaque année, nous revenions. Nos retrouvailles cachaient mal les dissensions. Le reproche de mes parents à propos de nos rares visites et Indra qui martelait qu'une semaine *à la ferme*, c'était trop. Une semaine avec la halte allemande et les interminables autoroutes ! Quatre jours durant lesquels, et elle avait raison, nous étions prisonniers de festins interminables donnés en notre honneur.

A partir du troisième jour, avec la précision d'une horloge suisse, Indra allait me supplier de l'écourter :

— Tu entends le bruit que fait ton père en mangeant ? Je ne sais pas comment tu fais pour supporter ça ?! Partons loin d'ici : il doit y avoir des séjours de dernière minute pour les Maldives ?!

— Assurément ! C'est la saison des moussons !

Quand Indra devenait désagréable, ma mère lui souriait benoitement. Indra l'a toujours crue simple d'esprit. C'est le contraire qu'il fallait pour ne rien gâcher de ces moments rares…

Je pouvais bien lui imposer ma mère, moi qui supportais la sienne tout le reste de l'année. La tête fourrée dans la cuvette des toilettes pour inspecter la propreté ou dans le congélateur pour dénoncer notre facilité à user des surgelés. Indra mesurait un mètre quatre-vingt-deux. Sa mère aussi. Mais le double ou le triple de son poids. Prendre un casse-croûte pour en faire le tour.

L'exotisme d'une ferme picarde ne vaut pas Florence, New York ou Marrakech qu'on rejoignait d'un coup d'ailes les mois de gros bonus, quand ma part variable flirtait avec les gains du loto. Pas vraiment ceux du premier rang mais plus fréquemment. On passait nos weekends à savourer la diversité du monde dans des hôtels rigoureusement identiques. Alors, à la cinquième visite du château de Rambures, il m'arrivait d'être à cours d'argument. Puis Fleur est née…

J-39

Pas vu le temps passer…

Je suis une nouvelle fois rentré tard. Difficile d'alléger ma tâche quand la perche dorée de l'Asie m'était tendue. Je culpabilisais à l'idée qu'il me faudrait peut-être travailler samedi. Une réunion importante à préparer.

A la ferme, les habitudes avaient la dent dure : la comtoise respirait, la télé gueulait. J'évitais les conversations stériles en prétextant la fatigue pour m'isoler. Il était tard quand j'ai appelé mon vieil ami John. Il était heureux de me savoir en France.

— Depuis quand ?

— Samedi. Le temps que Fleur s'adapte chez ses grands-parents et que je commence mon nouveau job…

— C'est qui, Fleur ?

N'avait-il pas reçu de faire-part ? Pas John : le plus sédentaire d'entre nous ! La factrice aurait été si fière de lui remettre l'enveloppe timbrée à l'effigie royale ! Mais il ne l'a pas eue. Le mal était fait. Je réalisais ô combien je m'étais soustrait à la région qui m'avait vu naître. J'ai fait diversion : il fallait qu'on se revoie. Demain soir ? Vingt heures ? Bar du commerce ? D'accord !

Mince… Je rentrerai tard…

Au fond, les éclats de télé tapissaient l'ordinaire. Ils m'abrutissaient. Caler ma respiration sur celle de Fleur que je devinais derrière le mur. Me calmer. Je repensais à John, à Nono et aux autres. Aux parties de cache-cache dans ce royaume sans limite qu'était la ferme. Sous les tracteurs gigantesques, à l'intérieur des roues immenses chemisées d'une pellicule sablonneuse qui collait aux vêtements, allongé comme un fakir au fond des semoirs que des tôles articulées refermaient ou dans les remorques à grains aux rehausses si hautes que s'en extraire seul quand on mesure un mètre dix était juste impossible. Gagner mais douter d'une possible libération.

John était asthmatique. Personne ne le cherchait là où la poussière noyait ses bronches. Il préférait les cachettes aérées comme ce vieil HY qui pourrissait dans les orties. Ah, les orties et leurs décharges électriques sur nos tendres mollets ! Un jour, il s'est caché dans l'étable des cochons. L'atmosphère humide l'aidait à respirer. Il ignorait quels risques il encourait à offrir sa viande fraîche à ces voraces.

Nos mercredis, nous les passions à retirer un à un les ballots de la meule. Nous créions en son centre une cathédrale dont l'entrée, discrète, était méthodiquement rebouchée. Nous étions les architectes fous d'un palais que nous fragilisions un peu plus chaque semaine. Notre liberté était sans limite. Un été, nous rampions à créer des galeries dans un champ de blé. Cachés par la vague des épis qui frémissaient au vent, nous faisions nos humanités. Nos premières *gitane maïs* volées dans un paquet qui trainait sur la cheminée, notre premier magazine *Lui* que l'un d'entre nous avait eu l'audace d'acheter (ce n'était pas moi). Mais piétiner une récolte n'était pas du goût de mon père. Ça m'a valu une rouste mémorable.

Je ne m'ennuyais jamais à la campagne. Il y avait tant de choses à faire. Si je me souviens de langueurs adolescentes qui donnaient l'illusion d'être livré à moi-même, elles m'ont construit. Je ne parle pas de ces constructions remarquables mais de celles qu'on ne remarque pas.

J'aimais le chemin de l'école. Non parce qu'il m'y emmenait mais, comme l'était pour Monet, Giverny, il m'inspirait. Chaussé de cuir neuf, je traversais l'année. J'étais son comptable. La rentrée débutait avec les fèves libérées sur l'asphalte. Mes ongles partaient à la conquête des pignons velus bientôt dévorés sous ma dent de lait. Le vent amassait les feuilles mortes en arabesques épaisses que j'aimais herser de coups de pieds pour réveiller les parfums de sous-bois ou découvrir les champignons blancs. Les premières gelées solidifiaient d'un voile translucide les flaques que je m'empressais de briser pour faire naître mille soleils. Les traces silencieuses de mes pas dans la neige fraîche. Le premier crocus. La première jonquille. Les tapis de pâquerettes puis de renoncules. Les bords de route dont l'herbe fraîchement coupée collait aux semelles et la palette tendre des verts qui se durcissait à l'approche du solstice qui me soufflait que c'est bientôt terminé. Le vent qui précédait la marée me poussait dans le dos, favorisant mes dernières foulées jusqu'à la ferme, une bastille que la commune avait fini par isoler. Au dernier jour d'école, les jeux remplaçaient livres et cahiers dans le cartable fatigué. Deux mois complets à reconquérir les espaces oubliés de la ferme. A la rentrée prochaine, ma mère m'achètera une nouvelle paire de chaussures.

J'imaginais Fleur fouler ces prés. Emprunter le chemin qui mène à mon école. Puis j'ai réalisé le danger que nous courions dans cette cabane. A ces tonnes de paille qui menaçaient nos os fragiles. Aux chauffards pressés qui frôlaient par défi les enfants aux sacs lourds. Ça m'a effrayé. Probablement autant que ma mère l'était autrefois...

L'accident a mis fin à notre amitié. A notre enfance aussi. Nous sommes devenus des étrangers, les uns pour les autres. Boîte à bac, école de commerce... J'ai nourri une fascination sans borne pour le néo-libéralisme et le billet vert. Pour stocker les formules mathématiques des modèles économiques, j'ai effacé de ma mémoire ma jeunesse, les bateaux de pêche qui rentraient au port, Jonathan, Arnaud, François-Xavier...

J'ai fermé les yeux. Le vent soufflait entre les tuiles. La marée...

J–38

Belles éclaircies.
Températures toujours en-dessous des normales de saison.

J'ai quitté tard le bureau Au café du commerce, j'ai revu un Lucet qui s'élargissait plus qu'il ne grandissait. Son œil frisait toujours avant qu'il ne débite une connerie :

— Ene heure d'ertard : t'èm fro pincher à t'akater ène montre el'prochaine fo ! Quoc tu bo ?

L'accent était épais.

— Je vais prendre comme toi. C'est quoi ?

— Ene Stella ; del flotte qui vinde au prix dène bière ! Patron, ène Stella pour min copain !

Il me perçait un tympan.

— T'artourne pu in Norvège ?

— Au Danemark, John, au Danemark.

— Ché poreil ; ché au pôle Nord !

Il avait changé. Moi aussi. Je le lisais dans son regard. John était né au village. Probable qu'il y meure aussi. Il rêvait de retraite. Vingt-cinq ans qu'il cotisait. Avec le service militaire, encore seize à tirer. Pas un jour de plus.

Il savait déjà comment il occuperait ses journées : chasse à la hutte, pêche au *râclot* et promenade sur la jetée. Il y rencontrera d'autres retraités et pourquoi pas, des anciens de Bricart. Alors ils parleraient du bon vieux temps, des collègues qui ont passé l'arme à gauche. Il l'aura méritée, sa putain de retraite ! *Tous des pourris !* terminait-il ses phrases. Tous sauf Marine ! J'ai mis du temps à comprendre qui était Marine. *Tous ché noirs-lo, i viennent pour chés allocations*. Des noirs ? Autour de nous, je n'en voyais pas.

Je le regardais. Parfois pour l'écouter. Il était bosselé, mon John. Lui aurais-je ressemblé si je n'avais pas quitté la région ?

Quand il parlait football, il s'illuminait. Il évoluait en B, l'équipe des bras cassés où le choix du gardien se faisait au poids. Poussins, nous encensions l'équipe A mais la B nous faisait honte. Lui rappeler ? Inutile. Un détail me chiffonnait :

— Pourquoi tu mets ton alliance à l'auriculaire ?

— Ché celle ed'min premier mariache. Isabelle, elle est partie. J'no pu bson mais jé l'garde quin même, cha vo d'l'argin. Avoec m'nouvelle fomme, chu pacsé. Ché comme chi on éto mariés. Et pi mes dôgts, i zon grochis. Avoec ché nouvelles règles ed'sécurité à l'usine, faut l'artirer. Alors à chtichi, ché pu simp'. Sauf quin j'vo picher, faut foer attention qu'elle tombe po. Cha m'est déjo arrivé.

John m'apprenait en usant des subtilités du patois local, sa séparation. Avec la même brutalité – en levrette et sans préliminaire – que l'annonce faite de son union quand nous n'avions que seize ans.

Isabelle n'était pas la jolie mais sa copine. Peu importe : elle remportait un vif succès aux bals et autres fêtes du village. Un succès qu'il convenait de taire. L'expérience poussait le médecin et le pharmacien, complices, à mettre en place une veille sanitaire pour faire face à la recrudescence de mycoses qui se déclaraient les jours suivants. Ils établissaient le palmarès des meilleures années à travers des paris que la salle d'attente confortait bientôt. L'officine, pour combler son retard, appelait régulièrement le cabinet qui la tenait au courant. Le médecin prévenait : *Ne touche pas à cette fille : c'est un bouillon de culture*. Je me souviens que ça faisait rire mon père. Moins ma mère. Il aurait été surpris d'apprendre que mon cœur de cible était les femmes de médecin et de pharmacien…

Pauvre John ; il n'était pas moins bon qu'un autre mais avec sa jambe plus courte, il ne s'était pas retiré à temps. L'enfant était-il le sien ? Elle promenait les gênes d'un demi-canton de boutonneux.

Il nous a fallu perdre l'habitude de l'appeler *Isalaide*. Il est devenu triste et sérieux comme un père de famille. Je décidais de ne jamais me marier. Hélas. Mais le mariage luthérien est un folklore où même Dieu rit quand la messe est dite en danois !

Ici, la qualité du brassage chromosomique dépendait de la capacité des géniteurs à se mouvoir. Le meilleur vecteur était la voiture. Avec elle, tous les critères étaient favorables à une lignée forte et en bonne santé : large sélection, sang neuf et parfois même, ventre vierge. Autrefois, cette prouesse était réservée à ceux qui en possédaient une ; aristocrates et bourgeois. La sélection par l'argent. C'était amusant de penser qu'elle profita davantage aux seconds puisque les premiers se mariaient entre eux. Puis vint la mobylette dont la fameuse Peugeot 102 qui offrait, de jour, un bassin de recrutement grand comme un canton. Quant au vélo, il le rétrécissait encore : il transportait la semence en la massacrant sur la selle. Un dernier choix qui s'adressait au village voisin, traditionnellement ennemi du sien. C'était de bonne guerre. Mon ami, lui, n'avait ni voiture, ni mobylette, ni vélo. Il s'est marié avec la voisine, sa cousine. A gérer les consanguinités, un médecin de campagne était d'abord généticien.

Sur le terrain, ce n'était pas si sordide et ça présentait même un avantage : connaître sa future épouse, ses qualités, ses travers et même l'origine des cicatrices qu'une varicelle avait défigurée. Et puis, être du village clouait le bec à ceux qui vous reprochaient, cinq générations plus tard, de ne toujours pas en être. C'est sûrement parce que j'étais victime de cette xénophobie ordinaire que j'ai transporté mes gamètes à l'extérieur du Plan d'Occupation des Sols.

Le blanc mincissait mal le ventre arrondi d'Isabelle. Une haie d'honneur de footballeurs à laquelle j'appartenais indiquait le chemin de l'église des fois que les invités, peu habitués à fréquenter le lieu, ne l'eussent pas trouvé. Il flottait un air de *Don Camillo et Peppone* dans les villages qui comptaient davantage de cheminées d'usine que de clochers. Ce fut une courte cérémonie comparée à la suivante, quand FX maria sa sœur : six cents invités, une vingtaine de choristes et deux curés dont celui de la famille. John a eu droit au minimum syndical. Pour l'encarté cégétiste, c'était flatteur. Mais Dieu est-il absent une semaine et sourd, la suivante ? Puis tous se retrouvèrent à la salle communale où les femmes du village, quand elles n'étaient pas invitées, assuraient le service pour quelques francs. On y buvait un crémant tiède, mangeait du gâteau battu débité en gros dés.

Le couple a eu trois enfants avant d'avoir vingt ans. Mais à leurs noces de soie, l'étoffe féminine par excellence, Isabelle a disparu avec le voisin d'en face qui venait d'acheter un cabriolet avec ses aides sociales. Isa abandonnait ses enfants. Une mère pragmatique quand la voiture ne comptait que deux places. John relativisait ; ce n'était pas aussi grave que perdre son emploi. Il relativisait. Et consolait aussi. Un matin de Noël, la femme de l'ex-voisin est sortie de sa maison pour entrer dans celle d'en face. Comme une cane suivie de ses petits traverse la route. Personne dans le village ne fut étonné ; ça couvait. Pour John, elle fut bien plus qu'un lot de consolation : la fille était originaire d'Amiens et tombait dans son escarcelle sans qu'il eut besoin de transporter au loin sa semence. Un cadeau providentiel. Tout comme lui, elle travaillait chez Bricart, premier employeur de la côte picarde. John avait déjoué deux tentatives de licenciement. La première en faisant valoir son statut de père célibataire. La seconde, celui de pilier de famille nombreuse.

— Dis donc : tu ché qui ché qui habite dinl mason d'in face ? J'teul donne in mille : *fauteuil roulant* !

Un cadavre remontait à la surface.

— Et… il va comment ?

— Tu sais, il no jamais rin fait. Ché po acht'heure qui vo commincher !

Son cynisme me choquait. Puisqu'on implorait les revenants :

— Et FX, des nouvelles ?

— Monsieur de Boves, s'te plaît ! Ta po garder ché pourcho avoec ? Attin, faut qu'j'aille picher ! J'arviens.

— Fais gaffe à l'alliance !

— Ah ouais, mert' ! Té fais bin dé mel'rapler !

Minuit moins dix. Nous étions seuls à assurer un chiffre d'affaires correct à condition d'user régulièrement des toilettes. Je redoutais de revenir ici, de me confronter au passé. John est revenu s'assoir. L'alliance était en place. Il m'expliqua que le père de Boves perdait la tête. La preuve ? Il lui redisait bonjour ! Quand il parlait de son fils, il bavait. Grand chirurgien, spécialiste des transplantations cardiaques qui a délaissé La Salpêtrière pour diriger le nouveau CHU d'Amiens. Le vieux omettait de dire que c'était un scandale financier qui l'avait poussé à la démission. Il habitait une grande propriété à Salouel où de hauts thuyas cachaient au fisc la piscine et le Porsche Cayenne. J'ai tout de suite pensé à sa femme. Vieil automatisme…

— Et tin père, commin ki vo ?

— Messieurs, je ferme !

— C'est stable.

— Cha fait ko ? Deux ans ?

— Cinq.

— Déjo ?

— Messieurs !?

— Oui, c'est bon, on y va ! Allez John, termine ta bière !

De toute façon, je ne comprenais plus ce qu'il me racontait. Il doit y avoir dans le houblon une glue qui empêche d'articuler. Dans sa dernière phrase, j'ai distingué *Lucie Marchand.* Mais sans verbe ni complément. Sa vie était comme sa machine-outil : elle rectifiait l'heureux avec le malheureux. Il savait le bonheur fragile à se loger entre deux peines. C'était en cela qu'il était plus malin que moi…

C'est toujours un miracle de rentrer bourré. A jeun, on scrute tous les dangers alors qu'il suffit d'être plein pour que tout se passe bien. Je me suis aperçu au moment de retirer mon casque que je ne l'avais pas. Je devais en tenir une bonne. J'ai gardé les yeux ouverts pour prolonger cette soirée si singulière. Aussi pour que cessent de tourner les murs. Ce soir, je n'ai pas refait le monde. Je me l'étais réapproprié. Comme un vieux costume dans lequel on s'étonne de rentrer encore…

Mes lèvres restaient collantes et amères. Collantes comme ces litres de bière, amères comme le souvenir de mes douze ans. Jusqu'en primaire, l'école de la République tient le pari de l'égalité. Mais tout est là qui guette déjà, planifié comme une convention obsèques. Saint Pierre était une batteuse redoutable qui séparait le bon grain de l'ivraie. Les fortunés offraient à leur progéniture des garanties ; poursuivre l'ascension sociale, catalyser les bons mariages et transmettre les biens avec sérénité. Nous étions fils de toubib, d'aristo ou de propriétaires terriens. Il fallait renoncer aux autres. Dans les actes, ça se traduisait par des quolibets débiles à l'endroit de John, des railleries sur ses fringues ou ses difficultés scolaires. Implacable discrimination : Jonathan Lucet ne serait jamais rien d'autre qu'un ouvrier. Comme son père. Loin de nous soucier de lui, Nono, FX et moi, avions un temps décidé d'être des rebelles dans les cages de nos destins. D'un point de vue strictement social, nous avions été si dociles que nos parents en riaient encore. Nous nous sommes bercés d'illusions, à croire en d'autres libertés que celles qui nous étaient attribuées.

Arnaud, fils du toubib, voulait être médecin du sport. Il les pratiquait tous suivant un calendrier précis : tennis au moment du Tournoi de Roland-Garros, cyclisme pendant le Tour de France, football durant la Coupe du Monde. Un digne ambassadeur du sport. Il a fait une scolarité exemplaire qui l'a privé de jeunesse, de filles, de sorties et d'ivresse. Nono a succombé le jour de ses vingt-deux ans à une rupture d'anévrisme ; il a finalement été le plus rebelle d'entre nous.

François-Xavier de Boves n'échapperait pas au titre de son père, aristocrate ruiné qui s'évertuait à sauver la face à défaut de sauver la façade : une vie entière dévolue à l'interminable restauration du château familial, de sa ferme attenante et de la chapelle. Le tonneau des Danaïdes. Le fils s'improviserait tous corps de métier ; paysagiste, chauffagiste, plombier. Au mieux, il payerait ses factures. Au pire, il raccommoderait les gouttières avec des bouts de ficelle. L'usage de la ficelle, il connaissait bien ! Lors d'un rallye, il s'enticherait d'une moitié plate comme une sole mais à la dot généreuse. Une femme solide pour lui faire huit enfants. Finalement, il sera chirurgien. Grimper sur le toit du château pour le réparer lui aurait fait perdre de l'altitude. Après l'accident de *fauteuil roulant*, son père l'avait placé dans un internat parisien avec l'interdiction formelle de garder contact avec nous. Nous resterons sans nouvelle. A quoi pouvait bien ressembler sa femme ? S'ennuyait-elle ?

Quant à moi, j'étais le successeur d'Anatole, Albert, Antoine et Robert Vanbrughe, tous nés pour récolter le grain de cette terre fertile. Enfin, je n'étais pas le repreneur, j'étais son frère cadet. La petite ferme de 1870 dédiée à l'élevage était devenue une exploitation agricole de quatre cents hectares d'un seul tenant autour d'une maison de maître rebâtie plus grande, plus solide avec les indemnités de reconstruction des dommages de guerres après les bombardements. Elle avait été entièrement pilonnée par les alliés qui ont confondu le quai de chargement avec une rampe de lancement de V2.

Aucun n'échappait à son destin.

Robert et moi ne partagions rien exception faite du tour de plaine. Les incrédules croient que l'agriculteur nourrit son ego à parcourir son seul jour férié ses hectares ensemencés. Ce rituel est une veille sanitaire : une ferme est une entreprise vivante dont il convient de prendre le pouls. Je développais un mimétisme à mettre mes pas dans les siens, à m'interdire deux enjambées quand il n'en faisait qu'une pour franchir les routes de plants de maïs. J'avais l'allure d'un batracien. Comme mon mentor, je saisissais la motte cassée en deux pour juger sur l'intérieur du poignet l'hygrométrie ou déterrais la pousse pour vérifier son enracinement. J'aimais quand les blés en herbe verdissaient la terre. J'aimais davantage encore, quand ils jaunissaient, froisser l'épi entre mes paumes, souffler sur l'ivraie et broyer les grains tendres dans l'étau de mes molaires. Je frémissais à la moindre de ses contrariétés, depuis le sanglier qui retournait les pourtours d'un champ jusqu'à l'orage qui emportait les semis. Parfois, une simple canette jetée depuis la route faisait éclater sa colère. Dans le chaos assourdissant des outils qui s'entrechoquaient, la 4L fixait son fantôme sur le siège voisin du mien. Sa présence m'intimidait. D'une main, il tenait le volant et laissait son autre trembler sur le levier de vitesses. La gitane aux lèvres était rarement allumée. Il nous arrivait de croiser une personne qui le ferait parler. La vitre coulissait sur son rail comme la planche d'un confessionnal. Le père, le mien, parlait enfin. Je captais des bribes entre Rolf, un beauceron qui aboyait dans le coffre et la main lourde qui assurait le point mort en faisant grogner les pignons :

— Faut que je remplace cette putain de boîte !

Le secret confessionnel demeurait : derrière son épaule, je participais de hochements de tête à une conversation qui m'était inaudible. On aurait dit de ces chiens fixés sur les plages arrière des voitures dans les années soixante. Increvable 4L dans les ornières, la boue, à traverser les champs pour aller trouver les ouvriers, les ravitailler en vin et en sandwiches. Je me souviens du bruit que faisaient les chaumes à gratter le dessous du châssis comme un tapis brosse. La tôle sous mes pieds était si fine que j'avais le sentiment d'être chatouillé. Quand elle gênait, j'avais le droit de la déplacer. J'aurais voulu qu'elle gêne toujours.

Il y a un autre endroit où j'allais à sa rencontre : l'atelier. Mais s'il s'y trouvait, c'est qu'une panne l'y contraignait. Et l'humeur était électrique. Il s'énervait si je confondais clé anglaise et clé à molette. Je préférais sa colère à son absence. Le silence est assassin. Mais j'avoue que l'atelier, je le préférais sans lui. Au-dessus des cadavres de roulements planait la promesse d'un trésor. Extraites de leurs masses visqueuses, des billes d'acier de toutes les tailles. Un coup de chiffon plus tard, je faisais naître dans leur reflet un monde nouveau. Et si par malheur, la limaille blessait mes doigts tendres, des microgouttelettes rouges perlaient leur surface. Les plus belles conquêtes n'échappent pas aux effusions de sang. J'aimais l'odeur de la soudure, la blancheur bleutée de l'arc qui plaquait tout aux murs, les copeaux d'acier bleuis au sol. Entre les pièces de rechange et les bidons d'huile, sur l'étagère la plus haute, était caché dans un chiffon huileux un vieux Luger Parabellum P08 et dans une boîte en carton, des balles ternies par le temps. Si mon père savait ça, je me prendrais une autre rouste.

Je ne l'apercevais qu'aux repas quand sa charge de travail le lui permettait. Je ne me souviens d'aucune partie de foot avec lui. Une ou deux fois, j'ai pu monter dans la moissonneuse : un balcon sur la mer céréalière où l'or était avalé dans le faisceau des phares. Les nuées de moustiques n'arrêtait pas la machine. Mais je voyais que ça le contrariait. Mon corps chétif restait encombrant. Alors j'attendais dans un tracteur arrêté en bout de champ le retour du panache de poussière et du vrombissement mécanique. Tout cela n'était que de la tôle et des engrenages. Comme des Lego, l'odeur âcre de la terre en plus.

Il est devenu cet homme effacé derrière les reflets aveuglants de la cabine, un héros absent qui réussissait à force de persévérance les douze travaux de la ferme au rythme d'un calendrier maîtrisé. Le calendrier de ses absences programmées, chaque année renouvelé. Il n'y avait pas de place pour moi. Peut-être parce que j'étais le cadet.

Une cour de ferme est un coffret qui révèle le parfum des saisons. A la fin de l'hiver, les socs polis de la charrue embaumaient le parfum de la terre. Suivi du parfum confiné des semences. Celle de carottes avait ma préférence. L'âcre aux poussières abrasives des scories et autres apports coïncidait avec l'éclosion des bourgeons. Venaient ensuite l'odeur entêtante des produits phytosanitaires, un poison sirupeux aux effluves de réglisse. Le colza en fleur annonçait les grandes vacances. J'aimais les vacances mais pas son odeur. Ensuite, chaque récolte dispensait son ADN olfactif : céréales, paille, ensilages, carottes, pois. L'effluve la plus tardive provenait de la vallée, poussée par le rare vent du Sud : un mélange chaud du jus de betterave dans le panache blanc qui surplombait la sucrerie comme la centrale nucléaire du monde rural.

Aujourd'hui, le rendement a bousculé le quotidien du paysan. Les tracteurs sont si larges que le moindre déplacement devient un convoi exceptionnel. La moissonneuse avale dix mètres et se déplace sur des chenilles. La météo locale tombe heure par heure, le GPS pilote seul, les analyses satellitaires commandent l'épandage d'azote. Mon opinion est que le paysan a rapetissé dans ce gigantisme et que sa manche prise dans l'engrenage l'a privé de liberté. Les coopératives extorquaient les céréaliers. La sucrerie abusait de son monopole de fait. Les places financières fixaient le cours de la carotte, du haricot vert et du petit pois. Un jour, je l'entendis dire *la loi interdit à l'industrie de vendre à perte. Mais pas à l'agriculture !* Naturellement, ma préférence irait à l'industrie. Mon père n'y a d'abord vu aucun inconvénient puisque traditionnellement, c'est l'aîné qui reprenait la ferme. J'étais la roue de secours, quand un troisième tracteur manquait. Je ne jalousais pas la complicité de mon frère avec mon père. Ils avaient tous deux un caractère de chien. Le mien était chat ; ils m'auraient bouffé. Le frangin était en dernière année de technicien supérieur à Arras. Le relais se passerait en douceur, il se serait marié avec une fille de cultivateur, pas trop loin pour bénéficier d'un matériel commun aux deux fermes. Mes parents auraient construit une maison neuve sur un terrain attenant. J'aurais eu ma part devant notaire. Suffisamment pour que je n'intervienne jamais dans la gestion de l'exploitation. Ainsi envisageait-il la sixième génération de Vanbrughe.

Ça ne s'est pas passé comme ça. Le docteur Bourlon, notre médecin, est venu tambouriner notre porte à quatre heures du matin un dimanche de juin. A sa tête décomposée, mon père a vite compris. Il le décourageait de se rendre sur place : *Ce n'est pas joli à voir...* Appelé pour constater le décès, il s'était proposé de l'annoncer aux parents. Une aubaine pour les gendarmes. Il s'était probablement assoupi en rentrant de discothèque. Le docteur a brisé le tachymètre. Inutile que la gendarmerie sache à quelle vitesse il roulait. *Une chance qu'il était seul* ; j'haïssais le monde rural pour son chapelet de drames que personne ne savait taire. Quand le lendemain je me suis rendu sur place, deux traces parallèles dans l'herbe menaient droit sur un tilleul. Aucun freinage au sol.

Je pardonnais à mon père d'être ce qu'il était mais pas à mon frère de le singer. La veille, nous nous sommes embrouillés un peu plus qu'à l'accoutumée. C'est vrai que je n'en avais rien à foutre de sa ferme. Le lycée me procurait une évasion légitime et ma raison d'être résidait dans un jardin que je tenais secret. Je lui disais que s'investir dans cette vocation suprême ne ferait jamais rien d'autre de lui qu'un cul-terreux. J'avais été cruel mais pas au point qu'il s'interdise de freiner. Il restait de la Renault 5 un enchevêtrement de tôles arrivé dans le coffre comme un gant retourné. Le tilleul n'avait pas bronché et je devinais sur l'écorce les traces d'un nettoyage caustique. Sa vie s'est arrêtée là. Contre le bois. Moins pour lui rendre hommage que pour préserver mon intégrité, je choisissais ce jour-là de ne jamais tenir de volant entre mes mains. Guidon admis. Dans les jours qui suivirent, des détails sordides circulaient : le protocole du ramassage des morceaux de cervelle sur le tronc, la recherche du membre perdu retrouvé dans un fossé à plusieurs dizaines de mètres de l'impact. A la maison, la mort s'invitait à dîner.

Nous n'avons pas été une famille unie face à l'épreuve. Chacun s'est refermé sur lui-même. Ma pauvre maman, meurtrie dans sa chair, nous perdait tous. Mon père s'est réfugié dans le silence et pour le rendre supportable, dans des addictions qu'il durcissait au fil du temps : tabac, alcool. Je me souviens avoir un temps surveillé le chiffon graisseux sur la plus haute étagère de l'atelier que j'atteignais désormais sur la pointe des pieds. Et moi, j'ai fui.

Le caveau familial situé dans l'ancien cimetière trônait de sa croix, la plus haute de la rangée. Six places. Complet. Alors le frangin a été inhumé dans le nouveau, avec une dalle de granit rose, une mauvaise farce. Entre l'ancien garde-champêtre qui lui avait longtemps couru après et un prochain qui ne tarderait pas car aux obsèques, il pleuvait. Les anciens disent que quand il pleut dans le trou, un prochain ne tarde pas à y glisser. J'étais stupéfait par le nombre de tombes qui séparait Nono de mon frère.

Robert s'y préparait depuis des mois mais il a attendu le dernier moment : le jour des résultats du bac. Il savait mon dossier accepté aux classes préparatoires mais il a tenté de me faire changer d'avis. Un BTSA pour reprendre la ferme à la place du mort ? Je m'y étais préparé :

— Je me souviens d'une phrase que tu as dite il y a quelques années. A propos de la loi qui interdit à l'industrie de vendre à perte mais pas à l'agriculture. Je ne reprendrai pas la ferme.

Ce fut un comble que les études qu'il finançait fassent de moi un acheteur de matières premières pour des fonds privés d'investissement. Du blé, je n'en connaissais que le papier, un ordre donné par ceux qui en ignoraient tout. Acheter bas puis faire la culbute. Loin de la terre nourricière. Loin du père.

Je ne trouvais pas le sommeil. La charpente craquait. Le pin, matériau d'après-guerre, ne vaut pas le chêne disait grand-père…

J-37

Nuageux mais de belles éclaircies en fin de journée. Températures en-dessous des normales de saison.

A la pointe du Hourdel, le soleil se noyait. Plus haut, en Mer Baltique, mon amour aussi. Qu'est-ce que je foutais là, à presque quarante ans, chez papa et maman ? Avec une enfant privée de mère ? Nous étions venus voir les phoques et Fleur dessinait les lettres de son prénom sur le sable. Elle relevait la tête pour m'adresser un sourire, m'exprimer qu'elle aimait que je sois auprès d'elle.

Le soleil baissait encore. Il faisait frais. Je respirais profondément l'odeur iodée de la vase qui ensable la baie. J'avais besoin de repenser à elle, à nos débuts improbables et à Fleur.

La première fois que je l'ai vue, elle débutait un stage dans le cadre d'un échange universitaire. Copenhague nous avait expédié une tornade rousse quand nous lui refourguions un bigleux. Nous avions le sens aigu du commerce. La gent masculine, éblouie par la culture danoise, avait un curieux sens des priorités. Elle pensait qu'il suffisait de lui apprendre deux mots de langue française pour espérer toucher la sienne. En rapportant tout au fallacieux, elle n'apprit du français que le vocabulaire du sexe avant ses formules de politesse. Les semaines se sont égrenées, sa silhouette s'est fondue au paysage. Finalement, être jolie n'a de durée que la surprise.

Un midi, je dévorais mon sandwich sur un banc du jardin de l'évêché. Elle est venue s'asseoir près de moi, ne m'a rien demandé. Peut-être manquait-elle de vocabulaire ? Elle m'observait, assise sur ses mains. Je pense que j'aurais pu me lever et aller sur un autre banc. Et Fleur ne serait pas en train de me sourire. D'un violent coup de dents, elle a croqué mon pain. Ses éclats de rire ont fait envoler les moineaux, ces mendiants. Il sommeillait en elle une femme différente : le grain de sa peau rousse, le velours de sa voix et la promesse du plaisir. Je n'ai jamais su si c'était son genre de coucher le premier soir. Je veux dire, avec les autres.

Dans sa piaule, sous les toits, elle s'est dénudée avec la désinvolture d'une Bardot du temps de la nouvelle vague. Elle ne m'a pas demandé : *Tu les aimes, mes fesses ? Comment tu les aimes ?* Mais comme BB, elle livrait une beauté scandaleuse. C'est en cela qu'elle avait quarante ans. J'étais persuadé qu'au petit matin, elle prendrait mes fringues pour les jeter sur le palier, pressée par l'arrivée du personnel de la résidence universitaire. Non : elle m'a dit que je pouvais les laisser, que je les retrouverai ce soir. Après l'officialisation de notre relation, tous nous détestèrent. Peut-être était-ce notre insolence à faire l'amour dans les endroits les plus inconfortables ?

Nous avons fait nos armes dans l'industrie automobile. Elle dans les process industriels et moi, dans le marketing. On s'opposait souvent sur l'utile et l'agréable. Le rentable, de force, nous réconciliait. A la City, j'ai pris mon envol. Puis nous avons habité toutes les capitales du Nord de l'Europe. Elle n'a pas trouvé sa place. De retour à Copenhague, elle a désiré un enfant. Comme la tortue qui ne pond que sur la plage qui l'a vue naître. Les courbes de températures, les tests de fertilité, les régimes hyper-protéinés combinés au kamasoutra : au fur et à mesure que s'amenuisaient nos chances, nous désacralisions ce que nous avions de plus cher. Etrangement, quand Fleur naquit, Indra revendiquait son droit à disposer de son temps pour le consacrer à sa carrière. Elle décrochait un job d'ingénieur en sécurité passive chez Volvo à Göteborg. Volvo signifie *je roule* en latin. *Volvi* – foncer la tête la première –lui correspondait mieux. D'abord, elle rentrait chaque weekend. 350 km de neige et d'asphalte. Je la rejoignais pour des soirées de gala où la marque remettait des prix. Indra, dans son ascension fulgurante, n'en finissait pas d'en rafler. J'étais un smoking sans le cintre qu'elle exhibait pour afficher sa réussite à concilier vie professionnelle et vie privée. Un atout pour accéder aux plus hautes responsabilités.

Ses retours se sont espacés. Les mêmes excuses revenaient : travail, route, fatigue. Plus elle avançait, plus les objectifs à atteindre reculaient. Indra aura 40 ans le mois prochain. Tailleurs, chemisiers, chaussures à hauts talons débordaient de sa garde-robe. Mais moi, je ne la voyais qu'en survêtement. Home sweet home.

Nous faisions un break. Très à la mode, le break. Et pas que chez Volvo. Je n'ai pas envisagé de le faire à Copenhague. D'abord parce que Kristen avait pris l'habitude de s'ingérer dans mon quotidien. Réfléchir à notre avenir avec la copie de ce que serait Indra dans trente ans aurait été un sérieux handicap. Ensuite, parce que le Danemark, sous son air accueillant et moderne, voyait d'un mauvais œil l'étranger, fut-il français, profiter du système social. *Alors comme ça, ça fait trois ans que vous pouponnez ? Quel contact gardez-vous avec les marchés internationaux ? Les tendances à court terme ?* Mon congé parental mit un frein à ma carrière. J'ai ciblé la Picardie. Parce que je la connaissais. Parce que je me rapprochais du bassin de recrutement de mon école de commerce. Et parce que j'ai vu cette annonce : *CCIR recherche développeur régional – niveau ingénieur.*

D'un commun accord, nous pensions que Fleur tirerait profit de son séjour en France. Indra était en compétition pour le poste de directeur du département sécurité. J'étais en période d'essai. Notre mariage aussi.

Fleur se blottissait entre mes jambes. Comme la bête sauvage qu'elle était parfois. Elle m'a dit qu'elle avait froid. Elle avait les mains gelées. Je n'ai pas vu le temps passer. Je lui ai mis mon blouson. Ça l'amusait. Nous sommes rentrés prudemment à la lueur du phare jaune. Elle portait mes lunettes d'aviateur et louchait pour regarder où le biseau déformait. Ses cheveux débordaient du casque au bol. Je regardais moins la route que le rétroviseur. C'était ma princesse.

J- 36

Soleil présent le long de la côte.
Vent d'Ouest 40 km/h.

Les injonctions de l'entraîneur rebondissaient sur le rideau de marronniers. Les corneilles s'offusquaient des noms d'oiseaux qui émanaient d'en bas.

— Brochart, t'as bouffé des nouilles au matin ?

Nouvelle défaite à domicile. Fidèle à mes souvenirs. John m'a demandé de rester pour la troisième mi-temps : Chez Catherine, le dernier troquet du village.

— Non. Il est 11 heures trente. On déjeune à midi.

— Cha te diro po d'arjouer ?

— Quoi ? Au foot ?

— Ben ouais. To ène meilleure condition physique que toutes ché brelles lo !

— Ah non, je suis juste passé te voir. Ça fait vingt-cinq ans que je n'ai pas remis les pieds ici ! Rien n'a changé. Pas même l'entraineur.

— Ché pour cho qu'on perd toudis !

J'ai laissé le canard boiteux regagner le vestiaire.

Quand la moto est entrée doucement dans la cour de la ferme, j'ai aperçu le break Volvo. Fleur est sortie en criant :

— Papa ! Papa ! Viens vite, maman est là ! Elle a un cadeau pour moi !

Mes parents étaient installés dans le salon et la télé était éteinte. Ma mère avait retiré sa blouse blanche à fleurs de lin bleues. Mon père avait un pantalon de velours au lieu du traditionnel bleu de travail qu'il ne quittait jamais, même en retraite. Indra s'est levée en évitant le lustre de justesse. Je l'ai embrassée. Ses lèvres sentaient la cigarette.

— Ça fait longtemps que tu es arrivée ?

— Une petit heure.

— Mais tu es partie quand ?

— Depuis Göteborg ? Hier. J'ai dormi à Brenen.

— Pas trop fatiguée ?

— Un peu mais ça va. Fleur a grandi. Un peu grossi, non ?

Son accent m'avait manqué. Elle cachait son survêtement sous un pull difforme. Elle aurait pu faire un effort. Pour mes parents. Son Nokia était encore allumé.

— Non, je ne prendre pas d'alcool. Avez-vous une jus de fruit ?

— Ne bouge pas maman, je vais le chercher.

Ma mère m'a accompagné jusqu'à la porte de cave.

— Tu aurais pu nous prévenir quand même. J'ai rien préparé.

— J'ignorais qu'elle venait !

Elle a marqué son étonnement.

— Il faut que je change tes draps.

— Non, ne t'embête pas.

J'entendais les bribes lardées de silences. A l'intonation, ça concernait Fleur et ses occupations à la ferme. Quant aux blancs, ma mère et Indra les cultivaient depuis leur première rencontre : barrière de la langue, divergence générationnelle, origine sociale. J'étais leur trait d'union. Indra n'aimait pas se retrouver seule avec ma mère. Je savais qu'en prenant tout mon temps, elle s'impatientait de me revoir…

Nous avons passé un déjeuner un peu terne malgré la joie d'être réunis. Indra était silencieuse. Fatiguée ? Je lui ai proposée, après le café, d'aller faire un tour à Saint-Valéry. Prendre un verre en terrasse ou marcher un peu. Le café coulait. J'ai proposé que nous le prenions tous au soleil.

La communauté d'agglomération avalait tout. Béton et bitume rongeaient les terres, frôlaient les murs du corps de ferme, les rosiers rustiques et les peupliers coupe-vent. Comme une marée qui n'en finissait pas de monter. Le domaine n'avait plus grand-chose à voir avec celui de mon enfance. Cette pelouse était le dernier îlot de verdure. Je la regardais s'occuper de Fleur. Elle était grande. Mal-foutue quand elle se baissait. Et sèche comme une trique. Grand-père le disait de grand-mère. Ça sautait une génération ! Voilà que c'était mon tour.

Elle doublait sa consommation de cigarettes, toussait, s'énervait contre Fleur. Et perdait l'habitude de s'abandonner dans mes bras. Avait-elle quelqu'un d'autre ? Un grand blond avec des bras deux fois comme les miens ? Un collègue de bureau qu'elle voyait entre deux portes ? Mon père souriait en regardant les filles. Je n'en revenais pas ! Je croyais son sourire paralysé.

— Café ! Dépêchez-vous, ça va refroidir…

Il y avait trois tasses. Mon père, lui qui en buvait des litres, n'en prenait plus. Je priais Dieu pour qu'Indra ne demande pas un thé. Il m'exauça. Mon père tapait ma tasse avec une cuillère pour attirer l'attention de Fleur. Je ne sais pas pourquoi mais qu'il ait choisie la mienne me flattait. Il cassait son index pour qu'elle le rejoigne. Il lui a donné un sucre. Une habitude qui nous agaçait. Puis il lui a montré la vieille balançoire attachée à une branche du grand chêne. Petits, nous nous y bousculions, mon frère et moi. A sa disparition, j'y balançais mes regrets. Indra a dit en danois de ne pas salir sa robe mais Fleur sautait d'impatience en faisant mine de ne pas l'entendre. Il s'est levé avec difficulté, à l'aide d'une béquille qui cliquetait partout. Une clochette de lépreux. La perte d'autonomie est l'acte social le plus vexatoire dans notre société moderne. Elle oblige à confier à autrui la toilette de sa bite et de son trou du cul. Mettre sa dignité dans sa poche et son mouchoir par-dessus.

J'étais un fils absent. Après Londres pour le compte de grandes banques, section métaux, je suis allé à

Amsterdam, pour un fonds de pension d'enseignants. C'était comme pour une banque mais en pire. J'achetais le blé au plus bas, laissait la bulle spéculative grossir, l'éclatait en pressant la touche *SELL*. J'engrangeais de gros bénéfices. Sur le plateau en open-space, la main sur mon épaule répétait que j'étais la meilleure vendeuse. Je misais en moyenne l'équivalent d'une à deux vies de smic. J'étais coupé des réalités. Les primes me grisaient. Je refusais de prendre mes congés. J'oubliais que derrière le blé, il y avait des hommes. Il y avait mon père.

En octobre, juste avant la betterave, ça aurait été plus calme. Mais ça s'est passé en septembre : un gros mois sur le plateau. Il était sortant. Dans sa chambre, par pudeur, il s'était retourné vers l'aide-soignante pour s'habiller. Sa chemise médicale s'ouvrait sur son dos. J'ai vu son cul maigre. Son AVC m'a reconnecté. Même si des deux, j'étais le plus gêné. Il avait une enveloppe abîmée et l'esprit incertain. Se rendait-il compte de son état ? J'entrais dans une nouvelle ère : celle des parents mortels…

Une fois par semaine, je les appelais. Des appels creux pour me donner bonne conscience. Bien-sûr, je me demandais ce que ça aurait changé si j'avais été présent le jour de l'accident. Gagner un jour, une heure. Mais il était lourdement atteint. J'avais été cruellement absent.

Fleur seule ne pouvait s'asseoir sur la balançoire : Indra se levait pour aider mon père.

— Laisse…

Aider était naturel mais il y avait mieux à faire : le laisser poursuivre ses efforts à satisfaire sa petite-fille. Le kinésithérapeute disait qu'il ne retrouverait jamais l'usage du bras droit. Il le décollait pourtant du ventre pour donner la main à sa petite-fille. Ces deux-là n'ont pas mis longtemps à devenir complices. Fleur ne lui parlait pas. Je lui ai dit cent fois que papi entendait. Rien à faire. Elle le singeait. Elle s'amusait sans doute de cette forme primaire du langage, elle qui parlait déjà trois langues. Elle communiquait plus avec lui que je ne l'avais fait en quarante ans. Battu par une enfant de trois ans. J'étais le handicapé.

Indra consultait son téléphone. Elle ne remarquait pas la tranche de bonheur qui se jouait sous le grand chêne. Je remerciais Robert. Ce n'était certes pas commun de se réjouir d'un accident mais il m'a sorti des salles de marchés. Et merci à Fleur qui m'a permis ce congé de paternité. Tous deux m'ont sevré. Je n'avais ni l'envie, ni le besoin de consulter mon téléphone.

Le premier instant où nous étions seuls, elle a pleuré. Le comité de direction ne l'a pas retenue. Il lui a préféré un mec. Toujours les mecs ! Au pays de la parité parfaite, son argument ne tenait pas.

— Trois ans que je me défonce sans compter !

J'avoue… Sa venue était-elle liée à cette mauvaise nouvelle ? Ne pensait-elle aux siens que lorsque tout va mal ? Pas une fois, elle ne s'était intéressée à mon nouveau job. Je refusais de compatir. Il faisait frais. Nous

nous frôlions pour capter la chaleur de l'autre. Pour nous retrouver. J'évoquais de vieux souvenirs que cet endroit nous laissait : le mini-golf, le char à voile, les phoques… J'avais envie d'elle mais elle m'agaçait à tout rapporter à son travail. Quand j'ai posé ma main sur sa cuisse, elle l'a éloignée.

— Qu'est-ce que je vous sers ?

— Vous avez une jus de raisin ou abricot ?

— Putain, tu peux pas prendre un verre de vin ou un alcool fort ? Ta religion te l'interdit ou quoi ?

C'était sorti malgré moi. Elle fut gênée devant le serveur. Elle me disait avoir pris du poids. Qu'à quarante ans, il faut faire attention. Je ne sais pas où il était. Depuis que je l'ai revue, je ne pensais qu'à la baiser. Dans les toilettes, dans le break ou dans la cave.

— Ecoute Indra, tu me saoules avec tes histoires de boulot. Profite, bordel ! Respire !

J'ai ruiné la joie de nos retrouvailles. Elle résistait mal à l'épreuve de la séparation. On a fait l'amour. Une formalité pour ne jamais regretter qu'il fût notre cadeau d'adieu…

Ma mère mettra plusieurs jours à dire qu'Indra demandait de ne pas nourrir Fleur comme un cheval de trait.

— Qu'est-ce qu'elle y connaît, en chevaux de traits ?

J'expliquais que c'était difficile pour elle en ce moment. Le travail. L'éloignement. L'excuser. Une fois encore.

J-35

Brume persistante.
Température jusqu'à 10°c en-dessous des normales.

Dans le lit, sa place était froide. Je ne l'ai pas entendue partir. J'aurais aimé prendre un café avec elle, la voir embrasser sa fille, lui souhaiter bonne route. Lui dire *Je t'aime* ?

— Tu as vu Indra partir ?

— Non. Quand je me suis levée, la voiture n'était plus là.

Ai-je décelé un rictus de satisfaction ? Il fallait qu'elle se lève pour me préparer le petit-déjeuner. Elle faisait des tartines grillées, un café au lait comme quand j'étais mino.

Il était si gai que ça en devenait gênant.

— Qu'est-ce qui se passe, Deloison ?

— Rien…

Partager mon bureau était aussi douloureux que partager une chambre d'hôpital. La faible charge de travail me rendait sensible au moindre mouvement. Je regrettais l'effervescence des plateaux à l'ouverture des marchés.

Je me demandais où se trouvait le bureau du directeur Asie. Avait-il une secrétaire ? Je n'en avais jamais eue… Quel boss serais-je ? Intransigeant ? Cool ? A accepter qu'elle quitte le bureau plus tôt parce que son enfant est malade ? La secrétaire de De Vallières ne m'avait pas recontacté. J'attendais que parte Deloison pour vérifier que la ligne téléphonique fonctionnait. Les occasions ne manquaient pas : fumer une cigarette, boire un café.

De Vallières avait pris du retard. Revenir vers elle mercredi ou jeudi. Ne pas m'inquiéter.

John m'appelait :

— Dis biloute, qu'ok ché qu'tu foé chamedi soèr ?

— Samedi ? Je n'ai rien de prévu. Pourquoi ?

— A cht'heure, to quékosse : tu viens minger à l'mason.

— Ah très bien.

— Y'auro Lucie Marchand...

— Ah ?

— Bon. J'peux po parler plus longtimps : chu in pause. A chamedi !

Je me souviens avoir entendu John l'évoquer. Mais il forçait ma prudence : Jennifer remplissait en même temps que sa vie, le plein cadre de la photographie qu'il sortait de son portefeuille. Il m'offrait l'occasion, quand je la verrais, de la distinguer des meubles. Je craignais autant pour cette Lucie dont je n'avais aucun souvenir. Aussi, je faisais l'économie d'avoir à imaginer ce qu'elle était devenue.

A peine accepté, je redoutais le dîner. J'avais deux ou trois raisons valables pour l'annuler.

J-32

Brouillard persistant dans les vallées.
Pluie possible en fin de journée.

Et merde ! Des saloperies, ces rasoirs à trois balles ! J'appliquais un morceau de PQ pour cesser de pisser le sang. L'attente me rendait nerveux. Et Indra qui n'appelait pas.

J'aurais dû prendre le temps de mieux me regarder dans la glace. Je n'étais pas abimé. Pas encore. Mais ignorer que mon passé me rattrapait était présomptueux.

Deloison était absent. J'appelais la secrétaire de De Vallières.

— Mais Monsieur Vanbrughe, je vous répète que le Président est débordé. Et j'ajoute que moi aussi !

Et moi, pas assez. J'ai éteint l'ordinateur et enfilé ma veste de moto. Trente minutes plus tard, Fleur courait dans ma direction. Elle était suivie d'un chien.

— Papa ! Papa ! Regarde !

Fleur était excitée. Le chien aboyait.

— C'est quoi, ce chien ?

— On l'a trouvé avec papi. Dis, on peut le garder ?

— Le garder ? Ah mais ta gueule, toi !

J'ai fait peur aux deux.

— Pas question de le garder !

Fleur était triste. Elle avait prévenu papi que je ne voudrais pas le garder. Le chien se cachait derrière elle et lui léchait la main. Elle m'a tourné le dos pour l'étreindre comme une peluche.

— Il est sale. Je ne sais pas où il est allé trainer. Arrête de le toucher !

Elle boudait. Sa mère. J'étais incapable de garder mon sérieux :

— Ecoute, mon bébé, papa va réfléchir pour le chien. Il faut d'abord vérifier qu'il n'appartienne à personne. Il ne faudrait pas qu'une petite fille comme toi ait perdu son chien. Dans ce cas, il faudra lui ramener sinon, elle sera triste. Tu comprends ça ? Voilà ce que je propose : on va le prendre en photo et papa, demain, au travail, il va faire des petites affiches qu'on scotchera dans le village. Si personne ne réclame le chien, alors on pourra le garder. Il faudra aussi demander à papi et à mamie s'ils sont d'accord.

Acculé par un père attendri, une femme absente et une fille capricieuse, j'avais le sentiment de céder à tout.

J-31

Belle hausse des températures.
Orages violents en fin d'après-midi.

— De Vallières n'assiste pas à la réunion cet après-midi ?

— Bah si.

— Tu es sûr ?

— Certain.

Je n'étais pas parano : sa secrétaire mentait en m'affirmant qu'il était en déplacement ! Au fur et à mesure que je gravissais les marches, la pression artérielle gonflait mon cou. J'allais débouler, le souffle court.

— Où est-ce que vous allez ? Arrêtez-vous ! Vous ne pouvez pas…

Je suis entré sans frapper.

— Président, je n'ai rien pu faire pour l'en empêcher…

— Laissez, Jacqueline, je m'en occupe.

Demander audience et refuser de parler le premier. Il ne me regardait pas vraiment. Ou alors, à travers moi. Je crois qu'il réfléchissait à la façon de me l'annoncer.

— Vanbrughe. Marc Olivier Antoine Vanbrughe…

Entre les chaises Starck et le bureau Louis-Philippe, l'énoncé de mon état civil me surprenait. Aucun CV ne le mentionnait. Il poursuivait calmement :

— Qu'êtes-vous venu chercher ici ?

— On joue à quoi ?

Ces fragments de discussion ressemblaient à un plateau d'échecs. J'ai toujours été nul aux échecs...

— Je ne vous invite pas à vous asseoir. Je n'en ai pas pour longtemps. La délégation d'Abbeville vous cherche. Et je vous y envoie. Vous commencez lundi. D'après ce que je comprends, ça va vous rapprocher.

— Vous plaisantez ?

— J'en ai l'air ?

— Nous devions nous rencontrer pour la direction Asie.

—Vous avez rêvé. L'Asie, c'est... Comment s'appelle le gars avec qui vous partagez votre bureau ?

— Deloison ?

— L'Asie, c'est lui.

Sans voix.

— C'est faux. Il est juste capable d'aller fumer 15 clopes, 10 minutes chacune. Il n'abat rien.

— Belle solidarité. Figurez-vous qu'il a une qualité que vous n'avez pas.

— La niaiserie ?

—Ne soyez pas mauvais perdant. La loyauté. Vous me direz, les chiens ne font pas des chats.

Je me suis demandé un instant si mon poing, il le préférait du côté où il avait ce hideux poireau, cible parfaite, ou de l'autre ? Son téléphone l'a sauvé. Il m'a fait signe de sortir. Je portais une enclume dans les bras. Je voulais l'éloigner de ma cage thoracique mais je n'y arrivais pas.

J'observais le nouveau directeur Asie. Il est vrai qu'il n'avait eu de cesse de m'adresser un sourire narquois. *Tu vois, Vanbrughe, je savais que tu profitais de mes absences pour passer tes appels. Mais c'est pas toi : c'est moi !*

— Il y a un problème, Vanbrughe ?

— Oui

— Je peux t'aider ?

Il se foutait de ma gueule ?

— Tu savais que je briguais la Direction Asie ?

— Ouais

— Depuis quand ?

— La semaine dernière.

— Par qui ?

— Tu ne fréquentes pas assez la machine à café.

— Et c'est toi ?

— Moi quoi ?

— Toi qui l'as

— Qui a quoi ?

— La direction Asie !

— Ça va pas, non.

— T'es pas au courant ?

— J'ai jamais demandé la direction Asie !

— Pourquoi l'aurais-tu ?

— Mais je ne l'ai pas, je te dis ! T'es con ou quoi ?

— Tu n'as pas le poste ?

— Mais non ! Celui qui s'est fait viré avait fait HEC et avait passé dix ans en Corée. J'ai un BEP de compta !

Quel con : De Vallières se foutait de moi. Il m'écartait du poste non pas parce qu'il avait mieux mais parce que c'était moi. Deloison était le sel sur ma plaie…

— Je peux te demander quelque chose ?

Il a relevé les yeux de son portable.

— Pourquoi crois-tu que je n'ai pas eu ce poste ?

— J'en sais rien.

— Si tu savais, tu me le dirais ?

— Ben oui.

— Tu sais que c'est mon dernier jour ici ?

— Ouais

— Depuis quand ?

— Depuis tout à l'heure.

— Tu m'aimes pas ?

— Tu sais, on ne me paye pas pour ça. Je sais juste qu'il y a un lézard avec ton père.

— Avec mon père ? Quel rapport ?

— Je ne suis pas dans le secret des Dieux.

Dieu ne boit pas de café. Seulement ses saints. J'ai fermé ma session informatique et glissé mon fauteuil sous le bureau. Tomber de rideau sur le premier acte.

Je m'en voulais d'avoir été lâche. Ce mec méritait mon poing dans la gueule. Je n'ai pas vu la route. J'ai laissé la Triumph en marche au seuil de la maison et les odeurs de pot me suivaient dans le couloir. Je suis allé dans la salle, le casque sous le bras. Mon père m'a vu mais il ne détacherait pas les yeux de l'écran. J'entendais en haut des escaliers :

— Marc ? C'est toi ?

— C'est quoi l'histoire avec De Vallières ?

Il n'a pas bronché. Un ton plus fort :

— Je te demande : c'est quoi l'histoire avec De Vallières ?

— Ah, c'est toi. Je viens justement de faire ton lit. C'est l'heure des informations régionales, ne dérange pas ton père…

— Maman, c'est quoi l'histoire avec De Vallières ?

— C'est qui, De Vallières ?

J'étais chez les fous. Mon père continuait à fixer l'écran alors que je lui hurlais dessus. Qu'il regarde sa télé de merde quand il ne se passait rien, je concédais. Mais pour une fois qu'il se passait quelque chose, putain de merde !

— Pourquoi tu éteins la télé ?

— Je veux savoir ce qui s'est passé avec De Vallières.

J'ai haché menu les mots pour que le vieux mâche bien. Mais il avait la dent dure.

— Mais putain, vous savez ce qui s'est passé aujourd'hui ? Je me suis fait virer !

— Oh mon Dieu ! Qu'est-ce que tu as fait ?

— Qu'est-ce que j'ai fait ? Tu me demandes ce que j'ai fait ? Qu'est-ce que VOUS avez fait !

Ma mère fixait mon père. Mais il se figeait.

— Tu vas où ?

Apatride. J'étais un apatride. Au Danemark, j'étais indésirable mais au moins, c'était clairement affiché. A 140 dans les nids de poules, je manquais plusieurs fois de manger le décor. Au bout du chemin, j'ai pris vers la baie. Je me souvenais que l'air iodé avait des vertus apaisantes. J'y marcherais pour me calmer. Trouver un autre job. Qu'est-ce qui nous est arrivé ? Bordel : Indra, appelle-moi ! J'ai vidé les bars qui se mettaient en travers de ma route. Des marins, vieux habitués. Le baby à 3 euros. J'en avais au moins cinquante. Il ne me restait rien. Un gars m'a parlé de la moule et de la jonquille. Il m'a saoulé je crois.

J-30

Timides éclaircies.
Nuit fraîche.

Indra m'appelait enfin. Le téléphone passait mal. Sur la messagerie, elle me reprochait de lui avoir mal parlée. Qu'elle était blessée. Que je laissais Fleur trop souvent seule. Je ne me souvenais de rien.

— Tu veux du café ?

— Ouais

— Tu es rentré tard ?

— Ché pas…

— Tu pourrais prévenir quand même. Indra a appelé hier soir. Elle demandait où tu étais. On ne savait même pas !

—Tiens, en parlant de ça : ce soir, je suis invité à dîner.

— Où ça ?

— Chez Jonathan Lucet.

— Ah bon ? Il parait qu'il s'est remis avec la voisine d'en face.

— Oui. Elle s'appelle Jennifer. Pourquoi tu ris ?

— Ça fait Jonathan et Jennifer.

— Et ?

— Le feuilleton à la télé : Jonathan Hart et Jennifer Hart, les justiciers milliardaires.

— T'es sérieuse, maman ?

Elle riait. C'était rare.

— Je te ferai une bonne tarte aux pommes pour emporter.

La tarte aux pommes de maman. Aux kermesses de fin d'année, tout le monde laissait une place dans son estomac pour la tarte aux pommes de Valentine Vanbrughe. Il n'y en avait jamais assez.

Je feuilletais le journal qui titrait *Mais que fait la SNCF ? Nouvel accident au passage à niveau de Petit Port. Une nonagénaire prise au piège des barrières.* Depuis môme, j'entendais parler de ce passage assassin. Ce qui me surprenait le plus, c'est que trente ans plus tard, rien n'avait changé. Découvrir la présence d'eau sur Mars, on savait faire mais éviter les morts sur la ligne Paris-Calais…

— Elle venait voir sa sœur toutes les semaines. Elle est de Forest-Montiers. C'est triste.

— Dis m'man. Il faut me dire ce que tu sais sur De Vallières.

Elle épluchait les navets. Au couteau d'office.

— Je ne connais pas de De Vallières.

— De Vallières ou un autre. Quelqu'un de la chambre de commerce et d'industrie ?

— Non plus. Et n'embête plus ton père avec ça.

— Il me semble que j'ai le droit de savoir.

— Il n'y a rien à savoir.

Je me suis levé et je suis venu près d'elle.

— Ecoute Maman, il s'est pourtant passé quelque chose. Quelqu'un m'a parlé d'un problème avec papa. Il y a une semaine, De Vallières me promettait un poste intéressant. Et hier, plus rien ! Il a dit *les chiens ne font pas des chats*.

— C'est une expression.

— Je sais, maman. Il voulait dire qu'il ne me confiait pas le poste parce que j'étais le fils de mon père. Il y a eu un problème : je veux savoir ce que c'est !

— Arrête de parler de ça. Ton père arrive. Regarde : il est avec not'p'tite poupée.

— Papaaaaa ! T'es réveillé ?

Entre déclarer forfait et me distraire, je n'ai pas longtemps hésité. Mais en gagnant le village, l'appréhension enflait.

Devant le rideau des maisons identiques, je me méfiais de l'uniformité. Elle ne fabriquait plus l'égalité depuis Léon Blum. Posséder une voiture et partir en vacances produisaient l'effet inverse : posséder une voiture, oui mais la meilleure et partir en vacances, oui mais plus loin que le voisin ! Les voitures justement : elles interdisaient au piéton l'usage du trottoir. J'ai jaugé mon incivilité à la leur en stationnant la moto sur les graviers rouges. Rouge comme ce bastion communiste avant qu'il ne vire au rose et précipite en bleu marine.

Coincé entre la maison et la route, il y avait bien plus qu'un lopin de terre : un révélateur sociologique. Le clos engazonné et fleuri à outrance qui avait vocation à remporter le concours des maisons fleuries appartenait à un agent de maîtrise en retraite. L'occasion de cultiver les jalousies. La plupart des jardins était transformée en cour, lieu de stockages insolites. Derrière les stères de bois, l'ouvrier qui en vend. Au milieu d'une casse-auto, celui qui répare meilleur marché que le garagiste agréé. Chacun avait sa méthode pour arrondir ses fins de mois. L'ultra-libéralisme au pays des soviets.

Et John dans tout ça ? Pour atteindre la porte, il fallait traverser une volière. L'impression d'entrer par derrière. Des grillages détendus incarcéraient des canards heureux de patauger dans la merde. Et le faisaient savoir ! Une tôle en équilibre servait d'abri au bois et de marquise. Pas de doute : c'était la maison d'un ouvrier, amateur de chasse à la hutte.

Je sentais le lourd regard sur mes omoplates. Je me retournais. Le rideau se replaçait. Savait-il qui j'étais ? Comment faisait-il pour se déplacer avec autant d'obstacles ?

— Bin quo, biloute ! T'hésites à rintrer ou quô ?

L'entrée donnait directement dans le séjour. Dans le canapé, une brune à chignon me tournait le dos. Dans le courant d'air, des mèches libres lui caressaient la nuque. Cou gracieux. Peau duveteuse. En face, s'extrayait péniblement du fauteuil une fausse rousse, épaisse et rayonnante. Je distinguais des meubles la maîtresse de maison. Jenni dépassait Isalaide. Et pas que sur la balance. Je l'ai embrassée avant de faire l'article de la tarte de maman. Elle tenait son tour de main de sa belle-mère avec qui elle s'entendait bien – là encore, ça sautait une génération. Son secret : de la cassonade à la place du sucre. Flamand rimait avec gourmand. J'ai fait l'économie des chocolats et des fleurs. Je craignais que cela fasse trop BOBO. La seconde où je verrais intégralement ce que j'ai entraperçu de Lucie Marchand approchait quand Jennifer a dit :

— Merci beaucoup, Marc ! Je vais les poser avec les fleurs et les chocolats que Lucie a apportés.

Il ne me restait plus qu'à croiser les doigts pour que le Bordeaux Supérieur ait la classe d'un grand cru. Les fleurs étaient superbes et un nœud de satin couvrait généreusement un ballotin. Jennifer était une femme coquette qui compensait sa petite taille par des bottes à semelles épaisses. Elle avait l'allure d'une patineuse débutante. Ses bras étaient si petits que la tarte faillit terminer Tatin. Je prévenais la chute. Elle reprochait à John de ne pas l'aider. J'allais pouvoir découvrir le côté face de celle qui n'était qu'un cou et déjà, un si beau souvenir. Elle portait un pantalon d'écuyère vert kaki, un chemisier gris anthracite, de grandes bottes marron à talon plat. Visage rectangulaire. Traits fins. Sourcils noirs. Taches de rousseur. Elle me souriait. Je me paralysais. *Bonjour* s'impatientait-elle. Voix feutrée. Je l'ai embrassée. Elle m'enivrait de notes de bonbon, de miel et de chocolat. Sa peau était lisse comme la soie. Ses pommettes offraient une douce chaleur. Je la connaissais.

—Ché quand même triste d'être in join et d'po pouvoir minger dehors.

Où voulait-il dîner, John ; avec les canards ? Il ôtait le muselet en sortant la langue :

— Ché ène promo Carrefour ! L'deuxième boutèle, à chinquante pour chent.

Il nous offrait directement la seconde bouteille ? Pourvu qu'il n'annonce pas le prix !

— J'ai calculé, cha fait du douze euros l'boutelle. Ché pas ker pour du champagne !

Il osait. Sa maladresse rapprochait Lucie de moi. Elle mettait du noir autour des yeux, un trait pour les souligner. John me parlait mais je ne l'entendais pas. Il insistait :

— Il est ti bon, min champagne ?

— Ah oui, très !

— Si tu veux profiter del promo, ché jusqu'à mardi.

— Ah très bien.

Je n'avais aucun vocabulaire et pour être honnête, John m'emmerdait avec son mauvais champagne !

— On o donné à minger à ché gosses pour ête trinquilles !

— J'AI donné à minger à ché gosses !

— Ah bah ouais mais ché pareil, bichette…

Jonathan et Jennifer était un couple complice et insupportable. Lucie posait un menton gracile sur une paume ouverte dont l'avant-bras vertical reposait sur le genou de ses jambes croisées. Une construction fragile et pleine de grâce.

— Alors Marc, où en es-tu ?

Lucie n'avait pas d'accent. Elle aurait pu demander où je vivais ou bien quel métier je faisais. Mais elle a dit *Où en es-tu ?* Quand on offre des fleurs et des chocolats, on ne le dit pas par hasard. Sa question me renvoyait à toute mon actualité : le presque échec de mon mariage, le loupé à la direction Asie et *fauteuil roulant* qui nous observait peut-être.

— Tu as quel âge, Lucie ?

C'était sorti tout seul. Comme si mon for intérieur parlait à ma place. Je l'ai gênée. Sa main ne soutenait plus son menton. La construction s'est défaite.

— Je voulais dire…

— J'ai un an de plus que toi, tu as oublié ? Rassure-moi, tu n'as pas oublié ton âge ! Tu avais un an d'avance. Scolairement j'entends. En terminale, ça se voyait à peine mais, en seconde, tu étais un bébé…

Elle me vexait en faisant rire nos hôtes. Quarante ans : je n'aimais qu'elles.

— Sinon, tu es au courant qu'on ne demande jamais son âge à une femme ?

— Oui, je sais. On regarde les dents dans sa bouche !

Balle au centre. Elle avait un salon de coiffure. Comme j'étais incapable de me souvenir d'elle au lycée, je ne me risquais pas à lui demander si c'était ce qu'elle avait toujours voulu faire. Je résonnais en conseiller de CCI : microentreprise au pied du Beffroi d'Amiens. Quartier chic : bon chiffre d'affaires.

— Coiffure mixte ?

Elle a éclaté de rire. Elle ne me prenait pas au sérieux.

— Tu veux savoir si je coiffe les ébouriffés de ton espèce ? Et bien non : je ne coiffe que ces dames.

Elle désignait Jennifer.

— Ah, je comprends pourquoi Jennifer est si ravissante.

Le roux ferreux, c'était elle ?

Lucie était séduisante mais je ne la séduisais pas. C'était une féline indomptable. Ces phrases étaient acérées comme des griffes. Nous passerions le reste de la soirée à meubler de sujets neutres où j'évitais de parler de mon travail. La seule question qui m'intéressait était : *Y a-t-il un Monsieur Lucie ?* Je mettais un point d'honneur à ne pas la lui poser. Le repas fut gargantuesque. Quand tu n'as pas le sou, aie l'air d'avoir le frigo plein. J'aurais vexé la maîtresse de maison à refuser de me resservir. Tout le monde s'activait autour de l'évier. J'ai saisi un torchon et pendant que j'essuyais les verres, j'épiais les mouvements dans la maison d'en face, théâtre tragique où une ombre chinoise glissait sur le bas des fenêtres.

Au salon, elle est enfin venue s'assoir près de moi. J'ai rentré le ventre pour faire le beau. Illusoire après un tel dîner. A sa demande, j'ai évoqué l'accident vasculaire cérébral de mon père pendant que je réalisais que je ne savais rien d'elle. J'ai fait le récit affectif : le fils inquiet à des milliers de kilomètres puis la vie avec le remords d'avoir été absent. La déchirure de ne partager avec lui que les séquelles qui ont bouleversé sa vie. Lucie me regardait maintenant. Croisait les jambes. Les belles de quarante ans croisent et décroisent les jambes. Nous avons évoqué des souvenirs. Enfin, plutôt elle. Moi, j'étais amnésique. Puis m'a abandonné :

— Comment va Ryan ?

Ryan était le fils de Jennifer. D'une première union. Son père était parti avec Isalaide. Ryan a été dépisté autiste à l'âge de cinq ans. Sa scolarité avait posé problème cette année. Avec deux ans de retard, Ryan était un géant imprévisible parmi les enfants de la grande section. Les parents inquiets. Le directeur d'école à bout d'arguments. Grâce à son John qui avait un cœur gros comme ça, Ryan pourrait entrer dans un établissement spécialisé en septembre. En Belgique. Ça coûtait très cher. Adieu, champagne. Même en promotion. Lucie débordait de compassion. Mon histoire d'AVC, c'était la mise en jambe. Cette femme passait la soirée à bousculer mes convictions.

J'ai attendu son départ. Comme un ado qui espérait lui voler un baiser avant qu'elle ne s'engouffre dans sa voiture. Mais elle ne semblait pas pressée. A trois heures du matin, j'abdiquais. Je remerciais mes hôtes dont les yeux me suppliaient depuis longtemps de partir et j'ai attendu un signe de sa part. Je n'aurais rien. Des milliers d'yeux m'épiaient dans l'obscurité. La maison d'en face était noire. Je me suis retourné une dernière fois pour m'assurer que Lucie ne venait pas. J'ai démarré la Bonneville qui enfumait de bruit la rue assoupie. Les chiens aboyaient. J'ai disparu.

J-29

Brumes matinales.

Qu'il fut long ce dimanche à tenter d'oublier le silence de mon père et le sourire de cette fille…

J-28

Nouvelle perturbation.

Elle s'excusait en sourires creux. Puis un homme dont j'ignorais tout l'a extirpée de son embarras.

— Notre nouveau collègue ! Moi, c'est David, en charge du développement. Elle, c'est Morgane, accueil physique et téléphonique. Le directeur est en déplacement mais il m'a laissé des consignes.

Je retenais que nous étions une quinzaine à la délégation et autant de bureaux libres pour les consultants externes.

— Le tien est là !

Une porte coupe-feu au fond du couloir. J'activais l'interrupteur. Rien.

— L'ampoule doit être grillée. Attends, j'allume le couloir.

C'était un fourbi sans nom. Il observait ma réaction.

— C'est une blague ?

— Le directeur m'a juste précisé qu'il l'avait su trop tard pour faire le nécessaire.

Ce n'était pas une blague. La vexation était un usage dans le règlement intérieur.

— Il sera là quand, le directeur ?

— Mercredi

— Et je suis censé l'attendre ?

— Ben non… il a aussi demandé à ce que tu débarrasses. Tout part à la benne.

— Et une fois débarrassé ?

— Ben… Il a dit qu'il fallait au moins deux jours. Je te laisse, j'ai du boulot !

— Dis-moi où je peux m'installer ? Tu as dit qu'il y a des bureaux libres. Les consultants ne sont pas là en permanence ?

— Faut voir ça directement avec le directeur. A plus !

J'étais comme un con. J'ai fait un pas dans l'obscurité. Ça exhalait le grenier et la vermoulure. J'ai soulevé quelques papiers. Ça datait de l'ère préinformatique. On se foutait vraiment de ma gueule.

— Eh oh ! Marc, c'est bien Marc ton prénom ? C'est à toi la moto ?

— Pourquoi ?

— Parce qu'il faut la déplacer. T'es sur la place du directeur !

Je n'étais pas familier de l'esprit de la maison mais je doutais que ce style de traitement soit la norme.

— Machin – j'ai oublié ton prénom, approche !

Il avait la tête de travers. Le beauceron de mon père l'avait aussi quand il ne comprenait pas ce qu'on lui demandait. Je faisais un geste pour qu'il approche. Le chien comprenait, lui. J'attendais que ses semelles souples cessent de couiner pour commencer à lui parler.

— Ecoute mon grand, vu ta tête de demeuré, je comprends que tu as eu des consignes mais le ton que tu emploies avec moi me plaît moyen. Alors tu vas remonter l'info à ton boss, puisque tu es aux petits soins pour lui : dis-lui que je repasserai quand il aura un bureau pour moi. C'est compris ou tu préfères que je te le note ? C'est pas fini : pour la merde qu'il y a derrière cette porte, tu prendras les Pages Jaunes, à la lettre D comme Débarras. Il y a bien des gars au RSA qui vont se faire une joie de virer tout ça. J'ai assez abusé de ton temps, tu peux retourner bosser !

Je surgissais à peine dans sa vie que je lui gâchais ce qui aurait pu être une semaine tranquille. Il lui fallait à présent transmettre ces informations brûlantes. Quant à moi, j'étais soulagé d'avoir enrayé l'arme lourde braquée sur moi. Chercher un autre job.

Au canard, j'aurais pu aller à pied. A pied palmé parce qu'il pleuvait.

— C'est pour passer une annonce ?

— Non. Pour consulter les archives.

Le gars a regardé l'heure.

— Ça ferme à midi. Je vous conseille plutôt de consulter via notre site internet !

— Je n'ai pas internet.

Stupéfaction : quelqu'un qui n'a pas internet !

— Bon… Suivez-moi…

La salle aveugle s'est révélée sous les flashes blancs. C'était plus grand et mieux rangé que mon nouveau bureau.

— Vous cherchez quoi exactement ?

— Je ne sais pas.

J'avais l'impression de compliquer à ceux que je rencontrais leur matinée.

— Des articles parus vers 2008 sur un certain Robert Vanbrughe.

— Ça me dit rien. Dans quelle affaire ?

— Vente de terrains agricoles et préemption par la communauté de communes.

— On fait pas trop dans ça. Nous, c'est chiens écrasés et querelles de voisinage.

— Il y a de ça aussi.

— Si vous le dites. Vous savez comment ça fonctionne ?

C'était un hebdomadaire un peu épais mais référencé par canton. Il me faudrait un à deux jours pour consulter les dix dernières années. Je les avais.

— On ferme.

Manie abbevilloise ! Il était temps d'embrasser la lumière du jour et de détendre mes cervicales.

— Vous avez trouvé quelque chose ?

— Rien pour le moment. Mais je n'ai pas terminé. Il est possible de revenir demain matin ?

— A partir de 9 heures.

Ma mère tricotait. Elle m'a invité du menton à regarder en direction du salon. Mon père avait la tête jetée en arrière sur la têtière du fauteuil. S'il était mort, j'ose imaginer qu'elle aurait été davantage catastrophée. C'est une petite jambe sortie de l'assise qui m'a rassurée. Fleur dormait contre le flanc de son grand-père, assoupi lui aussi. Je me suis assis en face en rassurant ma mère que je ne ferais rien pour compromettre le tableau. Je voyais pour la première fois mon père. Fermer les yeux lui ouvrait la bouche. Sa peau blanche était tendue sur des os pointus. Je réalisais qu'il terminait son chemin.

Je me nourrissais de contrariétés. C'était un peu comme ravaler ses crachats mais en plus acide. J'ai demandé la clé de la maison de grand-père.

— Qu'est-ce que tu cherches ?

— Rien. Des souvenirs.

— Je te préviens, c'est le bazar ! Et tu ne travailles pas cet après-midi ?

— Non. Ils repeignent mon bureau.

La poussière dansait dans la lame de soleil qui traversait le volet. Mon père y remisait des meubles : mon ancien lit, une armoire, quelques abat-jours. C'était décidément une journée fourbi. Je retrouvais les précieuses affaires de grand-père au fond, dans de vieux cartons. Ses livres : Baudelaire, Rousseau, Zola. Ses revues agricoles, ses études cliniques et ses crayons. Grand-père cultivait plus que la terre.

J'ai ouvert les volets et replacé la table près de la fenêtre. Dessous, j'ai glissé les chaises en formica. C'était un début. L'endroit était plus minuscule que dans mes souvenirs mais pas l'intensité. Presque, je l'entendais me dire *min tio dadac*. Ça ne voulait rien dire. Ça voulait tout dire.

On entrait dans sa garçonnière depuis une porte sous le porche, à l'entrée de la ferme. Ce n'était guère plus grand qu'une bicoque de douanier et ça jouait le même rôle. Je me prêtais aux contrôles avant et après l'école. Le matin, ses joues humides sentaient le savon et l'eau de Cologne. Le soir, le tabac et l'odeur du chocolat chaud. Il y avait toujours deux spéculos sous la casserole cabossée qui tremblotait sur la table. La chaleur du métal révélait leur arôme. Il était subtil. Il s'en réservait un qu'il trempait dans son rouge. Il m'arrivait encore de l'imiter. Ça dégoûtait Indra mais c'était divin.

Puis je rangeais tasse et boîte à gâteaux. Lui passait sa manche sur la toile cirée avant d'y déposer ses revues ;

— Tu te souviens de ce que je t'ai raconté sur le vulpin ? Plus on met d'azote, et plus on a de vulpin. Aujourd'hui, je vais t'expliquer que plus on a de vulpin, plus il faut désherber…

Il m'enseignait en même temps que l'histoire de la paysannerie, sa vision moderne de l'agriculture. Moins embrigadé par les pouvoirs publics de l'après-guerre que par sa vanité à montrer qu'un flamand réussit toujours ce qu'il entreprend. Il concluait :

— Mais toi, min tio dadac, t'es pas fait pour être paysan !

J'avais deux bonnes raisons de rentrer tard à la maison. Feuilleter l'*Almanach Vermot* et arracher la fine feuille du bloc éphéméride. Il me regardait en silence, prêt à m'expliquer ce que je ne comprenais pas. Y compris les dessins grivois qui le plongeaient dans l'embarras. Apparaissait un nouveau dessin humoristique, la date, le Saint du jour et la lune. Très important, la lune. Les cultures en dépendaient.

Ma mère apportait ses repas. L'habitude a tué leurs échanges alors qu'il aimait converser. La retraite l'ennuyait. Ses seules distractions étaient les balades en plaine, le passage des engins dans la cour et Zola.

L'hiver de mes dix ans, j'ai découvert son cadavre raidi par le froid. Ma première rencontre avec la mort : celle qui marque pour toujours.

Maintenant que j'étais cabossé comme la casserole du lait, je me jetais à corps perdu dans ses notes. Il y a longtemps que j'aurais dû le faire. Les pesticides se déversaient toujours dans les rivières ; il n'était pas trop tard. Le chien que j'avais entre les pieds s'est brusquement relevé. Fleur m'appelait. En sortant, j'ai vu le bloc éphéméride cloué au mur. 23 décembre 1986. St

Armand. Quand il constatait les décès, le médecin brisait les tachymètres mais pas les calendriers…

J-27

Ciel de traîne.
Légère hausse des températures.

Porte close au canard. J'en profitais pour redécouvrir Abbeville. Rouge comme ses façades de briques. Pieuse comme la croix que ses artères dessinaient dans le cœur historique. La communiste et la gaulliste. Dos à dos comme pile et face. A ne jamais se voir.

Le hasard m'a conduit au conservatoire de musique où je faisais mes premières gammes. En face, une agence immobilière remplaçait le cabinet d'assurance. Je lorgnais entre les annonces suspendues pour la voir. Dans le reflet de la vitre, sous le porche, j'ai revu le gamin que j'étais ; il fixait l'agence. Je suis allé le rejoindre pour lui demander s'il voulait bien que j'attende avec lui. Je me suis caché moi aussi derrière la pile de briques. Mon ventre dépassait : l'outrage du temps la ferait-il fuir ? Je réalisais, quel mal m'a pris, que si fuite il y avait, elle était urinaire : la belle que j'ai aimée il y a trente ans était septuagénaire. A fixer l'âge de mes conquêtes, aucune ne vieillissait mais toutes me trompaient. Je retrouvais le trou dans la brique où je glissais mon index pour passer le temps. Mon auriculaire n'y rentrait plus. Trois rangées au-dessus, l'endroit où mon front ébouriffé se posait. La brique tannée pouvait-elle être tiède ? Je me suis accroupi pour être à la hauteur de mon passé et j'ai revu la première femme que j'ai aimée.

Quand il ne pleuvait pas, elle sortait fumer une cigarette. Fumer était interdit : ça la rendait irrésistible. Le visage au soleil, elle s'abandonnait. Elle se laissait caresser le creux du dos par ses longs cheveux. A se cambrer encore quand elle fermait les yeux. Elle lâchait prise. Le vent d'Ouest lui plaquait parfois sa robe contre son bas ventre. Se concentrait sur le court triangle le mystère qu'il m'était permis d'apprécier. Le gamin que j'étais ne vivait que pour cet instant.

Le mardi soir, je logeais la tête entre les barreaux de la rampe d'escalier. En pyjama, j'attendais le bulletin météo. Souvent pluvieux, je dus prier pour que son addiction soit plus forte que les précipitations. Prier n'était pas une science exacte. Pas plus que fixer le thermomètre pour le voir grimper. Pourtant, la montée du mercure allégeait ses tenues. Comme les créatures asiatiques qui se dénudaient au fond des verres à saké de grand-père. La canicule de juillet la déshabillait-elle ? Je ne le saurais jamais : le conservatoire fermait l'été. Slalomer entre les ballots de paille laissait derrière mon attelage des traces d'argent dans les chaumes d'or. Je ne boudais pas cette saison où les miens me traitaient en adulte. Ce que mes premiers désirs faisaient aussi de moi.

A la rentrée, je reprenais les bonnes habitudes. J'attendais qu'elle sorte pour saisir mon bugle et simuler la fin du cours. Etais-je assez stupide pour croire qu'elle adhérait à une aussi improbable coïncidence ? J'établissais le palmarès de ses plus belles tenues. La robe à fleurs pour son décolleté. La noire pour le galbe de sa poitrine. J'aimais penser qu'au moment de les enfiler, elle les choisissait pour moi. J'étais excité par ses formes, ses lèvres, son cul, ses seins. A bien y repenser, des atouts ordinaires. Souvenirs d'enfant ; deux fois trop grands. Comme la bicoque de grand-père.

Un après-midi d'hiver, elle m'emmenait dans une chambre d'hôtel qu'elle régla. J'allais devenir un homme et je la suivais comme un enfant. Elle proposait que nous prenions un bain. Par crainte de me dénuder, je déclinais l'invitation. Je l'entendais en sortir. De moins en moins ruisselante. J'étais allongé, le corps si raide que mes reins touchaient à peine les draps. Le plafond se rapprochait quand elle pénétra dans la chambre, nue et sans complexe – s'il fallait un jour écrire une thèse sur les femmes de quarante ans, je la construirai autour de leur rapport naturel à la nudité. Elle frottait ses cheveux en inclinant la tête dans une serviette qu'elle laissa tomber, cherchait dans le bazar de son sac un parfum dont elle s'aspergea. Dans le miroir, elle me souriait. L'espoir qu'elle m'oubliait s'évanouissait.

Mais ! J'ai réalisé que c'est à elle que Lucie m'avait fait penser l'autre soir ! Le regard noisette, le sourire détaché ! Lucie me rappelait cette femme ! Voilà pourquoi elle me troublait…

Je nous avais tant imaginés : elle, passive et moi, à la couvrir de baisers. Elle s'est assise près de moi, m'a caressé. Quand elle m'a embrassé, ses épaules nues dansaient sous des cheveux humides. Son souffle avait le goût du tabac. Miel, réglisse. Elle a déboutonné mon pantalon. Terre âpre. Pendant qu'elle embrassait mon torse imberbe, ses mains s'emparaient de mon sexe. Quelle honteuse solitude quand je déchargeai plus vite qu'un livreur de matelas. Son sourire rassurant dans ses mains engluées et ces quelques mots qui fragilisent toujours ma vie :

— C'est pas grave…

C'était la première fois que je mettais les pieds dans un hôtel. C'était propre et impersonnel. Elle, semblait habituée. Une quinzaine de minutes lui suffirent à s'approprier les lieux : des affaires partout, le bain, les traces d'eau sur la moquette. Elle fumait. S'éloignait déjà. J'avais le sentiment de voiler le film du bonheur. Comme si la porte de la chambre noire s'était brusquement ouverte. J'imaginais, dans ma petite tête d'adolescent, qu'il existait une durée minimale à respecter avant de quitter la chambre. J'étais terrorisé à l'idée que ma mère m'attendait.

Assumer mon nouveau statut d'homme prendra du temps. Après m'avoir reniflé, ma mère a cru que je commençais à fumer. Je me retrouvais avec un bugle entre les jambes et le sentiment d'avoir loupé mon solo. A la trompette, aurais-je été meilleur ?

Par la suite, elle m'évitait. J'en souffrais. J'adoptais pour l'oublier une technique d'abattage qui se résumait à désirer sans posséder. Je fus surpris du nombre d'adeptes.

J'ai compris plus tard qu'elle fut la Mrs Robinson du roman de Charles Webb. Une version luxe d'Isalaide. Garantie sans mycose.

Un homme sortait du conservatoire. Me voir accroupi l'étonnait. J'étais à la hauteur de mes souvenirs ! Je me suis relevé, un peu engourdi. Mon bonjour l'a rassuré.

J'évoluais entre les rangées d'hôtels comme un pion sur un plateau de Monopoly. De rares enseignes qu'enfant j'avais connues subsistaient. Les autres ont disparu : le marchand de jouets et *Tout pour l'ouvrier*. Et la cloche fendue du carillon de l'Hôtel de ville ! Je découvrais les aménagements urbains, les jeux d'eau sur les granits polis et les pavés qui déformaient les routes.

Plus haut, j'ai retrouvé le lycée. Quelques élèves trainaient. Un prof absent :

— On va dans quel bar ?

Je loupais les mamans venues déposer leur rejeton. Comme la marée ; deux fois par jour. Cachées derrière les vitres teintées de leurs 4x4 et cabriolets, elles n'en sortaient que pour mimer leurs retrouvailles quand elles s'étaient quittées la veille. Excessives pour une coupe de cheveux, une paire d'escarpins. Le vivier calibrait : femme, quarante ans, bon chic bon genre, mariée, de beaux enfants. Les plus beaux. Si possible, nuls en maths.

J'ai beaucoup mûri depuis l'invitation manquée du bain. J'étais capable maintenant de déceler à travers leur démonstration, le mal qui les rongeait : la solitude. Je sortais alors mon atout : un 19 de moyenne en maths et physique. Une proposition gracieuse d'aide aux devoirs m'ouvrait les portes de la maison familiale et me réservait le sourire de la maîtresse, son parfum et les habitudes qu'elles cachaient ailleurs :

—C'est vraiment très gentil de votre part. Vous voulez boire quelque chose ?

Le début de mes privilèges. Je passais des heures à convaincre de l'utilité des vecteurs dans l'expression de la force centrifuge. Qu'importe qu'il y ait cru, j'échafaudais pour atteindre sa mère. Un travail de dentelière. Avec l'expérience, au premier passage du peigne apparaissait la dentelle qu'il me serait permis de voir, portée ou défaite, un jour, une nuit.

Je savais toujours où la trouver : entre la chambre et la salle à manger. Procréer et subsister. Comme ses pairs, à assurer la survie de l'espèce. Je mettais en place mon plan de séduction massive. J'étudiais les verrous à faire sauter. Et amenais doucement la perle à sortir de son écrin où elle se sentait en sécurité. Sa prison. La rendre vulnérable pour qu'elle se jette dans mes bras quand elle voudra être rassurée.

Il faudra faire naître en elle le désir de coucher avec un garçon qui a l'âge du sien. Immoral quand il est l'objet de toutes les attentions. Enfin, le sien parce que ceux des autres, ma foi, pouvaient l'être d'autres. Alors j'émoussais l'insupportable idée, la suggérais autrement. Et quand elle demandait *Quel métier font tes parents ?*, je retenais la forme ; le tutoiement est le premier rapprochement. J'évitais propriétaires terriens.

— Agriculteurs ? Ah…

Aller jusqu'au traitement de défaveur. Descendre l'échelle sociale. Finir par ne rien peser. Rien était sans conséquence. Elle qui avait foi en sa supériorité. A celle de son mari pour sa situation. A son enfant qui en hériterait. A sa peine dans les études que leurs réseaux compenseront.

Je devenais une bonne affaire dans son blister neuf. Il ne restait plus qu'à laisser le ruisseau se charger d'émotions et grossir jusqu'à l'effleurement électrique de nos deux peaux.

Dans un bois aussi courbe que celui dont est fait l'homme, on ne peut rien tailler de tout à fait droit. J'en ai disséquées. Celle qui passait des heures à maquiller sa mélancolie. Celle qui riait à 45 dents pour éclipser son délaissement. Enfin, celle dont le rictus qui lui retroussait le nez trahissait son aversion pour la pauvreté et le communisme.

Un autre sentiment lui retournait le cœur ; quand le cultivateur lui disait d'aller se faire enculer parce qu'elle venait le trouver quand il frôlait ses thuyas avec ses produits de traitement. La bestialité. La dénoncer tout en rêvant dans les méandres de son cortex de s'y adonner. Le machiavélisme. Attention : pas avec un mineur, quelle horreur ! Mais avec le petit Vanbrughe, ce n'était pas pareil.

Elle supportait sans foi les idées de son mari. Ses propos sur la lutte des classes, ce combat des moins argentés qui aspirent à le devenir davantage. Et puis le fisc constricteur, la baguette de pain à prix prohibitif.

— Mais… agriculteur céréalier ?

— Non ; éleveur.

— Ah…

Plus bas sur l'échelle, c'était pied à terre. Ou alors fils d'ouvrier. Je n'ai jamais tenté. A cause de la grimace. Par bonheur, je ne sentais pas la vache. Elle voyait en moi un miraculé. Le moment était alors venu…

Ça se passerait ailleurs que dans ce mausolée où les galipettes sont proscrites. Elle se fera belle comme pour un amant de son âge. Engoncera son corps dans le corset de ses airs policés. Aspergé de Dior dans un ensemble peut-être acheté la veille. Se conduirait en mère responsable jusqu'à imposer que ça aille vite tant l'alibi était fragile. Coups de griffes, cris et mots obscènes dans une bouche qui avalait si goulument ma verge que je craignais être aspiré tout entier. Elle se fera chatte sur les draps défaits ou chienne sur le cuir de la banquette arrière, des mains qu'elles auraient aimées menottées aux appuie-têtes, une joue plaquée contre la vitre par des cheveux tirés à l'excès.

— Attends, décapotons !

Son corps écartelé en offrande au seigneur. Son âme, au diable. Trouverait dans l'interdit son plaisir. Car elle savait qu'elle ne recommencerait peut-être jamais. C'était mal. C'était bon.

J'ai vu des suites dorées, leurs bains de sels et l'odeur du café pour réparer nos haleines défaites. J'ai parfois emprunté des chemins de terre jusqu'à cul de sac. L'amour au bout d'un chemin, sur un capot tiède ou derrière des vitres embuées. Pour être vus ou oubliés et à chaque bruit, arrêter de respirer. J'en ai caressé, des ventres, embrassé des seins, donné des fessées. J'ai plus souvent été surpris que je ne surprenais moi-même. Ai parfois préféré renoncer. Un bois si tordu. Mais mon désir était une faiblesse qu'assouvi, ma conscience altérait. Je sortais de leur vie, la goutte au gland. Sans me soucier qu'elles voulussent me revoir peut-être. A rompre le premier, j'épargnais ma fierté.

J'étais un serial-lover. J'isolais ma victime dans un endroit qu'elle s'efforçait à taire. J'avais son cou entre mes mains. Mes doigts blancs la strangulaient pendant que ses pupilles se dilataient. Ses cheveux emmêlés dans le comice des lèvres et le souffle court. Elle était à moi. Rien qu'à moi. Ma queue entre ses fesses, elle pensait peut-être au professeur de tennis ou au nouvel associé de son mari. Ou à mon corps encombrant qu'il faudrait faire disparaître. Flirter avec la mante religieuse n'était pas sans danger. Mais je n'étais rien. Rien d'autre qu'une poussée de quelques newtons dans un vagin. Mais c'est moi qui jouissais en elle. Pas les gênes du pharmacien.

Elle ne renoncerait à rien. Ni au voilier à Arcachon, ni au chalet à Megève. C'était comme un contrat moral aux contours comme des lames de rasoir.

Je me suis souvent demandé comment se colportaient les informations dans ce milieu fermé :

— Il faut que je t'avoue une chose : je me suis faite le petit Vanbrughe !

— Pas possible ! Moi aussi !

— Ah le salaud ! Il proposait des cours de maths à Côme ?

— Oui. Enguerrand aussi ?

Je les croisais de temps à autre. A un concert ou aux boutiques du centre-ville. Certaines m'ignoraient. D'autres me souriaient avec malice : comme si elles avaient dans leur bouche mon souvenir. Et parfois en présence de leur mari qui me tapait sur l'épaule pour me demander comment il pouvait m'être utile ? Ne l'avait-il pas déjà été ? Ce petit monde maîtrise l'art de la manipulation affective. Cette tape voulait plutôt dire :

— Alors comme ça, tu t'es tapé ma femme… Tu n'imagines pas le profit que notre couple en a tiré. A l'occasion, remets ça !

Côté pile : Casanova dans un couvent. Côté face : un coquelet dans une renardière. Effrayant.

Grand-père disait que les femmes riches sont belles parce qu'elles portent de jolies toilettes. Il parlait à demi-mots d'un trésor auquel il a renoncé. Une notable locale ? Ce non-dit a forgé en moi la fureur de les aimer toutes.

Neuf heures dix ! Au journal, le stagiaire m'attendait. Il avait une précision à m'apporter : un agriculteur avait sorti le fusil.

— Et ça date de quand ?

— Eté 2007

— Génial !

— Le rédac-chef veut savoir qui vous êtes.

— Ah bon ? Et pourquoi ?

— J'en sais rien.

Juillet et août 2007. Récoltes retournées. Un agriculteur sort le fusil : intervention de la gendarmerie pour maitriser le forcené.

J'ai photographié les articles : Une, manches, double-pages. J'ai à peine reconnu le père sur les clichés. Traits tendus. Une vingtaine de kilos en moins. *L'agriculteur s'oppose au développement économique de la communauté de communes. 1100 emplois menacés.* Voilà pourquoi j'étais *persona non grata* à la CCIR…

— J'ai tout rangé, merci. Une chose encore : les articles sont signés DD. C'est qui ?

— Daniel Du-quelque-chose. Il ne travaille plus ici.

— Vous savez où je peux le trouver ?

— Je ne sais pas.

Au troquet d'à côté, j'ai eu son nom : Dubowsky.

— Et vous savez où on le trouve ?

— T'entends, François ? Le monsieur, il demande où on peut trouver le journaleux ! On lui dit qu'il était plus souvent ici qu'à côté ? Sans doute pour ça qu'il a été viré !

Je laissais la salle rire avant de demander :

—Viré ? C'était quand ?

— Il y a un moment. Dis donc, François, le journaleux, ça fait combien de temps qui travaille pu ?

Le François lisait justement l'hebdo sans relever les yeux pour répondre :

— Sept, huit ans !

— Et sinon, où est-ce qu'il crèche ?

A trop insister, le gars a brusquement cessé d'essuyer ses verres et le François a relevé les yeux.

— Je ne vous ai jamais vu ici !

— Vous me mettrez une bière s'il vous plait ?

Ça a paru longtemps insuffisant et quand le François s'est replongé dans sa lecture, le barman a dit :

— Stella, ça ira ?

— Oui.

Quand il m'encaissait, il lâchait :

— Du côté de la Romiotte. Mais je ne sais pas s'il y habite toujours !

Je connaissais ce lieu-dit. Les Caudron y ont fait voler leur premier avion. Un projet qui coûta leur ferme. D'où l'expression *Minger l'Romiotte* ; se ruiner.

J'ai terminé d'un trait le demi. J'ai roulé vers Ponthoile avec un glaçon sur l'estomac. Pourquoi n'ai-je pas pris un café ? Depuis le plateau, je devinais la baie, plein Ouest, dans son habit de brume. Les rares passants m'indiquaient de poursuivre jusqu'à la voie ferrée. La même qui coupait les têtes aux vaches égarées ou soldait les vies épuisées. Au fond des marécages, sous une couverture de pins, était dissimulé un préfabriqué à toit plat. L'absence de lumière verdissait murs et sol. Des carcasses d'autos se décomposaient, moteurs éventrés. Le portail était rafistolé de fil de fer. Sur la boîte aux lettres : *Pas de pub. Merci.* Mais aussi pas de sonnette, pas de clochette. J'ai crié et une horde de chiens s'est mise à aboyer. J'ai prié pour que le portail ne lâche pas sous la pression des truffes qui me flairaient dessous.

— Foutez le camp !

— Monsieur Dubowsky ?!

— Dégagez je vous dis. J'ai besoin de rien !

— Je veux vous parler !

— Ah mais putain : dégagez ou je lâche les chiens !

Il est rentré. Un sauvage. J'ai griffonné un bout de papier que je glissais dans la boite aux lettres. Le vent soufflait. L'heure de la marée. La Bonnie couvrait les aboiements. Une passerelle enjambait un fossé. Je retrouvais la baie.

J-26

Ciel de traîne.
Température en hausse.

— Asseyez-vous, Monsieur Vanbrughe. Je termine ceci et je suis à vous…

— Merci Monsieur le Directeur.

— Il semblerait que vous soyez allergique au classement…

— A la poussière, Monsieur.

— Attendez, je termine…

Parler lentement l'aider à maintenir sa concentration. Chaque signature l'engageait. Je mesurais l'activité de la délégation à l'épaisseur de parapheur pour deux jours d'absence : maigre. Moins d'activité qu'à la CCIR ? Son bureau était vaste comme six fois le mien. Tapis usé. Cuir craquelé. Pas de budget.

— Merci. Nous disions ? Ah oui : je ne vous ai pas demandé dans mon équipe. Vous m'avez été imposé.

— Sauf votre respect, Monsieur le Directeur, je ne l'ai pas non plus demandé. Que cela ne nous empêche pas de travailler en bonne intelligence !

Rictus. Bon signe.

— Je vais considérer les points forts de votre arrivée. Un ; vous n'allez rien me coûter. Deux : malgré un CV intéressant, il n'y a aucun espoir pour qu'à l'issue de votre période d'essai, je vous embauche.

— Bien reçu. Alors par quoi dois-je commencer ?

— Je vous dirais bien par mettre un peu d'ordre dans votre bureau mais la tâche vient d'être confiée à une société spécialisée. C'était osé de refuser.

— Accepter l'aurait été davantage.

Ça l'amusait. Il a regardé sa montre et a enchainé :

— Une dernière chose : vous régulariserez vos congés. Je parle de ceux que vous vous êtes octroyés sans l'avis de votre hiérarchie. J'ai horreur du désordre et vous ne ferez l'objet d'aucun traitement de faveur. Juste pour vous faire gagner un temps précieux : ici plus qu'ailleurs, les bruits de couloirs vont aussi vite que la lumière. En parlant de lumière, vous rendrez compte à David Carpentier qui vous a accueilli lundi. Ça n'en est peut-être pas une mais il a ma confiance et il vous survivra ici. Maintenant, si vous voulez bien me laisser…

La nébuleuse qui se cachait derrière la haine de mon nom m'intriguait. Je dérangeais Carpentier qu'un récent galon encourageait à me prendre de haut.

— Bonjour, je sors de chez le dirlo. Quand mon bureau sera-t-il prêt ?

— Lundi.

— Je prends des congés jusqu'à lundi alors.

— Hep hep hep ! Faut remplir une demande de congé.

— Vous connaissez ça mieux que moi. Ça vous prendra cinq minutes. A lundi !

— Monsieur Dubowsky ? Monsieur Dubowsky ?

Les clébards gueulaient et je devais être un ton au-dessus.

— Vos gueules, bordel ! A la maison, ouste !

Son allure brouillonne traînait des charentaises trouées.

— J'ai eu vot'mot. Qui vous a donné mon adresse ?

Sur un ton humoristique :

— Je ne cite jamais mes sources.

— Flic ou journaliste ! Qu'est-ce que vous voulez ?

— Vous avez écrit deux articles sur le Val d'Escart. J'ai des questions.

— C'est de l'histoire ancienne tout ça. Et puis j'bosse pu pour ce torchon !

— On pourrait en discuter ? J'ai l'impression que vous n'avez pas tout écrit…

— Vous êtes le fils Vanbrughe ?

— Oui.

— Demandez à votre père alors !

— Mon père a eu un AVC en 2010. Il ne parle plus. Et moi, j'étais pas en France.

— Je sais tout ça. Mais j'ai rien à ajouter.

— Comment ça, vous savez ?

— Je connais le vieux.

— On pourrait en discuter ailleurs que sur la route, non ?

Il a entrouvert la grille.

— Je vous préviens : c'est le bordel ! Evitez de marcher dans les merdes. Ils chient partout, ces bâtards.

J'ai failli vomir en entrant. Il n'aérait jamais, ma parole !

— Asseyez-vous.

— Où ?

— Là ; retirez ce qui gêne !

Il avait de tous petits yeux noirs sous un front néanderthalien, une tignasse épaisse et une barbe grisonnante. Il évitait autant le peigne que le savon. Les chiens me reniflaient en déposant leur bave sur mon costard Hugo Boss.

— On peut ouvrir un peu ?

— Si j'ouvre, c'est pire. A cause des crottes dehors. Vous avez un chien ?

— En cours d'adoption.

— Ils le sentent. Ton vieux a fait un AVC, tu m'étonnes !

— Il aurait sorti le fusil ?

— Plusieurs fois. Moi, à sa place, j'aurais tiré dans le tas. Le pov'père, il se s'rait retrouvé en tôle mais comme une bonne crampe, ça l'aurait soulagé ! Et pis ça aurait fait du ménage !

Il n'était pas onze heures : Dubowsky s'est servi un whisky. Il ne m'en a pas proposé. Vu l'état du verre…

— Il a failli dézinguer les rois du pétrole… Putain de garce ! Salope !

Il a shooté dans le clebs qui commençait à pisser et qui couinait à présent comme une truie.

— Dehors les bâtards ! Allez ouste ! Bon débarras !

Il a sifflé sec le verre.

— Un têtu, le père. Le grain de sable dans la belle mécanique !

— Qu'est-ce qui s'est passé ?

— Dans les années 2000, les communautés de communes ont fleuri partout en France. Soit disant pour concentrer les moyens éparpillés et permettre des économies aux administrés. Mon cul : ça a doublé les effectifs et les impôts locaux ! Mais ça a surtout fait les choux gras d'une petite poignée. Ben oui, qui dit nouvelles niches dit nouvelles opportunités. Et mieux valait choisir son camp si on voulait profiter de la malle.

— Qui faisait partie de ce camp ?

— Les gros…

— Quels gros ?

— C'est vrai que Monsieur n'était pas en France. Alors je lui fais un cours de rattrapage : ici, Dieu, c'est ni le député, ni le Président de la République. Ici, Dieu, c'est le président de l'Intercommunalité. Il est à la tête de toutes les commissions et de tous les syndicats. Il contrôle tout !

— Mais quel rapport avec mon père ?

— Ses terres !

— Comment ça ?

— Une fois le président installé dans son nouveau siège, il faut rendre la pareille à ceux qui ont permis son élection. Rien n'est gratuit : les amis, les soutiens et même les adversaires qui se sont couchés. Autant dire qu'on faisait la queue pour obtenir un marché, un emploi ou une subvention.

— Je ne vois toujours pas le rapport avec mon père.

— P'tain, t'as le cerveau lent, toi. Le rapport, c'est la sortie d'autoroute. Tu comprends ou je dois te faire un dessin ? Une sortie d'autoroute, c'est une mine d'or ! C'est relier ton trou du cul au monde tout entier. Alors ta ferme, 400 hectares d'un seul tenant, déjà coupée en deux par le tracé, devient l'objet de toutes les convoitises. Parce qu'avec la sortie, il y a la zone d'activité. Ça fait boule de neige ! Des gros sous à la clef ! Et un os : Robert Vanbrughe !

— Il a refusé de vendre ?

— Le problème, c'est que Dieu a dit à ses disciples qu'il allait multiplier le pain et changer l'eau en vin. Et ne voyant rien venir, les disciples se sont impatientés. Tout ce petit monde spéculait en pensant que le Robert allait se satisfaire de ce qu'on lui paierait. Au Val d'Escart s'est ajouté un projet immobilier à la place de la sucrerie dont la fermeture était programmée mais ça, personne n'en parlait. Et puis en haut, il y avait le projet d'un grand centre commercial, de la ferme aux mille vaches et j'en passe. Mais voilà, Vanbrughe refusait toujours et tous les projets reposaient sur cette putain de sortie d'autoroute. Sans elle, patatra ! Il n'y avait pas trente-six solutions…

— C'est-à-dire ?

Dubowsky a soupiré.

— Tu veux un whisky ?

Je n'avais pas digéré ma bière.

— Un fond.

— Il ne m'a pas tout dit.

Il m'a tendu un verre crade. Pourvu que le whisky soit assez fort pour le désinfecter.

— Ils lui ont fait subir les pires vacheries : des saloperies sur lui, des faux commandements de justice, des milices de nuit.

— Comment ça ?

— Ça a commencé avec le chien. Puis les chevaux, le bâtiment.

— Je ne comprends pas ?

— Ils ont empoisonné son chien. S'en prendre à un chien…

— Rolf ?

— Un beauceron ?

— Oui.

— Et puis quelques semaines plus tard, deux chevaux égorgés en pâture. Un incendie dans le hangar. Du matériel dedans : deux tracteurs, une moissonneuse, de la paille.

— Putain !

— C'est plus maintenant qu'il faut pleurer. Dans les fumerolles, il aurait apprécié ton soutien, le vieux !

Je n'ai pas bronché. Il s'est resservi. J'en ai profité pour le goûter : une bibine.

— Je lui rendais visite souvent. Ça lui tenait compagnie. Il ne se confiait jamais facilement. Un paysan. C'était difficile pour moi de savoir ce qu'il se passait vraiment. Je savais juste que c'était pire que ce qu'il voulait bien me dire.

— J'ignorais tout.

— Si tu étais venu le voir plus souvent, tu aurais compris. Le chien, les chevaux, le hangar. Merde ! T'aurais vu qu'un truc clochait !

— Si vous aviez fait votre travail de journaliste, je l'aurais peut-être su !

— Qui te dit que je l'ai pas fait, petit merdeux ?

— Pourquoi ne pas l'avoir écrit au lieu de dire, je vous cite, *la gendarmerie maîtrise le forcené* ?

— Fous le camp, connard ! Dégage de chez moi. Merdeux va !

De toute manière, il fallait que je prenne l'air. Je n'en pouvais plus. Le passé de mon père ruinait mon présent. Quel était ce pays sans prescription ? Mes avant-bras tremblaient dans les ornières. Mes idées, dans mon cortex. Je devais comprendre pourquoi mon père les avaient noyées dans la marre de son sang.

Il n'y avait pas un touriste sur la plage du Crotoy. Mes pieds étaient bleus, mes chevilles, maigres et l'humidité salait mon pantalon. Fichu pour fichu, je cherchais mes idées claires en marchant sur une ligne. Un haut du caniveau. Un joint de carrelage. La mousse serpentine des vagues venues lécher le sable blanc. Mais attention à ne pas perdre l'équilibre sinon de mauvaises choses arrivent. J'avançais à pile ou face, comme les caprices de l'enfant que j'étais encore. Difficile avec le stress de faire les bons choix.

J-25

Retour progressif du beau temps.
Hausse confirmée des températures.

J'entendais les cris aigus de Fleur en train de faire de la balançoire quand j'atteignais la sépulture ornée de pierres. Rolf avait été assassiné. Pour des convictions qu'il n'avait pas. Je ne sous-estimais pas l'intelligence canine mais Rolf, en tant qu'individu, n'était pas futé. Ce n'est pas comme si on brûla Jeanne d'Arc !

Qu'a ressenti Robert en creusant le trou ? Ça avait beau être un chien, il lui était plus fidèle que je ne pourrais jamais l'être. Je levais la tête : les feuilles du chêne se nourrissaient de son martyr. C'était luxuriant. Trouver un prétexte à ma présence. Cacher que je puisse, un jour, me recueillir sur la tombe d'un chien. C'est en faisant un pas de côté que je décidais d'entrer dans la lumière. Un simple pas et c'est toute la perspective qui changeait. Je faisais le serment d'établir les faits, de relever les délits, d'identifier les commanditaires, les exécutants.

Quand il ne travaillait pas, mon père élevait des chevaux de traits. Des boulonnais. Des colosses blancs de près d'une tonne. Sa patience, sa passion les rendaient dociles. J'étais effrayé à l'idée qu'une personne puisse noyer leur blancheur dans la mare de leur sang. Attendre que leurs pattes s'engourdissent jusqu'à les voir tomber. Fermer les paupières sur une trahison. Je compatissais à l'attitude de mon père de ne rien m'offrir que j'aurais la faiblesse de prendre pour un pardon. J'avais la gorge vide : j'ai voulu un verre d'eau. Dans la cuisine, le temps s'écoulait au rythme d'une maille à l'endroit, d'une autre à l'envers.

— Il est où ?

— Il est allé s'asseoir sur la route.

Il n'était pas imbécile à s'asseoir sur la route ; c'était l'expression consacrée pour dire qu'il s'asseyait sur l'une des pierres érigées de part et d'autre du porche. Elles obligeaient les charrettes à manœuvrer correctement. Mais face au gigantisme des machines agricoles, une nouvelle entrée avait été percée sur le côté. Une plaie dans l'unité de la ferme. Mon père y restait des heures, la casquette vissée sur la tête, ses lunettes qui se teintaient à la lumière et ses mains abimées sur le pommeau de sa canne. Je crois qu'il rêvait du temps où la terre était sienne jusqu'à l'horizon. Il cultivait le passé.

— Ça va ?

Il a fait signe de la tête. Bien que souvent seul, mon arrivée le dérangeait. Bientôt trente-neuf ans que je le dérangeais. Je feignais de regarder la même chose que lui mais je voyais le néant. J'étais en train de changer mais ça lui était imperceptible.

— Tu rentres maintenant ?

Il a fait non. Et puis Fleur est arrivée en sautillant. Il a brusquement rayonné. Il lui a fait signe de s'approcher. Je les ai laissés. Je ne voulais pas priver ma fille de ce qui m'avait manqué. Je suis allé à la superette. Le personnel m'épiait. C'est qui lui déjà ? Ce n'est pas le fils Vanbrughe ? Il a pris du poids. Il n'était pas à l'étranger ? Il est revenu ? Seul ? Faire ses courses au village relevait de l'inquisition.

— Daniel ? Daniel ?

Il boudait, l'animal.

— Tu vas pas me laisser à la rue ! Je suis venu m'excuser ! Et j'ai apporté un bon whisky !

Et puis le silence. Jusqu'à l'ouverture inespérée du portail :

— Non, c'est moi. Je m'énerve pour un oui ou pour un non. J'ai perdu l'habitude de parler aux gens.

— C'est pas grave. Tu veux goûter ?

— Black label ; sympa !

— Et deux verres propres !

— Ils sont pas assez bien pour ta fiole, mes verres ?

Il semblait plus mal foutu que la veille. Il a remis la chemise dans le pantalon. A débarrassé une moitié de table en la gerbant sur l'autre : courrier, médicaments, vaisselle sale.

— Tu sais, pour hier…

— Te bile pas, va !

— Si, si ; je me suis dégonflé. Ça m'a même coûté mon job !

— Ton job ?

— Ouais. Puis ma femme, mes filles, ma maison.

— Ta femme ? Tes filles ? Ta maison ?

— Tu peux arrêter de répéter mes fins de phrases ?!

— Pardon…

— J'ai été grillé partout dans la région. Jusqu'à Lille ! Tintin pour retrouver quelque chose ! T'imagines ?

— Oh oui : très bien.

Daniel faisait le bilan comptable de l'opération : le coût du divorce, de la pension pour des enfants qu'il ne voyait plus. Il trouvait étrange de payer pour ne plus les voir. Le schéma classique : chômage, alcool, divorce.

— Pourquoi ils t'ont viré ?

— Je vois que ma vie privée te passionne : pour divergence avec la ligne éditoriale.

— Et officieusement ?

— Mon papier a pas plu.

— La rédaction t'a lâché ?

— Elle n'avait pas les reins assez solides.

— Il y avait quoi dedans ? L'histoire de mon père, c'est ça ?

Il s'est enfoncé dans son fauteuil pour mieux plonger dans son passé. Fort comme ce whisky. Bon comme ce whisky. A l'époque, on l'appelait sur des événements mineurs : médailles du travail, podiums de courses cyclistes. Clic clac : la bise en short à Miss Picardie, le plus jeune bachelier ou la doyenne d'arrondissement –nécessité d'un interprète après cent ans. Tout, pourvu que ça se vende. Certes, ce n'était pas cher payé et il fallait bosser sept jours sur sept. Mais c'était le plus beau métier du monde ! Partout où il allait, on l'accueillait à bras ouverts. Il jouait le faussement débordé pour faire douter les organisateurs ; ça faisait grimper l'adrénaline. Alors on l'accueillait deux fois mieux qu'ailleurs. A lui payer un verre, un déjeuner : *Tu vas nous faire un bel article, hein Daniel !* Il y avait aussi les faits divers dramatiques :

— L'accident de ton frangin et l'odeur de la mort dans la brume du matin. Les visages fermés quand il faut désigner celui qui aura la corvée de l'annoncer aux parents.

Et puis il y avait le côté vicieux…

— Tu vas chez les gens, ils te disent d'entrer. *Vous prendrez bien un p'tit remontant ?* Et puis il te faut ta gniole à 9 heures, ton jaune à midi. Pendant que tu remontes le moral de mémé, tu lui tends ton verre vide. Tu roules bourré. Tu t'en fous, les flics, tu les connais. Et tu finis par choisir tes tournées en fonction de ta soif.

Je ne savais pas si je devais le resservir. Il avançait son verre.

— Un jour, le capitaine de gendarmerie m'informe qu'un cultivateur est en train de péter les plombs. Je lui réponds : *Je prends mais je te laisse la chevrotine !* J'ai pensé que le type avait des difficultés financières ou que son voisin l'emmerdait pour les traitements… La première fois que je l'ai vu, il allait abattre son chien. La pauvre bête agonisait, les yeux révulsés. Empoisonné avec des boulettes de viande à la mort au rat. Il m'a dit : *Regardez ce qu'ils sont capables de faire. Allez-y, prenez une photo* – même la photo, le rédac-chef l'a refusée ! – *Montrez le vrai visage de ces salauds !* Je me suis éloigné : je ne voulais pas voir ça. On s'est installés dans la cuisine. Moi, j'aurais bien pris un calva pour faire passer l'émotion mais chez toi, c'était café à toute heure. Avec de la chicorée. Nulle part ailleurs j'ai bu un aussi bon café. Et moi, gros con, tu sais ce que je lui ai posé comme question ? *Vous vous opposez au développement économique de la région ; pourquoi ?* Je parlais comme eux. J'ai cru qu'il allait me foutre dehors. J'ai vite changé de tactique. Les agriculteurs sont de braves gens qui ne s'intéressent qu'à deux sujets : l'agriculture et la météo. Ça marche à tous les coups : il s'est mis à parler. Il en éprouvait le besoin. Toutes ces choses qu'il gardait pour lui et pour sa femme. Et encore : il ne lui disait pas tout ! Petit à petit, je découvrais les enjeux. Honnêtement, je me demande comment il faisait, ton 'tit père, pour supporter toute cette pression. Sa ferme, c'était toute sa vie. Il m'a dit qu'il aurait préféré être mort plutôt que de voir ça de son vivant. Il vivait mal l'absence de soutien. Pour les gens du village, il était le flamand. Je lui ai dit que j'étais bien le polonais alors que mon père était né à Béthune ! Nous étions des apatrides au pays des cons. Ça nous a rapprochés, je crois... Pour recouper, j'ai enquêté de mon côté. Dans ce genre d'affaire, il faut chercher celui qui n'a pas eu sa part du gâteau. En général, plus tu grimpes, plus ça dézingue. Eh ben, tout ce que disait ton père était rigoureusement exact !

Je n'ai jamais réussi à mettre le visage de mon père sur l'homme dont il parlait. La tendresse qu'il avait pour lui faisait de moi un étranger.

— Quand je l'ai revu, c'était après l'incendie du hangar. Il avait repris du poil de la bête. Il a refusé de me parler. Il me reprochait de ne rien avoir révélé dans le journal. Quel fichu caractère quand même ! Tu tiens plutôt de ta mère, toi ? Aux élections suivantes, des nouveaux ont balayé les anciens. Ça aurait dû être salutaire mais les affaires continuaient. Autrement. Il restait secrètement une cible à abattre. Et puis à un ball-trap, je l'ai revu. Une fine gâchette. S'il avait visé un de ces salauds, il ne l'aurait pas loupé ! On venait de lui égorger deux boulonnais dont une jument à terme. Comme tout le monde, j'ai pensé que ces branleurs, en égorgeant deux, en avait finalement tué trois. Pas du tout… Ces abrutis venaient d'éteindre la lignée… je ne sais plus quel nom il m'avait dit. Celui d'un étalon. Je n'y connais rien en canassons. Alors ton père m'a expliqué. L'espèce, c'était le cheval de trait boulonnais. Une race très locale. Et donc de gros problèmes de consanguinité. Le concept était de réintroduire du sang neuf sans s'écarter des standards. Ton père avait mis des années à sélectionner ses chevaux. Il étudiait leur arbre généalogique. Il faisait appel à des étalons qui venaient parfois de loin. Juste pour créer une nouvelle lignée. Avec sa jument qui était championne de la race, il attendait un poulain du fameux étalon dont je ne sais plus le nom. En l'égorgeant, c'est cette nouvelle lignée qui a été assassinée. J'ai vu pleurer ton père. Et je me suis dit : DD, si tu as des couilles, écris ton meilleur papier. J'ai tout perdu le jour où je tentais d'être un vrai journaliste. Malgré toutes les emmerdes, j'en tire une vraie fierté.

Mon père pleurait. Qui étais-je pour ne l'avoir jamais vu ? Pourtant, des drames, nous en avions vécu !

Je connaissais les problèmes de lignée. L'étalon s'appelait Jaloux des hauts prés par Hyppolyte du bois Verdier et Eglantine du Marais. Dit comme ça, ça ressemblait à une arrivée du tiercé. Robert m'avait dit qu'il avait vendu ses chevaux à un irlandais. C'était un tournant pour moi. Mon père m'a menti. Il a probablement menti à ma mère. Pour nous protéger ou pour mener seul ce combat qu'il savait perdu d'avance.

J'ai eu besoin d'une bonne rincée :

— Donne-moi la liste de tous ceux qui sont mouillés dans cette affaire ?

— T'en feras quoi ?

— Bon usage.

— Ils feront avec toi ce qu'ils ont fait avec ton père. Et honnêtement, tu es loin d'avoir sa carrure. Crois-moi ; inutile de remuer la merde.

La bouteille était pratiquement terminée. 70 cl devenait une dose de fillette.

— Bon alors, tu vas finir par me dire où tu bosses ?

— A la CCI d'Abbeville.

Il s'est vidé de ce qui l'animait le mieux : sa répartie.

— Putain : tu bosses pour ceux qui ont flingué ton père, Marc !

De quel côté étais-je ? Aux côtés de ces vautours ou à l'inverse, machiavélique à vouloir les dégommer de l'intérieur ? J'ai brusquement repensé à l'ère pré-informatique.

— Daniel, je suis désolé de ce qui t'est arrivé. Tu n'es pas un cas isolé : je suis en train de perdre ma femme, dans cinq mois, je n'aurai plus de job et je commence à picoler !

— Fais pas le mariole : l'alcool, ça rend con ! Je suis bien placé pour le savoir. Je ne sais pas quelles sont tes intentions mais ça ne te mènera à rien. Regarde-moi, avec mon RSA et ma gueule d'alcoolo. Regarde ton père, avec sa jambe raide et sa gueule de travers !

— Attends : tu l'as revu ?

— Chaque année, pour lui présenter mes vœux. Et chaque année, il me reçoit dans le salon et on boit le champagne. C'est dégueulasse, le champagne. Je préfère un bon café.

Il s'est mouché. Bruyamment. A remis son mouchoir de tissu dans sa poche. La lessive, c'était le même jour que le peigne et le rasoir.

— Il y a un truc que je ne comprends pas : l'affaire n'est pas allée en justice ?

— Si. Débouté. En première instance. Et en appel.

— Ça ne tenait pas ?

— Si.

— Je ne comprends pas.

— On se fait une idée trop régalienne de la justice. Dans une République comme la nôtre, une bonne justice, c'est celle qui sert l'intérêt général. Imagine une seconde que ton père gagne. Les conséquences que ça aurait eues ! La région aurait fait l'actualité nationale jusqu'au procès.

Je ne l'écoutais plus. Les vieux dossiers m'appelaient.

— Tu t'en vas ? J'ai une dernière question… L'accident en 88 au chemin de halage, c'était toi ?

— Quel accident ?

— Te fous pas de ma gueule : Geoffroy Fournier ! Y'a bien fallu que quelqu'un la tende, cette putain de corde. J'ai toujours dit que c'était des gamins qui ont fait le coup. Un adulte l'aurait mise à un bon mètre cinquante. Elle était à 1m10. C'est ça qui lui a sauvé la vie. L'adjudant Chabal n'était pas très motivé pour trouver les coupables. J'ai tout de suite pensé à la bande à de Boves. Le jeune Fournier faisait bien du cross sur ses terres, non ? En plus, avec une corde en nylon comme pour la paille. D'autant que j'ai noté que peu de temps après l'accident, la petite troupe s'était vite dissoute. De Boves a même mis son rejeton en internat. Tu vas où ? Attends ! Putain, mais t'en fais vraiment qu'à ta tête !

Quand je suis arrivé, quatre jeunes riaient autour d'une vieille camionnette.

— Vous videz le bureau du fond ? J'ai oublié de mettre de côté un dossier. C'est votre premier voyage ? Je peux regarder ?

Le chargement brassait les piles jetées dans l'utilitaire. Il me faudrait des heures pour trouver.

— Les gars : combien on vous paie pour ce boulot ?

Le plus hardi :

— 250 €. Juste pour emmener des papelards d'ici au point vert qui est à 200 mètres derrière. Ils sont oufs les gars !

— Les documents ne sont pas détruits ?

— On nous a rien demandé !

L'aubaine !

— Les gars : 100 € à celui qui me trouve un dossier dans ce bazar !

— Un dossier sur quoi ?

— Donne-moi ta main !

Au Bic, j'ai écrit : *VANBRUGHE ou VAL D'ESCART ou SORTIE AUTOROUTE – Années 2006 à 2011.*

— Les autres : vous recopiez. Celui qui trouve un dossier avec l'un de ces mots-clés, je lui file 100 €. Ça marche ?

— Ok M'sieur ! Prépare la monnaie !

J'ai rapidement salué Morgane et je me suis engouffré dans le couloir. Une ampoule de chantier éclairait le travail restant. A sa lueur, je contrôlais les piles.

— Eh M'sieur, c'est pas du jeu. Vous nous coupez le taf sous le pied !

— Moins fort : t'as vu ce qu'il reste !

Remuer soulevait un nuage de poussière. Elle croquait entre mes molaires. Sur le papier jauni, des écritures différentes, des encres passées. Les piles provenaient d'un autre lieu. Apportées ici au fil du temps. J'essayais de comprendre la logique du désordre quand Carpentier est apparu. Il nous a entendus.

— Vous faites quoi, Vanbrughe ? Vous n'êtes pas en congé ?

— Je suis venu prêter main forte. J'ai hâte d'investir mon nouveau bureau.

— Non mais Vanbrughe, vous n'avez rien à faire là. Vous dégagez !

Les jeunes ne comprenaient pas. Je n'avais plus que quelques minutes. Et s'il était en lieu sûr ?

— Carpentier, dégage si tu veux pas mon poing dans la gueule !

— Tu te prends pour qui, Vanbrughe ?

— Vas-y, M'sieur, mets y un pain à l'aut' connard !

Carpentier était épais comme du papier à cigarette.

— Ce n'est pas toi qui a mandaté cette entreprise ? Depuis quand les services généraux de la CCI favorise le travail dissimulé ?

La situation se retournait contre lui.

— Tu travailles ici depuis combien de temps ? 5 ans ? 10 ans ? Plus ? Allez : depuis plus de vingt ans ? Ça se sent à ton haleine. A ton œil jaune. Alors tu sais quoi ? Tu vas retourner à ton bureau, faire ton petit rapport. Mais attention : le jour du jugement dernier approche !

— C'est une menace ?

— Mieux : une volonté divine !

Il a inspecté tout ce qui nous entourait. Et puis il m'a regardé. Il a compris ce que je cherchais. Le gars le plus hardi m'a dit :

— Eh M'sieur, Vanbrughe, c'est toi ?

J'ai fait oui de la tête.

— Eh, M'sieur Vanbrughe, c'est un truc de ouf, ton truc ! Ça va pu être les mêmes conditions. Ton papelard, on te le trouve mais c'est 10 sacs par personne et on est quatre.

Mettre la main dessus les valait.

— Ok mais je veux tous les dossiers avec les mots-clés écrits dans votre main. Et vous devez contrôler ce qu'il y a ici, dans la caisse et dans la benne du premier voyage. Ok ?

— Bien-sûr. On est pas des chiens !

J'ai attendu jusqu'à la fermeture du point vert à 17 heures. Pour son dernier voyage, l'utilitaire est arrivé deux minutes en retard. Ils en sont sortis avec des cris de joie. Ils me tournaient autour quand je voulais prendre connaissance des deux dossiers. L'un s'intitulait *Projet ZA autoroute A16 Abbeville Nord – Septembre 2009* et l'autre, *Préemption exploitation agricole Vanbrughe – Mars 2006*. Des annotations manuscrites et la même signature : *Bruant*. J'ai retiré 400 € que je distribuais.

En rentrant, j'ai saisi la clé accrochée au clou dans l'entrée. J'ai remis tous les meubles en place dans la maison de grand-père. Il pouvait revenir. J'ai ajusté la table à la fenêtre. Plusieurs fois changé sa place jusqu'à retrouver l'originelle. J'ai plié un morceau de carton pour en faire cale. Je l'ai vu mille fois le faire. J'ai déposé les dossiers dessus et tiré le voilage gris pour prolonger la discrétion. J'ai refermé à double-tour, mis la clé dans ma poche. 18 juin. Le jour idéal pour entrer en résistance.

Au hit-parade des succès auprès des mamans à l'heure du parc, il y avait *Trader en congé parental*. J'expliquais ne rien vouloir manquer des premières fois de ma fille : première dent, premier Papa, premiers pas. Et premier couperet social. Il n'existera de meilleure politique familiale que celle qui placera sur un même pied, parent qui élève son enfant et parent qui travaille.

Il y eut pire : vivre dans un pays qui me haïssait. Si les picards me reprochaient d'être flamand, pour les danois, je restais un étranger. Mon corps a mis trois ans à éliminer l'anxiolytique que les salles de marché produisaient sur moi. Me sevrer des hauts de tableaux. Des tours du monde en 18 heures, du Nikkei à la cloche de Wall Street. Ah, j'étais riche. Assez pour payer les factures des dizaines d'entreprises qui décoraient notre 300 mètres carrés à Frederiksberg ou louer un jet pour une virée à Venise. Mais l'argent ne m'a été d'aucune aide quand il fallait conserver l'ingénue du Square de l'Evêché. Elle a revêtu sa nudité de fringues difformes et j'ai éteint son rire. Je l'ai laissée partir vivre la même désastreuse comédie.

Depuis que je foulais à nouveau la terre de mes aïeux, je réapprenais que le blé est le fruit d'une année de travail. Pas une valeur pipée qui contraint les coopératives à mettre le couteau sous la gorge des paysans…

Je faisais de la maison de grand-père, le bureau qu'ailleurs, tout le monde me refusait. Aérer l'aurait tué une seconde fois. Il présentait l'avantage d'être encombré de doux souvenirs. J'ai rependu un peu de son eau de Cologne sur mes mains. La chaise a raclé la tomette. Le dos bien droit, j'ai ouvert le premier dossier. Chaque document pouvait me surprendre : j'étais en position de sécurité. Tourner les feuilles laissait s'échapper un musc volatile. L'inavouable s'y cachait-il ? Les dossiers étaient techniques. Une signature validait les décisions. Faire des recherches sur un certain Denis Bruant. Daniel avait-il encore des secrets à livrer ?

Mon nouveau bureau intriguait la ferme endormie. A commencer par ma mère qu'une curiosité dévorante poussait à venir :

— La chambre de ton frère est plus confortable !

Ma fille ensuite qui optait pour le dessin sur une moitié de table qu'elle défendait bec et ongles en repoussant mes dossiers encombrants. Ces cheveux bouclés inondaient la blancheur de sa feuille sauf quand elle les relevait pour contrôler ce que je faisais. Je me remettais alors à noircir les feuilles que je tentais de lui extorquer. Ça devait la rassurer que j'en fasse bon usage. Si je ne remuais jamais les pieds, c'était qu'entre mes chaussures, le chien dormait. Personne ne s'était manifesté depuis la distribution d'affichettes. *Le chien*, c'était bien comme nom. Il avait probablement été abandonné par un propriétaire peu scrupuleux. La SPA en recueillait chaque année sur l'aire de repos. Seul mon père tenait ses distances avec mon officine. Je le devinais de temps à autre derrière la fenêtre de la cuisine. Et puis, sa silhouette disparaissait.

Son dossier était comme lui : mystérieux. Tout manquait : les noms, les mobiles. Alors que celui de son père était exhaustif. Sur des enveloppes méticuleusement dépliées pour en doubler la surface, il notait des milliers d'informations. D'une écriture patte de mouche qu'il convenait de lire en faisant le tour complet du papier. Victime de son fournisseur, le facteur. Chaque phrase était réfléchie. Peu de ratures. Un travail proche de sa forme finale, étayé d'extraits de revues, d'articles de presse et d'herbes séchées façon herbier. J'avais le sentiment de déjà tout connaître pour l'avoir dix fois entendu. Antoine le solaire et Robert le Ténébreux. Des années-lumière les séparaient.

J-23

L'anticyclone s'installe dans le quart Nord-Ouest.

La direction des ressources humaines mettait Indra à l'épreuve. Son avenir dépendait de sa capacité à rebondir. Attendre. L'histoire de quelques mois. Nous partirions l'été prochain. Deux semaines. Nous louerons une maison dans le sud, du côté de Grasse ou de Vallauris. Avec piscine. Nous emmènerons le chien si maman est d'accord. Elle ne le sera pas.

J-22

Premier jour de l'été.
Orages violents attendus en soirée.

Je me suis réveillé le corps chiffonné dans le lit pliant. Je l'avais ouvert en toute hâte. J'ai dû finir tard.

— Tu viens à la messe ?

— Bonne idée !

— Tu te coifferas.

Jusqu'à quel âge faut-il obéir à sa mère ?

Depuis son accident, mon père n'allait plus à l'église. C'est Elle qui venait à lui. La semaine Sainte, pour le confesser. Toutes les autres, pour manger son omelette au lard et boire son Bordeaux. Ma mère haïssait le vélo mais c'est avec qu'elle se rendait aux offices : la Passion selon Eddy Merckx.

Au moment de partir, le père était absent. La fumée qui caressait la toiture du hangar le trahissait. Il ne se passait pas une semaine sans faire un feu. Carton, feuillage, l'huile d'une dernière vidange, un vieux pneu devenu gênant. Dans la vallée, des dizaines de panaches s'élevaient ainsi. Dans le fond d'un jardin, au cœur de la forêt. Pour faire hurler la voisine qui aérait ses chambres. J'entendais les *Aïe !* que Fleur ne savait retenir quand la brosse arrachait les nœuds dans ses cheveux.

— Il faut que tu sois belle, ma chérie.

Ma mère quittait son tablier : le signal.

— Tu ne veux pas conduire la grande ?

— Non, prenez la petite. Je vous suis en moto.

J'ai suivi la vieille Renault. A travers la vitre, une petite main ne se lassait pas de me faire signe.

Les cloches sonnaient des coups de marteaux dans ma mémoire : le poilu sur son piédestal, la vierge qui prie, le vent dans les tilleuls. Rien ne réveille le terroir. Et rien ne vit comme lui : le sillon, la semence, les mains enfarinées, le pain qui croustille, le pâté et l'échalote. Mes racines étaient derrière ce mur que ma main s'était usée à suivre : le cimetière. Anatole, Albert et Antoine. Il n'y avait pas plus picard que nous autres, les Vanbrughe. Quand tout vacille ou devient fou, il fallait se réfugier ici. Une fois par semaine était la juste posologie. Ma mère grimaçait en visant mon front. Je suppose que j'étais encore ébouriffé. Elle corrigeait autrefois mon épi avec une main passée sous l'eau et les traces de la nuit aux coins des yeux, avec un peu de sa salive sur son mouchoir. Quand elle a partagé l'eau bénite, mon réflexe a été de craindre ses doigts mouillés. Avant toi, Fleur, c'est papa qui devait être beau. Mais toi, tu étais belle comme un cœur. A la suivre jusqu'au banc, j'avais l'air d'un premier communiant. Une plaque clouée sur le bras portait un autre nom que le nôtre. J'ai aimé la retrouver. Quand j'ai su lire, j'ai longtemps cru que nous prenions le banc d'un autre. Au moindre battement de porte, l'enfant que j'étais regardait si ce quelqu'un arrivait. Il se prenait un coup de coude par sa mère. Il est interdit de se retourner. Après la mort du frère, l'accident du père, le banc était devenu trop grand. Elle dut le partager. Mais pas ce matin. Ce matin, elle était fière de l'occuper avec son fils et sa petite-fille. Les vitraux, les clefs de voûte, les fleurs de lys : l'intemporel. J'avais trente-neuf ans. J'avais quinze ans. J'avais ton âge, mon enfant. Et toujours le même banc. Et si par malheur, nous arrivions en retard, nous fixions, la messe restante, l'occupant. Qu'il comprenne qu'il était indésirable à cette place.

C'était une communauté où l'étranger attisait la curiosité. A trop l'avoir délaissée, je la sentais aujourd'hui. Les ouailles voulaient savoir. Mais interdiction de se retourner. Attendre la communion et son défilé. C'était pourtant facile de m'identifier : le banc portait un autre nom.

Le nouveau curé venait d'Afrique noire. L'Evangile sans R. Comme toujours, je voulais que la messe soit dite avant qu'elle ne commence. Vite entonner le chant qui nous promettait poulet rôti et belle journée. Une fois les fidèles renvoyés sur le parvis, la plupart se retrouvait à la superette pour se disputer la dernière laitue. Pendant la communion, la classe ouvrière faisait main basse sur les réserves. A la ferme, le potager nourrissait une famille nombreuse. Vingt ans qu'ils n'étaient plus que deux. Aller à la superette, c'était pour améliorer l'ordinaire :

une côte de veau à faire au jus ou une tranche de pâté de foie pour une entrée. Je me suis souvent demandé pourquoi Tu avais rappelé mon frère à toi. Pourquoi lui ? Il n'avait pas le profil. J'ai douté de Tes choix. Pardonne-moi. Garder le droit chemin quand Ta lumière éclairait tous ceux de traverses. Je me suis détourné de Toi. Le protestantisme n'a rien résolu. La dernière fois que tu m'as donné de tes nouvelles, Tu réclamais 20% de mes revenus. Plus que les taxes irlandaises et luxembourgeoises réunies ! Puis-je te suggérer de changer d'agence de pub pour ta prochaine campagne du denier ? Mon téléphone a vibré. Dieu me répond ?

SMS : *La fête de la musique, ça te tente ? Rejoins-nous quai Bélu à 18 heures. Lucie Marchand.*

Lucie ? Comment osait-elle s'introduire ici ? Et mon programme ? Mes recherches, le repas dominical, la messe. En fait, rien… Ça me laissait quoi : 5 ou 6 heures ? Il me fallait une heure de route. Non, trente minutes. C'était qui, nous ? Comment s'était-elle procuré mon numéro ?

Enfin des nouvelles de Lucie ! Les églises sont des endroits magiques !

Coiffé. Il ne me restait plus qu'à esquiver les interrogations.

— C'est la fête de la musique sur Amiens. Je rentrerai tard.

— Tu ne dînes pas avec nous ?

— Non.

— Tu pourrais quand même prévenir. Bon…

J'avais le cœur serré. Respire, bon Dieu ! Tu n'as plus seize ans ! J'étais en avance. J'aurais dû travailler plus longtemps. M'occuper l'esprit. Oublier que j'ai répondu *oui*.

Place du Beffroi, j'ai aperçu son salon de coiffure. Il ressemblait à une maison de poupée. Ses petites prestations, ses petits tarifs, ses petits magazines. Je n'étais plus très sûr de moi. Pas loin, des jeunes tiraient des câbles électriques, tendaient des bâches. La ville s'apprêtait à faire du bruit. L'orage aussi.

Au Quai Bélu, j'ai vu des chaises plein les terrasses, des terrasses plein les trottoirs, une petite robe noire s'agiter. J'étais attendu. Son sourire gourmand. Ma timidité. La bise. Les notes de bonbon, de miel et de chocolat.

— Tu t'es coupé les cheveux ?

Lucie posait une main douce sur ses mèches courtes :

— Ça te plait ?

— Beaucoup.

Je n'engageais pas un débat technique sur ce qui relevait de sa compétence. Mais qu'elle me le demanda me fit croire un instant qu'elle eut pu le faire pour moi. La présence de ses deux amis me privait de la complimenter davantage. Nous étions si peu loquaces que ça en devenait gênant. Boire quelque chose ? Vous buvez quoi ? Une bière ? Belge, bien sûr. Adrien, trentenaire cultivé, passait son temps à caresser la main de Lucie comme un objet précieux. Pouvait-elle être avec cet homme plus jeune qu'elle ? La ville, ses habitants. Je me sentais bêtement paysan. Privé de la répartie d'Adrien, accablé par mes problèmes. Partir ?

— Oh oh, Marc ! Tu fais quoi à la Chambre de Commerce et d'Industrie ?

— Pardon ?

La tablée m'ennuyait. Lucie le voyait.

— Pas grand-chose. Je suis revenu en France il y a trois semaines. J'ai pris ce job. Je ne sais pas encore si ça me plaît.

Excès de sincérité. 18h35. Retrouver mes dossiers. Préparer le prochain entretien avec Dubowsky. Adrien tripotait la main blanche de Lucie. Elle l'a reprise. Il a dit :

— Bon ma chérie, si on veut une bonne place, il faut y aller maintenant.

— Adrien, je ne sais pas si on vous accompagne. Marc, on a prévu un concert à la cathédrale. La maîtrise interprète le *Requiem* de *Fauré*. Ça t'intéresse ?

Dubitatif.

— Non, je crois que Marc et moi, on va profiter des musiques de rue.

Tout se décidait sans moi. Ils ont disparu. C'était intimidant de me retrouver seul avec elle.

— Excuse-moi mais Adrien et toi…

Elle a ri.

— Adrien est tactile. Il ne peut s'en empêcher. Il dit que j'ai des mains d'or. Tu trouves aussi ?

Rire était ce qu'elle faisait de mieux. Elle m'a dit deux ou trois choses d'eux que j'oubliais aussi vite.

Accompagner Lucie au gré du hasard le plus bruyant était un bon programme. Nous évoquerions le passé, le présent. En quittant le guéridon embarrassé de verres et de monnaie, j'ai revu ces gens boire, rire et fumer. Ils étaient des milliers à se tourner le dos. A nous tourner le dos. Pourtant, dans un court instant, ma vie va basculer. Lucie Marchand aura le talent du risque quand elle étreindra mon bras et dans la seconde qui suivra, elle et moi ne ferons qu'un.

Son audace promettait le meilleur. Elle a tout réinitialisé. Avant elle, c'était rien. Ou plus vieilles. Ou trop grandes. Je ne sais plus. Ses mains tombaient dans les miennes. Son pas, dans le mien. Juste faite pour moi.

Elle avait froid. J'offrais mon blouson. Puis l'été nous a surpris quand ricochèrent des gouttes épaisses sur le granit aride. Elle m'a dit de nous replier au salon tout proche. Un torrent s'abattait. Elle a ôté ses escarpins pour courir dans le miroir de la rue. Nous nous sommes abrités sous un porche. Son front immense était rayé de mèches ruisselantes. Ses lèvres, une gouttière. Elles m'ont hypnotisé. J'ai oublié qui j'étais. Nos sentiments l'essoufflaient et j'avais peu d'oxygène à offrir. Elle dégrafait mon jeans, ma chemise. Nous étions dans l'impasse. Calmer nos ardeurs en nous rafraîchissant jusqu'au salon dont je n'ai vu que les traces humides qui nous poursuivaient. Elle s'est approchée, yeux clos, épaules basses. Elle s'est agenouillée. L'offrande…

Nus dans ses draps secs, elle a demandé mes souvenirs de lycée. Je n'en avais aucun mais comment lui avouer ? Elle était insolente d'anecdotes ? Pourquoi diable était-elle la seule à en avoir ?

J-21

Voile nuageux mais rien de grave.

A l'heure du café et du pain grillé, la moto entrait dans la cour. Ma mère me croyait en haut. Pas un commentaire. Le silence était violent mais la nuit blanche, si douce. Enfiler un costume et repartir. Morgane me précisait un rendez-vous à 10 heures avec le directeur. Ouvrir le volet révélait un beau volume mais je n'avais ni fauteuil, ni ordinateur.

Le directeur me fit attendre une heure. J'étais d'une humeur de chien. Repenser à Lucie me faisait du bien. Son corps sous sa robe mouillée, son souffle quand elle m'a dit *doucement*.

— Monsieur Vanbrughe, avant d'aller plus loin, j'aimerais que vous m'expliquiez ce que vous êtes venu faire l'autre jour ?

Le bruit qui défiait les lois de la physique :

— Je suis venu m'assurer que les travaux avançaient.

— Est-ce que vous détenez des documents qui ne vous appartiennent pas ?

— Le but étant de débarrasser intégralement le bureau, je n'en ai conservé aucun, Monsieur le Directeur.

— Il me faut insister, Monsieur Vanbrughe. Si vous détenez des documents, vous devez me les restituer. Vous n'êtes pas sans ignorer à quel point la confidentialité est le dogme de notre métier.

— Je comprends. D'où le choix d'un prestataire qualifié.

— Je ne vous saisis pas.

— Vous parliez de confidentialité. Je me demande si le prestataire vous a fourni un certificat de destruction. C'est un minimum. Pour le dogme, j'entends.

Que les vieux dossiers deviennent brusquement confidentiels n'éclipsait pas mon envie de pizza.

— Je vous ai fait venir pour autre chose : une mission délicate. Je vous demanderai de n'en parler à personne ici.

La phase 2 de l'entretien.

— La mission a accepté d'accompagner une entreprise dans son PSE. Je sais que vous n'avez jamais traité ce genre d'affaires. Aussi, je vous ai préparé le document relatif à nos conseils. Je vous demanderai deux choses. De travailler en direct avec l'entreprise et de vous en tenir à ce qu'elle vous demandera. Je vous avoue que c'est sur ce deuxième point que je m'inquiète le plus…

Il a soupiré.

— La CCI conseille. Rien d'autre. Il s'agit des Etablissements Bricart que vous connaissez ? C'est à deux pas de chez vous, non ?

J'ai brusquement pensé à John, à Jennifer, à leur gamin autiste.

— Considérez que ce sera votre seule mission. Prenez votre temps, organisez votre travail comme vous l'entendrez. Vous retirerez chez Carpentier un ordinateur portable et une clé 3G. Je vous invite à travailler chez vous ou depuis leurs locaux. J'espère que la 3G passe. Est-ce que tout est clair ?

Il est clair qu'il m'éloignait d'ici. Je l'ai dévorée, ma pizza. Avec un mauvais rosé. Au rythme de chaque mâchée, je progressais dans mon analyse. Un, la CCI m'éloignait. Deux, elle aurait pu rompre mon contrat en période d'essai mais ne l'avait pas fait. Trois, mes ennemis savaient qui j'étais et ce que je cherchais. Alors en quoi cet accompagnement était un champ de mines ? Et puis j'ai fini mon assiette. Le ventre plein, j'ai fait du tri dans mes priorités.

J'ai retrouvé le prêtre qui m'a vu grandir. Dans une maison de retraite avec vue sur la Baie. Il avait toujours été un père pour moi. Son presbytère était, après l'école, le point de rencontre de la jeunesse. Personne ne trainait les abribus et le cantonnier ne ramassait aucune canette vide. Ici, on se nourrissait d'abord des tomates du jardin. On pouvait les croquer et baver en riant leur jus sucré, passer la tondeuse, cueillir les pommes. Partager, c'était déjà prier.

On s'est promené dans les allées, les mains dans le dos. Comme deux pénitents. Il avait toute sa tête. Il fallait juste parler fort.

— Ne trouvez-vous pas les journées longues ici ?

Il se redressait :

— J'ai servi Dieu toute ma vie. J'ai usé une dizaine de voitures à sillonner ma paroisse. Pour visiter les malades, préparer les obsèques, dire la messe. Un jour, l'Evêque me convoque pour me dire que les bergers aussi prennent leur retraite. Ça fera dans quelques semaines 24 ans ! Alors oui, le temps est long. Les pensionnaires sont gentils mais peu spirituels. Quand vous vous en êtes nourris toute une vie, attendre que Dieu vous rappelle à lui peut ressembler à un chemin de croix. C'est pourquoi ta visite me fait grand plaisir même si j'appréhende son but. Je me souviens très bien de toi, tu sais ? Peu de temps après la confirmation, tu m'as dit : *Je n'ai plus besoin d'aller à la messe. Je trouve Dieu partout ailleurs*. T'en souviens-tu ?

— Oui.

— Et que t'ai-je répondu ?

— Qu'il faut se nourrir quotidiennement de l'Evangile.

— A la bonne heure ! Tu n'as pas oublié.

— Est-ce un pêché pour un catholique de se marier chez les Luthériens ?

Sa bonté lui interdisait toute curiosité :

— As-tu entendu parler de la Justification ?

— Non

— C'est la lecture commune que Luthériens et Catholiques font des Saintes Ecritures. Et c'était il y a cinq siècles ! Il est temps de pardonner et de se montrer unis, non ?

Quand j'abordais le sujet pour lequel j'étais venu, il s'est posé en homme résolument moderne.

— Ecoute Marc, tu ne crois pas qu'il serait temps que l'Eglise évolue ? Ses principes ont deux millénaires. Ils ont tenu le coup mais aujourd'hui, la maison de Dieu se vide… Ce qui doit unir deux êtres, c'est l'amour qu'ils ont l'un pour l'autre. Je ne devrais pas te dire ça mais ne trouves-tu pas curieux de demander son avis à un ecclésiastique à qui ça lui est interdit ?

Il n'avait rien perdu de sa verve. Il gagnait même en liberté d'expression. Cinquante mètres plus loin, il a ajouté :

— Et entre nous, si on excommunie tous les pêcheurs, qui assistera aux offices ?

Il voulait rentrer. Dans son mouroir, tout savait attendre sauf l'heure de la soupe. Nous avons brièvement prié. Il m'a demandé de pardonner à ceux qui ont fait mal aux miens. Comme ceux à qui j'ai fait mal. Il s'est assuré que sa clairvoyance m'atteignait.

— Comme on dit, pardonner est chrétien, oublier est couillon ! A méditer.

Ce curé était un ostéopathe : il réalignait les vertèbres de l'âme. Même s'il fallait que ça craque un bon coup.

Mon ombre me dépassait. Je me suis retourné une dernière fois sur la Baie embrasée. Il n'existe pas de plus beau spectacle. J'ai arrêté la Bonnie devant la maison de *fauteuil roulant*. Rester là pour affronter mes démons.

— Bonjour. Tu vas bien ?

— Ah bonjour. Je n'ai pas beaucoup de temps. Qu'est-ce que tu veux ?

— Ah… Je te manque ?

— Ça va Marc ? Qu'est-ce qui t'arrive ?

— Je veux juste savoir si je te manque.

— Je n'ai pas vraiment le temps pour ça. Fleur va bien ?

— Oui.

— Tu sais, Peter, qui a pris la direction de la R&D, a fait sa première bourde. Il est convoqué lundi prochain chez Strömberg. Faut que je te laisse, j'ai encore une tonne de mails à lire. On se rappelle.

— C'est ça…

C'est ça n'avait aucun sens. Hormis le goût du dépit. J'aurais pu dire : *pas la peine* ou *je ne te rappellerai pas*.

Indra avait une attitude bovine. La marinade est le dernier traitement avant cuisson : elle détend pour mieux saisir. Ses RH étaient en train de la lui préparer. J'ai fixé une dernière fois les fenêtres mais je n'ai vu aucune ombre. Je sais que le vieux curé y faisait allusion.

Mon sommeil fut une plage chahutée par le ressac de réflexions épuisantes. Dans mes rêves, Lucie était en répétition de chant, Indra, victime du chant des sirènes, des inconnus faisaient chanter mon père et Dubowsky était désenchanté. Une cacophonie dans le silence de la maison. Je suis allé chez grand-père. J'ai travaillé à la bougie.

J-20

Soleil dominant sur le littoral.
Rafales pouvant atteindre 80 km/h.

Quand j'étais mino, je marchais deux kilomètres avant de trouver la civilisation. Ou ce qui se faisait passer pour elle. Aujourd'hui, 300 mètres. Elle progressait. Et ça justifiait que je prenne la moto. A la frontière entre nos deux mondes débutait une langue de bitume de quinze bons mètres de large. Un avant-goût d'autoroute. Les grilles d'égouts, les caniveaux, l'éclairage public, des ronds-points à chaque croisement justifiaient les subventions. Mais personne n'a suggéré d'enrober jusqu'à la ferme. Ils ont cru que nous n'avions ni eau, ni électricité ! Mon père refusait de siéger au conseil municipal. Il avait tant à gagner à contrôler le remembrement. Mais non : le flamand, ça vit en autarcie. Et ce chemin le rappelait.

Le progrès aime les jolies routes. Probablement pour cela que mes parents ne l'ont pas rencontré. Mais quel était-il, ce progrès qu'ils n'avaient su voir ? A ma gauche, une décharge ouverte malgré une directive de l'Union Européenne. Un talus de huit mètres de haut pour cacher cette merde qui rapportait de l'or. Le vrombissement des engins à chenille, les filets qui retenaient les plastiques comme un mur de désolation et les nuées de mouettes. Sans parler du ballet incessant des camions poubelle. A droite, près de trois hectares de bâtiments et autant de parking : le ballet des fournisseurs, des transporteurs, des courses poursuites des ouvriers qui n'ont qu'une heure pour déjeuner. Et en face, la fameuse sortie d'autoroute, les parkings sauvages de covoiturés, la loge du préposé au péage aussitôt remplacé par une borne automatique. Il était là, le progrès. Et je comprenais pour une fois que l'autarcie flamande puisse être meilleure.

J'ai cherché les bureaux. Un hall froid menait à un escalier : l'éminence grise se trouve toujours à l'étage.

— Vous avez rendez-vous ?

— Non. C'est un premier contact.

Depuis la baie vitrée, j'ai aperçu John qui parlait avec deux autres personnes. Il portait une blouse bleue et des lunettes de protection. Je lui ai fait signe. Aucune réponse.

— Il peut vous recevoir. Suivez-moi, je vous prie.

Les fenêtres donnaient plein Est. J'apercevais les bâtiments de la ferme. Un homme, la petite quarantaine, terminait un appel à voix basse. Des coupes et des plaques de rallye décoraient la pièce.

— Bonjour Monsieur. Je suis Patrice Castejo, PDG de Bricart-Castejo. Vous êtes ?

— Marc Vanbrughe de la Chambre de Commerce et d'Industrie d'Abbeville. Je suis votre conseiller pour le PSE.

Il a fermé la porte.

— On ne m'a pas prévenu.

— On m'a demandé de passer.

— Bon... Je suis désolé, j'ai un RDV à l'extérieur. Prenez RDV avec Elodie. Et si vous avez besoin de choses, voyez directement avec elle. Seulement, ne parlez pas de PSE. Vous m'avez dit quel nom ?

— Vanbrughe.

— Vous avez une carte de visite ?

— J'attends les nouvelles.

— Ah. Ça m'arrive aussi. Voici la mienne. Attention : mon numéro de portable a changé. Bien : vous m'excuserez, il faut que je file !

Pendant qu'Elodie calait un rendez-vous, j'étais distrait par le vrombissement d'une grosse cylindrée.

— C'est le patron !

— Qu'est-ce que c'est comme voiture ?

— Une F-430

Ça ne me disait rien.

— Une Ferrari quoi !

— Ah, je comprends tout de suite mieux ! Vous vous y connaissez ?

— Non. Mais il en parle tout le temps.

— J'ai dressé une liste de documents que j'aimerais étudier avant notre entretien. Si je passe demain à la même heure, vous aurez le temps de les réunir ?

— Je crois.

— Y'a-t-il un endroit calme où je pourrais les consulter ?

— Il faudrait voir ça directement avec Monsieur Castejo.

— D'accord. A demain.

Sur le parking, le soleil brillait.

— Qu'est-ce tu fous lô ?

— John ! Mais tu ne travailles jamais ?

— Qu'est-ce tu vins faire ichi ?

— Je suis là pour le boulot. Tu m'as pas reconnu à la fenêtre ?

— Ichi, fo po arbailler (regarder) ch'qui s'passe in haut. In haut, ché ché grosses gueules. Dis donc, ché t'moto cho ?

— Oui

— Ché po ti qui est passé hier soèr à l'baraque ?

— Non.

— Ah bon. Bon, faut qu'j'y artourne. Adé !

— A plus ! Et embrasse Jennifer !

Glacial comme le hall. John m'a vu hier soir mais pas quand j'étais au premier étage. Savoir que son entreprise prévoyait un PSE m'a troublé pendant que je lui parlais. J'ai pensé au môme qu'il voulait envoyer en Belgique.

Le chien est venu à ma rencontre. Lucie aimait-elle les chiens ? Aimait-elle les petites filles aux cheveux bouclés qui font des câlins en bavant sur les cols de chemise ? Le mieux était encore d'aller le lui demander.

Le salon était ouvert. J'ai garé la moto sur le trottoir.

— Bonjour, y a-t-il encore de la place ?

— Bonjour Monsieur, c'est la première fois que vous venez ? Attendez, je vais voir. Oui, après Madame.

— Dans combien de temps à peu près ?

— Une petite heure.

— Je peux attendre ici ?

— Bien sûr. Je peux prendre votre veste et votre casque ?

La coiffeuse se mordait la lèvre pour ne pas éclater de rire. Elle caressait plus qu'il ne fallait pour retirer une veste. Je me plaindrai à la direction. Je regardais un torchon de prince et princesses pour mieux écouter la cliente parler à voix basse :

— Ma chère Lucie, vous êtes coiffeuse pour dames !

— Madame Pelletier, je crois que je vais faire une exception !

Madame Pelletier était désorientée. Après son départ, Lucie a retourné l'écriteau.

— Vous m'accompagnez au bac ?

— Vous m'aviez dit ne pas l'avoir.

— Très drôle.

— Tu déconnes pour le shampoing ?

— J'ai l'air ?

Il me fallait corriger des mains qui s'engageaient trop loin.

— Qu'est-ce que vous désirez ? Rafraichir ? Couper les pointes ? Une couleur peut-être ? J'aime beaucoup votre poivre et sel. Alors ?

— Vous proposez quoi ?

— Je propose de couper juste la pointe. Ca rajeunit le cheveu, le tonifie, le rend plus beau sans déstructurer.

— Que faites-vous les quarante prochaines années ?

— Mon agenda ne va pas jusque-là !

— Je parle sérieusement

Elle m'a fixé dans le miroir, son front se plissait, son menton tremblait et des larmes coulaient.

— Tu es sérieux ?

— Sérieux !

— Pourquoi maintenant ?

— Parce qu'après, il sera toujours trop tard…

— Je suis désolée. Regarde comme je tremble : je ne peux pas continuer. Veux-tu que j'appelle un confrère ?

— Je la trouve top cette coupe !

Elle riait et pleurait. Ou le contraire. Je l'ai aidée à descendre les stores. Elle s'est effeuillée. Les fentes de lumières tamisaient sa peau.

— J'ai deux questions.

Elle a gémi. Ça voulait dire oui.

— Tu aimes les chiens ?

— C'est eux qui ne m'aiment pas…

Je n'ai pas compris.

— Je ne déteste pas les chiens mais chaque fois que j'en croise un, il grogne.

— Ah ! Tu aimes les petites filles aux cheveux bouclés qui bavent quand elles te font un câlin ?

Elle a relevé la tête. M'a fixé. Je sais, c'est con comme question. Mais j'en faisais un préalable.

— Bien sûr que j'aime.

J'en avais terminé avec l'administratif. Nous passions à la pratique. Elle laissait les rideaux tirés et c'était la nuit à 15 heures. Elle voyageait nue dans son studio.

— Je vais devoir retourner au travail. Reste si tu veux.

— J'ai également un rendez-vous.

— Avec une autre femme ?

— Oui. Avec une grosse moustache.

Pendant qu'elle se douchait, je la découvrais à travers ses étagères. Des livres de Paulo Coethe, de Yasmina Khadra. Des reproductions de Magritte, des assiettes de Cocteau. Mais aucune photo. L'eau cessait de couler :

— Qu'est-ce que tu as dans cette boîte blanche ?

— Un violoncelle.

— Tu en joues ?

— Oui.

— Tu fais de la musique ?

— Oui. Depuis 9 ans.

— Au conservatoire ?

— Non. Cours particulier.

— Moi aussi mais au conservatoire.

— Je sais.

— Comment tu sais ?

— Tu en jouais au lycée.

Du bugle, tu parles… Elle se frottait les cheveux en penchant la tête sur le côté. Elle me rappelait ma Mrs Robinson.

— Tu veux que je te joue un morceau ?

— Volontiers.

Elle a sorti l'objet de l'étui. Je n'en avais jamais vu de blanc. Elle l'a replacé deux ou trois fois entre ses jambes. A mis son bassin sur le bord de la chaise. A posé la tête sur son épaule. Ses doigts ont parcouru en silence la touche. Quand ils ont cessé de grimper, elle avait la note. Alors le monde s'est arrêté. L'archet est devenu le prolongement de son bras. Elle a joué un concerto pour violoncelle de Saint-Saëns. Je ne connaissais pas. Elle me le dira. Je me souviens des graves dans l'estomac et des aigus, dans la gorge. J'ai eu l'impression de ne jamais avoir su jouer. Ou du clairon. Elle ne faisait qu'un avec le violoncelle. La photo du dos nu de Kiki de Montparnasse par Man Ray. Elle me trompait au Molto Allegro. Des mèches sur ses yeux fermés, des coups de reins. Au dernier coup d'archet, elle a repris son souffle. Mais elle ne pouvait pas encore parler. C'était gracieux et troublant. Probablement parce qu'elle était nue.

— Aimes-tu ?

J'ai ôté ce rival d'entre ses jambes et j'ai posé ma tête contre ses seins. Je pleurais.

Chu din ch'gardin indiquait un mot sur le portail. Il y avait en face des jardins ouvriers. Je l'y ai cherché. Il était assis sur une chaise longue, la tête à l'ombre.

— C'est pas comme ça que ça va avancer !

— Tiens, te voilà, toi ! Je pensais pu te revoir !

— On ne se débarrasse pas de moi facilement, Dubowsky !

— De la sale graine, jamais !

— Si tu écris où te trouver, c'est que tu vois du monde.

— Faut croire que j'attendais ta visite.

— En regardant l'herbe pousser ?

— *Il nous faut cultiver notre jardin.*

— Candide. Les dernières actualités, ça t'intéresse?

— Mieux : ça me manquait !

Toutes les parcelles étaient fraîchement arrosées et cultivées au cordeau. Toutes sauf la sienne. Juste l'expression d'une intention : la bêche platée là. J'ai retourné un seau pour m'assoir dessus.

— Tu sais, faut jamais retourner la terre. C'est sur les premiers centimètres qu'il y a la faune nécessaire à la vie. Si tu l'enfouis, tu la tue.

— C'est ça, ta dernière actualité ?

La théorie de grand-père passait mal. Travailler la communication. Lui retenait que les plantes ne boivent pas de whisky. *C'est pour ça qu'elles ont les idées claires* faisait-il en tapant du pied sans cesse. Il tentait l'abstinence mais le taisait. Je laissais la bouteille dans le sac.

Il analysait la situation avec justesse. Sa seule interrogation : pourquoi me confier le PSE de Bricart ? Certes, ça offrait à la CCI l'avantage de m'éloigner des bureaux et du système informatique. Mais pourquoi confier à un ennemi potentiel un si sensible dossier ?

— Comment sont les rapports entre Bricart et la CCI ? Et entre Bricart et le Medef ?

— Aucune idée.

— Faut creuser dans ce sens je pense… Quand même, c'est des beaux salauds : ils s'en foutent du pauvre type qu'ils mettent sur la paille.

Il a croisé plusieurs fois Bruant. Il était directeur à Abbeville avant d'être recruté par De Vallières à la CCIR. Rien d'étonnant que la direction Asie me soit passée sous le nez. Le projet de sortie d'autoroute, c'était Bruant pour Mathilde Bricart.

— Les documents que tu as récupérés, tu me les laisserais ?

— Evidemment. Je te les dépose demain.

— Pourquoi demain ?

— Parce que je n'ai pas que ça à foutre !

— Ah ? Une fille là-dessous ?

— Qu'est-ce que ça peut te foutre ?

— Donc oui.

Castejo-Bricart était une saga. Dans les années 20, Bricart était le premier employeur de la région. Oublions les années sombres où le business continuait de prospérer. A la fin des années 90, l'héritier disparait en Mer d'Oman. Le frère reprend. Puis sa fille, fraichement sortie d'HEC mais enceinte d'un gigolo : Patrice Castejo. Le gars est flambeur et coureur de jupons. Pour le stabiliser, Mathilde le fait nommer PDG il y a quatre ans.

— Renseigne-toi sur d'éventuelles malversations. Il n'est pas clair, le type.

— Ça va encore craquer au soèr. J'ai po pu avincher min gardin !

Il me raccompagnait.

— Dis, euh… Chu pas trop doué pour dire des trucs comme ça mais… merci.

— Ça tombe bien. Chu pas doué pour les écouter. Dis-moi, parmi ces épaves, en as-tu une qui roule ?

— Toutes !

— Ça m'étonnerait mais je te prends au mot : demain, c'est toi qui passe à la ferme. A 16 heures.

C'était ma réponse à son merci. Une suite à sa thérapie.

SMS : *Maintenant que j'ai gouté à toi, j'ai toujours faim <3*
Réponse : *Eviter de grignoter entre les repas.*

Fleur était excitée à l'idée de voir les pigeonneaux. Il fallait emprunter une échelle de meunier couverte de fientes puis monter là où l'odeur indispose. C'est un mouchoir sur le nez qu'elle a découvert les jeunes déplumés. Elle les trouvait mignons. J'ai toujours trouvé ça hideux, des pigeonneaux.

J-19

Temps ensoleillé.
Températures proches des normales saisonnières.

Elodie m'a prévenu : certains documents manquaient. Et *Monsieur Castejo* préférait me recevoir chez lui, au Touquet.

— Heureusement, il n'habite pas Cannes.

— Ce n'est pas dans ses habitudes de recevoir chez lui ?

— Non…

Il y avait une vieille Clio blanche dans la cour. Personne à l'intérieur. Tout le monde était au salon, autour d'un café.

— Tu en veux une tasse ?

— Maman, tu sais que non.

— C'est le meilleur, tu sais !

Il faisait le beau, le Daniel, rasé de près et le sourire jusqu'aux oreilles. Fringué d'une chemise, certes froissée, mais propre.

— Ça m'empêche de dormir…

Il s'est foutu de moi. Il a dû penser à la fille qui m'envoyait des SMS. Je l'ai emmené dans mon *bureau*. Il parlait au chien. J'ai attendu qu'ils finissent.

— Bon, vu la tête de ton maître, on n'est pas là pour rigoler. Il est sympa, ce bâtard.

— Ce n'est pas un bâtard : c'est un épagneul breton !

— Epagneul, peut-être. Breton… Et tu l'appelles comment ?

— Le Chien.

— Il n'a pas de nom ?

— Je viens de te le dire. Bon, on s'y met ?

— Tu dois pas rire tous les jours, le Chien. Dis donc, *Monsieur qui rit quand i's'brûle*, j'ai dû moi-même dire à tes parents qu'on planchait sur les irrégularités des droits péremptoires à l'expropriation de 2009. Tu ne leur as rien dit ?

— Tu leur as dit ?

— Si tu avais été à l'heure, je n'aurais pas eu à le faire.

— Et qu'est-ce qu'ils t'ont dit ?

— Rien.

— Bon, assieds-toi.

Daniel retrouvait l'ambiance des salles de rédaction. Assis, le chien ne perdait rien de ses démonstrations.

J'étais un peu jaloux. L'organigramme prenait la forme d'une pieuvre. Celle de la mafia locale.

SMS : *On dîne ensemble ?*

Je voulais m'arrêter là mais il a enchaîné :

— Faut déterminer le rôle de chacun maintenant !

— Tu veux pas voir ça demain ?

— T'as rencart ?

Il concéda après avoir consulté sa montre. Il sortit d'un sac en plastique usé des cahiers d'écoliers.

— Je peux te les laisser mais il y a peu de chance que tu saches me relire.

Je les feuilletais. En effet.

— Tu fais quoi ce soir, Daniel ?

— Rien.

— Je t'invite à dîner !

— Garde tes sous !

— Tu connais bien un petit resto sympa sur Abbeville ou Saint-Valéry ?

— J'aime pas les restos.

— On n'est pas obligé de prendre du vin ou l'apéro….

Je pénétrais son intimité.

— Pas trop tard alors.

Il a tiré du sac un dernier cahier. Rouge.

— Cadeau !

Il titrait : *Geoffroy Fournier – 5 juillet 1989 - Accident au chemin de halage.* Il pénétrait la mienne. Egalité.

SMS : *Désolé. Déjà quelque chose de programmé.* Envoyer.

Réponse : *Elle est comment ?*
Moustachue. Envoyer.
Moustachue ; j'ai levé la tête.
— Dis donc, Dubowsky, t'as rasé la moustache ?
— T'as mis du temps à le voir ! Ça me rajeunit, non ?
Il renaissait.

J-18

Variable.

Villas isolées sur pelouses vertes à l'ombre de pins parasols : Le Touquet Paris-Plage. Le portail s'est ouvert à distance.

— Bonjour Monsieur Vanbrughe. Merci de vous être déplacé. J'ai pensé que nous serions plus tranquilles ici pour parler.

Tranquille, je ne savais pas mais le salon était plus accueillant que le hall de l'usine.

— J'ai demandé à votre secrétaire une liste de documents. Certains manquent.

— Je sais. Nous n'avons pas jugé utile de vous les communiquer. Secret des affaires.

— Dans ces conditions, impossible d'établir un état des lieux.

— Mon conseil d'administration a accepté d'être conseillé par la CCI, pas pour que cette dernière s'ingère dans nos comptes. J'ai été contraint d'alerter votre directeur, vous savez ?

— Il n'a pas jugé opportun de me le rapporter. Vous ne publiez jamais vos bilans ?

— Rien ne nous y oblige !

— Pour être exact, si. Mais vous préférez vous acquitter d'une amende. Un PSE est contraignant mais le traitement de vos documents est confidentiel. Auriez-vous quelque chose à cacher ?

— Je vous sers quelque chose ?

— Non merci.

— Les actionnaires nous reprochent trois exercices consécutifs dans le rouge. Vous savez comment sont les actionnaires. Ce PSE est nécessaire si nous voulons inverser cette tendance.

— Je peux l'entendre mais laissez-moi accéder aux informations.

— De quelles informations avez-vous besoin ?

— Pour commencer, la date du PSE, le nombre de salariés impactés et la liste des actions sociales que Bricart engagera.

— 31 juillet, 990 et le maximum.

Consternation. Bricart employait 1100 personnes.

— Mes supérieurs sont au courant ?

— Qu'est-ce que vous croyez ? Evidemment !

Les salauds m'ont envoyé jouer les fossoyeurs.

— On ne parle plus d'un PSE, là !

— Evitons de jouer sur les mots, voulez-vous ?

Il savait qu'à partir de 1000 salariés, la loi le contraignait à trouver un repreneur…

— Excusez-moi une minute.

Il est allé à la rencontre d'une voiture qui était entrée dans la propriété. Une femme en sortait. Ils se sont exprimés dehors et sont entrés ensemble sans baisser l'intensité de leurs échanges.

— Bonjour. Je suis Mathilde Bricart, Patrice est mon mari.

— Enchanté. Marc Vanbrughe de la Chambre de Commerce et d'Industrie d'Abbeville.

— Vous êtes nouveau ?

Puis à son mari :

— Tu ne m'as rien dit au sujet de ce rendez-vous, cachotier.

Elle a jeté son sac et son manteau sur le canapé.

— Je fais du yoga. Pour évacuer mon stress. Mon coach est souffrant : quelle ironie ! Et donc, me voilà. Alors dites-moi, quel est l'ordre du jour de votre petite réunion ?

J'étais dans un champ de mines. Poussé par des plus fous que moi.

— Jean-Jacques nous envoie Marc pour nous proposer des alternatives énergétiques : des partenariats incitatifs.

Un Vaudeville !

— Continuez, je vous écoute.

— Pour ma part, j'avais terminé. Monsieur Castejo, vous me ferez parvenir les documents demandés ? Je passerai demain à votre bureau. Madame. Monsieur. Je connais le chemin. Merci.

— J'espère que vous ne partez pas à cause de moi. Il est rare que je surprenne mon mari avec un bel homme. Habituellement, il préfère la compagnie des jolies femmes.

— Alors quoi de plus normal que je le laisse en votre compagnie. A très bientôt, Madame Castejo.

— Bricart. Mathilde, c'est plus simple.

— Au plaisir.

— Dites-moi, Monsieur Vanbrughe : auriez-vous de la famille du côté d'Abbeville ?

— Non.

Pendant que je longeais la Côte d'Opale, je songeais à l'oligarchie inconsciente, menteuse, fausse, lâche, perfide, artificielle qui décidait de l'avenir des autres sans lui concéder un brin d'humanité.

Je mimais Castejo, sa bouche qui me soufflait les réponses au-dessus de l'épaule de sa femme. Ça ne faisait pas rire Daniel. Le PSE l'intriguait :

— Résumons : quand la CCI a un train de retard, Mathilde est la chef de gare.

— Je crois pas, non. Ça serait plutôt ; Castejo prend un jet et Mathilde reste sur le tarmac.

— Tu ne connais pas Mathilde Bricart !

— Appelle-la Mathilde…

— Ah, toi aussi ?

Passage par Harvard. Tue le père. Construit une usine au fond de mon jardin. Plante sa vanité après le dernier pied de tomates du père. Belle, intelligente, fortunée. La cinquantaine. Ce n'était pas mon truc, la cinquantaine…

Pour Daniel, impossible qu'elle fut étrangère à ce qui se tramait. Je déconnais pour dédramatiser. Ça l'exaspérait. C'était moi qui prenais les coups. Même du statut de victime, j'étais privé ! J'endossais un rôle où d'illustres inconnus me confondaient avec mon père. Un Boulevard avec, dans le rôle principal, Mathilde, fatale et calculatrice. Quatre semaines que j'étais sur scène et j'ignorais la fin de la pièce. Mais j'avais le cuir épais. Bien plus épais que ne l'imaginait Daniel. J'irais jusqu'au tomber de rideau de l'acte II.

— J'ai failli oublier : ajoute le proc' ! Ton père avait fait un recours au permis de construire. On lui a dit qu'il était suspensif. Alors il cultivait. Un jour, les bulldozers sont arrivés. Soit disant pour élargir le chemin. En fait, ils ont rasé les haies où ton père nourrissait les perdreaux. Ils ont retourné dix hectares d'orge. En présence des gendarmes. Je ne sais pas si tu imagines ce que ça fait, des engins de travaux publics dans un champ cultivé ? A froid, tu te dis, bon, dix hectares, c'est beaucoup. Mais le paysan, lui, il pense dix hectares ensemencés, des mois de veille phytosanitaire. C'était fin juin, à une quinzaine de jours des moissons. J'ai vérifié : le recours était réellement suspensif…

Nous regardions le Chien pour nous apitoyer sans nous l'avouer. C'était bouleversant comme il semblait triste lui aussi. Cette affaire était une somme de manquements anodins où chacun accomplissait avec zèle sa petite mission. Et c'était d'une redoutable efficacité. Une parodie de régime de Vichy.

J'avais une copie double de noms, de fonctions mais il me manquait les abrutis qui ont éteint la lignée Jaloux des Hauts Près par Hyppolyte du Bois Verdier…

J-17

Après une belle matinée, passage d'une perturbation dans l'après-midi.

Mon paradis sur terre était un oreiller. Son moelleux. Son parfum. Le souvenir de ses rêves. Une voix rocailleuse m'a réveillé. Suivie de celle de Lucie. Où étais-je ? Chez elle. Mes affaires ? Au sol. Quelle heure ? Dix heures ?! Je ne travaille pas. Mais elle, oui. Je ne respirais pas pour mieux entendre. Le lit bougeait, le parquet grinçait. J'y étais assigné mais il fallait que je pisse. Ma progression fut interrompue quand j'ai entendu :

— Un instant. Je reviens.

Les pas dans l'escalier ont happé la lumière. Elle mettait un index tendu devant ses lèvres :

— Ça va mon amour ? Tu dormais comme un bébé. Je ne t'ai pas réveillé. Mais là, je travaille.

Je l'ai renversée sur le lit défait pour prendre sa bouche. Elle se débattait faussement en chuchotant :

— C'est madame Dupré, la femme du premier adjoint. Je dois y retourner maintenant.

Lécher sa langue la faisait taire. J'adorais. Pour elle, ça tombait mal.

— Tu termines quand ?

Elle a fait un drôle de truc avec sa bouche :

— Tu peux refaire ça ?

— Quoi ?

— Ce que tu fais avec ta bouche, là, comme ça ?

Elle ne se vexerait pas. Le silence imposait des rires étouffés.

— Tout va bien, ma petite Lucie ?

— Oui, Madame Dupré. J'arrive !

Petite Lucie ? Nous faisions la même taille ! J'avais envie d'elle. Madame Dupré a été jeune. J'ai glissé ma main sous sa robe. Elle n'y résistait jamais. Mais Lucie la stoppa :

— Arrête ! Je ferme après elle : on déjeune ensemble si tu veux ?

— Ok. Je vais me finir sous la douche.

Elle a approché ses lèvres des miennes et dans son haleine chaude, elle m'a soufflé :

— En silence, c'est possible ?

Puis elle a serré à travers mon caleçon mon pénis excité. Elle a disparu après avoir retendu sa blouse. Quelle garce était-elle pour me contrarier ainsi ? La salle de bain était blanche. Sur l'étagère en faïence, alignés comme des Playmobils, les tubes de rouge à lèvre, de mascara et des crèmes de beauté. Dans le reflet du miroir, sa lingerie pliée comme des serviettes. Lucie, maniaque ? Lucie : célibataire !

Eye-liner de *Revlon* ; l'étui m'a échappé des mains. Silence. Je n'ai plus osé prendre de douche. Je feuilletais pour la troisième fois un catalogue professionnel de coiffure quand j'ai entendu ses pas dans l'escalier. Quand elle entrait, je cachais mon sexe. C'était puéril alors j'ai fait diversion en m'excusant pour le bruit. Madame Dupré est sourde comme un pot. Lucie a beaucoup ri. Je me suis vengé en la renversant sur la moquette. Nous allions faire du bruit. Beaucoup de bruit. Elle me griffait le dos avant de s'abandonner. J'ai pris une longue douche pour me panser. Les yeux trempés, j'ai cherché une serviette. Une trousse est tombée. Des boîtes de médicaments ont jonché le carrelage :

— Tu as des mouchoirs ?

— Regarde derrière les serviettes, sur l'étagère. Tu as pris une serviette propre ?

— J'ai pris la tienne

— Prends-en une propre !

Moins fort :

— Je veux la tienne…

Concentré à ranger les boîtes trop grandes. Dans la trousse comme ailleurs, tout avait sa place et puisqu'il m'en restait une, la ranger fut un casse-tête. En forçant, *Coversyl* trouvait une place entre *Betaxolol* et *Digoxine Nativelle.* Elle a dit :

— Aide-moi : je mets quoi ?

Je suis apparu, la serviette autour de la taille. Elle était torse nu. Je sortais de la douche plus vêtu qu'elle. Elle poursuivait :

— Ça ? Ou ça !

— Le beige !

Elle doutait encore jusqu'à l'enfiler.

— Avec ou sans soutien-gorge ?

— Sans.

Sourire coquin. C'était récréatif. Elle a mis une jupe, ses grandes bottes, un blouson de cuir marron et un slip. Oui ; dans cet ordre.

— J'en mets ?

Je la regardais se baisser pour atteindre la serrure du bas. C'était beau. Ses formes. Ses contraintes. La maison de poupée : éteinte. Elle pouvait suspendre son poids à mon bras.

— Je frissonne.

— Tu as froid ? Il fait bon pourtant. Tu veux mon blouson ?

— Je veux bien.

Elle avait le sourire fragile.

— Tu me dirais deux ou trois choses de toi ?

— Je commençais à m'inquiéter. Tu n'es pas curieux, toi. Qu'est-ce que tu voudrais savoir ?

— Tu vis seule ?

— Non.

Des images parasitaient ma certitude.

— Tu as quelqu'un ?

— Oui et tu l'as vu.

— Comment ça ?

— Rangé dans son étui blanc.

— Ton violoncelle ?

— Mes amis disent que c'est mon homme. Que je passe trop de temps avec lui et pas assez avec eux.

— Ils n'ont pas tort : je t'ai vue nue avec lui !

— Il est toujours disponible. Jamais râleur.

— L'homme idéal, en somme. Et à part lui ?

— Une chatte. Tu ne l'as pas vue ?

Tout en finesse…

— Tu n'as jamais vécu avec quelqu'un ?

— Tu rattrapes ton retard avec un tel sérieux… Non. Ou il y a longtemps.

Mes questions entamaient sa bonne humeur. Je cesserai après la principale :

— Et nous, c'est sérieux ?

— J'espère !

Mon téléphone a sonné.

— Excuse-moi. Allo ? – (…) –14 heures à la CCIR ? Mais il est 13 heures. C'est qui, nous ? – (…) – De Vallières ? Il est gonflé, le mec ! – (…) – Castejo ne parle que d'un PSE. Mais il ne l'a pas été évoqué devant Bricart. – (…) – Ecoutez, je vous l'ai restituée de la manière la plus factuelle. Ne vous attendez pas à un autre discours. Y compris devant De Vallières. – (…) – Je connais. Ok. A tout à l'heure.

— C'est ton travail ?

— Oui.

Lucie s'interrogeait en silence.

— C'est quoi, un PSE ?

— Un Plan de Sauvegarde de l'Emploi.

— Et ça sert à quoi ?

—Curieusement, à faire le contraire…

— Ça concerne l'usine d'Abbeville ?

— Oui.

— Ça concerne Jennifer et Jonathan ?

— Pas sûr.

— Ils sont au courant ?

— Personne ne l'est. De Vallières est le Président de la Chambre de Commerce et d'Industrie d'Amiens et il ne l'est pas. Je suis censé le voir dans une heure pour lui rapporter un entretien que j'ai eu hier avec Castejo, le président de Bricart-Castejo.

— Combien de salariés ?

— 990 personnes.

— C'est énorme.

— Je te confirme.

— Et sur combien ?

— 1100.

— Quasiment tout le monde ! Tu viens de dire que ce n'était pas sûr !?

— Pour le moment, ça ne l'est pas. La situation est étrange et mal préparée. Ma mission était de conseiller Castejo pour la mise en place d'un PSE et il se trouve que j'ai été débarqué hier.

— C'est dégueulasse !

— C'est pour ça que j'alerte.

— Tu comptais m'en parler ?

— Pas forcément.

— Et à John et Jenni, tu vas leur en parler ?

— Les infos ne sont pas fiables pour le moment.

— Mais c'est quoi ton job en fait ? Tu as le pouvoir d'empêcher ça ?

— Moi ? Aucun ! Je découvre ça par hasard et je rends des comptes, c'est tout. Et dans ce milieu, crois-moi, c'est déjà ça !

— Qu'est-ce qui va leur arriver ?

— Difficile à dire. Si la voie normale est respectée, il y aura un repreneur. Sinon, il y aura des aides spécifiques pour chaque salarié, suivant son âge, sa qualification, sa capacité à retrouver un emploi. Et des formations. Mais généralement, pour les couples, c'est moins avantageux.

— Il faut les prévenir !

— John est délégué syndical. Il devrait l'être. Avec les délégués du personnel. Si ce n'est pas le cas, il y a un vice.

— Non mais ma question est : est-ce que tu vas les prévenir ?

Elle se raidissait.

— Ecoute, je comprends que ça t'inquiète. Ça m'inquiète aussi. Si j'ai des informations fiables, je les préviendrai. Mais ni toi, ni moi ne devons leur en parler maintenant. Tu comprends ?

Mon téléphone a sonné.

— Qu'est-ce qu'ils me veulent encore ? C'est ma mère… – (…) – Ah bon ? Qu'est-ce qu'il a ? – (…) – Attends, pas de panique. Décris-le ! – (…) – D'accord. Quoi d'autre ? – (…) – Il est conscient ? – (…) – Tu vas faire le 15. Tu dis ton nom, tu donnes ton adresse. On va te demander de le décrire. Tu dis qu'il s'est paralysé du côté gauche, pareil pour la bouche. Il va te demander s'il a déjà fait un AVC et tu diras oui, il y a cinq ans. Tu le fais de ton téléphone fixe. Et tu insistes pour qu'ils envoient des secours le plus rapidement possible. C'est compris ? Raccroche et appelle maintenant et insiste ! J'arrive mais n'attend pas que j'arrive. Raccroche et appelle le 15 maintenant !

J'ai d'abord pensé à Fleur que le spectacle devait angoisser. Puis à ma mère. En dernier, à mon père. Lucie me fixait : j'en faisais trop. On en fait toujours trop en séance de rattrapage.

— Il faut que j'y aille.

— Tu me tiens informée, d'accord ?

J'ai couru récupérer la Bonnie, un point de côté. Par l'autoroute, je gagnerai dix minutes. Depuis le chemin de la sucrerie, j'entendais le deux-tons dans la vallée. Dans la cuisine, j'ai trouvé ma mère prostrée. Dire que l'amour n'a pas d'âge est une ineptie. Jeune, il est passion. Adulte, tendresse. Puis il devient une assurance vieillesse. Ça grouillait d'uniformes blancs dans le salon. La table basse gerbée sur le canapé, le tapis roulé jusqu'à la télé. Chaos total dans l'univers de Robert. Le médecin du SAMU a confirmé la récidive. Il le transférait au CHU d'Abbeville. La civière ballotait son corps raidi. Son œil mobile sur sa gueule de travers disait adieu à la maison. Il était entre de bonnes mains. On passe sa vie à serrer des mains connues et le jour où tout va mal, on la confie à des inconnus.

— Maman, le docteur demande de le rejoindre aux urgences. Il faut rassembler quelques affaires. Où sont les clés de la 4L ?

— Dessus…

Valentine a préparé un sac avec un maillot de corps, un slip kangourou, le Stéradent et le blaireau encore humide qu'elle isola dans un sachet de supermarché. Je conduirais. Pour la première fois depuis l'auto-école et l'accident qui avait coûté la vie à mon frère. Ma mère courait de petits pas. Aussi inutiles qu'énervant. Elle a caché la clé dans les géraniums. Il n'y a pas qu'aux décès des propriétaires que les portes sont closes. Aux entraînements aussi. Elle a claqué cette foutue portière en oubliant d'entrer. Sa voix à l'extérieur disait :

— Je vais lui prendre *L'agriculture*. On l'a reçu ce matin.

S'il lui reste des bras valides et des yeux pour lire. Mon père restait abonné. Ça entretenait ses onomatopées sur le cours de porc ou celui du quintal de blé. En fait, on l'ignorait mais on communiquait par média interposé.

— Mais maman, qu'est-ce que tu fous !

— Mamie, dépêche ! Papi va nous attendre !

— J'ai pris aussi des cotons-tiges : ton père aime pas avoir les oreilles sales.

Fermer, rouvrir, ça dégrippait le mécanisme. Tenir un volant aussi. Pas ces petits volants gainés de cuir posés à la verticale comme des formules 1. Non. Un grand, fin et en bakélite.

— Papa a changé la boîte de vitesses ?

— T'avais qu'à prendre l'autre. Je comprends pas que tu prennes celle-ci. Ton père ne l'utilise plus.

L'autre, pas davantage. Merci frangin de nous rejoindre. Quoi ? Tu me reprochais mes écarts de conduite ? Tu voulais me donner des leçons peut-être ? Regarde plutôt la route : la dernière fois, ce n'était pas brillant ! Concentre-toi : il y a ta jeune nièce dans la voiture, coincée entre les jambes de maman. Franchement, c'était imprudent. Maman avait les yeux ouverts mais elle n'était pas là. Elle était à l'étape suivante : aux Pompes Funèbres, aux dernières volontés du défunt. Aux cousins flamands qu'il faudrait retrouver pour les prévenir. Où l'enterrer ? Il ne voulait pas être à côté de ces cons. Trouvez un cimetière qui n'en compte pas ! Il refusait l'évidence. On ne repousse pas indéfiniment la mort. C'est comme le service militaire : à un moment, il faut y aller et c'est tout ! Je suis sûr qu'il aurait préféré être inhumé sous le grand chêne, à côté de Rolf. Etait-ce de s'asseoir à la place du mort qui donnait à Valentine des idées noires ? Dans la Volvo, c'était la mienne et qu'Indra travailla à la rendre plus sûre n'avait rien de rassurant.

Le SAMU livrait sa viande. La chaîne du froid ne serait pas rompue ; pour la prolonger, le brancard traînait dans les courants d'air. Robert les détestait. Alors l'hémiplégie les divisait par deux. L'urgence est une notion inventée pour donner des remords. Sinon pourquoi se dépêcher pour ensuite s'asseoir et attendre. Le personnel médical traitait les priorités. Pouvait-il, avec sa gueule de travers, ne pas en être une ?

Antécédents, derniers examens médicaux.

— Vous n'avez pas pensé à prendre son dossier médical ?

Pas plus que la convention obsèques ! Comme si ma mère ne culpabilisait pas assez ! Entre deux rendez-vous administratifs, je m'assurais qu'il respirait encore. Quelles étaient ses chances ? Je veux dire ; à rester ici, dans ce couloir de désuétude ? Et ces gens en blouse blanche, qu'attendaient-ils ? De consulter l'argus avant d'entamer les réparations ? Un Darknet qui moulinerait des statistiques en fonction des précédentes pathologies et de la demande de devis à l'assurance sociale ? Promo flash sur la récidive d'AVC : 120 Bitcoins et livraison offerte.

Les malades s'agglutinaient tête-bêche au milieu de valides déboussolés. Et plus il y avait de monde, et plus il était simple de s'isoler. De faire une croix sur la lumière qui surgirait des profondeurs.

A la tombola des urgences, tout le monde peut participer.

— Monsieur, votre fils a la diarrhée. Imodium et Coca. Dans 24 heures, il ira mieux. Vous voyez bien qu'il y a plus grave à soigner, non ?

Le diagnostic – même léger – est violent quand il devient public. Pourvu que le cas de Robert soit assez grave pour que la dame qui construit son autorité sur la détresse des autres ne nous dispute pas. Robert, ne triche pas. Ou fais bien semblant. Très bien, l'œil vitreux qui regarde ailleurs.

— Si on n'avait pas tous ces gens qui n'ont rien de mieux à faire que de venir ici !

— Quoi ?

— Les urgences sont le dernier endroit où ils trouvent du lien social…

Les heures s'enchaînaient comme des semaines et je voulais céder ma chaise à une personne âgée mais j'avais peur de le regretter dans cinq heures.

— Oui, elle est fatiguée.

— Restez assis…

Comme au parc : pour générer l'empathie, louer un enfant.

Le frangin est resté dehors. La dernière fois, ça s'était mal passé. Il surveillait la 4L. La portière droite ne ferme plus. Passer d'une R5 à une R4, c'était un peu comme lever le pied.

Une éternité plus tard, le médecin nous a demandé si Monsieur Vanbrughe avait des allergies connues. C'était pour l'anesthésie. Je ne sais pas. Vous êtes sûr qu'il est encore vivant ? Des problèmes cardiaques connus ? Je ne connaissais pas mon père alors son dossier médical… Je n'étais d'aucune aide, je suis sorti avec Fleur dans les bras. J'ai profité de son réveil pour lui expliquer ce qui se passait. Papi a un petit caillot de sang dans la tête. C'est comme un caillou qui boucherait le tuyau où passe le sang dans sa tête. C'est pour ça qu'il fait des grimaces pas rigolotes. Il faut l'opérer et il retrouvera le sourire.

Lucie m'avait laissé plusieurs messages. Elle s'inquiétait pour mon père. S'inquiéter pour quelqu'un qu'elle ne connaissait pas. Que pouvais-je lui répondre ? Que perdra-t-il cette fois ? L'usage des jambes ? A l'inverse, récupérerait-il l'usage de la parole ? Puis deux messages de la CCIR. Merde : le rendez-vous.

Fleur dormait à l'arrière de la 4L, enveloppée dans mon blouson multiusage. Il la protégeait de la terre sablonneuse qui fit autrefois la richesse de mon père et dont la camionnette transportait les restes. Fleur était la plus jolie marchandise qu'elle n'ait eue. Autour, mes pas dessinaient la place de parking. Mon frère, lui, avait filé à l'anglaise. Comme sa dernière conduite, avant qu'il ne heurte l'arbre de l'autre côté de la chaussée. Je préférais penser à Lucie. Moi qui croyais que les quarantenaires, c'était fini. Qui était la dernière ? La mère de Vincent ?

De Bénédicte ? Non ! Je loupais hier l'anniversaire d'Indra. J'ai fêté ses quarante ans dans d'autres draps.

Qu'ai-je fait de ses années ? De son insolence scandinave que me jalousaient étudiants, amis, collègues, patrons ? *Marc, venez dîner à la maison. Avec Indra* ! Il me paraissait équitable qu'elle privilégia sa carrière. Mais ce n'est pas parce que chez l'autruche, la femelle pond et le mâle couve qu'il fallait adopter sa politique ! Elle n'était pas cette génération spontanée qui avait quarante ans depuis toujours. Je haïssais le constat que je dressais. Je me haïssais.

Il fallait dire que toi, Lucie, tu étais là. Avec ton mètre soixante-dix, tes seins cerises, ton appétit d'oiseau et ta rage de vivre. Tu étais vibrante quand je te pénétrais, mutilante quand tu jouissais. Et tu en redemandais. Tu étais différente de toutes celles qui disaient *C'est pas grave*. Même si tu soufflais le froid après le chaud… Tu faisais de nos instants ce que tu étais : fragile. Et c'est lui que je cherchais quand tout se dérobait sous mes pieds. A atteindre l'âge de mes conquêtes, la transformation opérait enfin…

L'intervention s'est bien passée. Attendre quelques jours pour évaluer les séquelles. J'avais cette question en boucle : la récidive pouvait-elle lui redonner l'usage de la parole ? Je n'ai pas osé. Il était minuit. Il n'y avait plus urgence.

La jument était nerveuse : la ration d'avoine, c'était à 19 heures ! Les herbes avaient poussé. Les ornières s'étaient creusées. Quelques tuiles bougées sur les toits attendaient des nouvelles de son état de santé pour se décider enfin à glisser dans les gouttières, se briser à terre. La paille était grise. Et les relents de la décharge stagnaient dans la cour. Même si depuis quelques années, il n'occupait guère que le salon, son empreinte demeurait dans chaque recoin, dans chaque interstice. Cette ferme ne sera jamais la mienne. Ou ça sautera une génération : Fleur y était si épanouie.

J-16

Soleil dominant malgré quelques passages nuageux. Températures conformes aux normales saisonnières.

— Papa, viens donner à manger aux animaux avec moi !

Ce petit bout de femme intégrait les contraintes de la ferme. Précisément ce que détestait sa mère.

— D'accord mais tu dois mettre ton fichu.

— C'est quoi ton fichu ?

— C'est un foulard que les fermières comme toi mettent sur la tête.

— Et ça sert à quoi ton fichu ?

— Pour que la paille n'aille pas dans tes beaux cheveux.

— Mais moi, j'aime bien la paille.

— Peut-être mais les petites princesses n'ont jamais de paille dans les cheveux.

— Alors moi je veux ton fichu.

Grand-mère sortait un torchon propre du placard. Quand tout va mal, se raccrocher aux petits bonheurs. Fleur était mon professeur. Papi aurait été fier d'elle. Elle traversait la basse-cour en repoussant le jars qui abdiquait. Quand c'était moi, il chargeait ! Pas trop grosse la poignée de foin aux lapins. Plus d'eau aux poules.

SMS : *Karaoké ? 20H au Nelson. Et mon lit, et mon corps.*

— Et maintenant, il faut donner du pain dur au cheval.

— Parce que ce n'est pas fini ? Pouh ; quel travail !

— Bah oui, papa. Les animaux, c'est pas comme nous. Ils savent pas se débrouiller seuls pour manger !

Ben oui. Comme pour papa, son petit-déjeuner : mamie se levait pour lui donner sa ration !

Avec le menu, le serveur fournissait une zapette pour réserver sa chanson. Tu fréquentais ce genre d'endroit. Bleu. Rose. Garçons contre filles. Loin des préoccupations d'une ferme. Tu demandais des nouvelles. L'examen neurologique était bon mais impossible d'évaluer les séquelles. Je taisais l'image obsédante de ses yeux qui bougeaient sous des paupières closes. Je me disais que s'il se repassait le film de sa vie, jamais il ne les rouvrirait.

— Chanson française ?

— Pas moi : je chante comme une casserole

— Ça tombe bien ; il y a des promos sur les casseroles !

Je ramais comme un père qui tente de faire bonne figure avec son adolescente de fille.

— Tu viens souvent ici ?

— De temps en temps…

— Seule ?

— Ben non. Celle-là ?

T'y tenais absolument.

— Je ne connais pas. Tu as choisi quoi, toi ?

— C'est une surprise. Allez ! Choisis !

— Attends, j'ai vu quelque chose : celle-ci !

— C'est quoi ?

— Un tube anglais des années 80. Tu la connais, c'est sûr.

— *B56 ; Marc*. Voilà, c'est fait ! On trinque ?

Tu contemplais la salle. Elle était comme moi : à moitié vide.

— Tu m'as manqué, tu sais…

Tu profitais de la pénombre pour caresser mon entrejambe. Je me concentrais sur l'assiette tiède. Burger correct. Frites à peine salées.

— Ça manque de sel. Tu en veux aussi ?

— Non, jamais. Enfin, je veux dire : je ne trouve pas que ça manque de sel.

Devoir chanter me filait le trac. La soirée était belle sinon.

— Et maintenant, mesdames et messieurs, accueillons celle qui va nous interpréter l'un des grands tubes de Sylvie Vartan, *L'amour c'est comme une cigarette*, j'ai nommé Lucie ! Sous vos applaudissements !

Tu t'es levée comme pour recevoir un prix. Ta traversée entre les tables jusqu'à dévorer de tes dents blanches le type qui te tendait un micro était hollywoodienne. Eclairage, concentration, barre rouge de téléchargement puis décompte. Saxophones chihuahuas. Du rose. Du bleu. Tu avais vingt ans. Les hommes te trouvaient à leur goût. Leurs femmes te détestaient. Tu connaissais les paroles que je vérifiais sur l'écran derrière toi. Tu chantais juste et bien.

Je me voudrais brune,
Comme une gitane,
Je me voudrais blonde,
Comme une américaine.

— Applaudissez Lucie, aussi jolie en brune que Sylvie, en blonde !

Même le lourdingue relevait la subtilité. Fallait-il qu'on mange froid !

— Tu as aimé ?

— Tu chantes super bien !

Tu n'as pas insisté. Je t'en étais reconnaissant. Tu buvais, riais et entre deux battements de cœur, tes yeux ont cessé de pétiller.

— Excuse-moi…

— Oui ?

Ta part d'ombre réapparut. Quels débris d'une vie antérieure ? Les coups ? Le viol ? L'inceste ? J'ignorais tout de toi.

— Tu es radieuse et l'instant d'après, tout semble s'arrêter. Une inquiétude ? Une peur ?

— Tu trouves ? C'est à toi ! Allez !

Malaise. Micro. Décompte. Accord rythmés d'un synthé dépoli. Maintenant :

Change your heart, Look around you,
Change your heart, It will astound you
I need your loving like the sunshine
And everybody's got to learn sometime
Everybody's got to learn sometime

Everybody's got to learn sometime...

A l'applaudimètre, ça ne valait rien. Mais dans tes yeux, j'étais fier de moi.

— C'est bête mais je ne pige que dalle à l'anglais. Ça raconte quoi ?

— Quelque chose comme... Change ton cœur, Regarde autour de toi. Change ton cœur, ça te surprendra. J'ai besoin de ton amour, Autant que du soleil... Dans le genre, tu vois ?

— Ah ? C'est chouette ! Tu ne m'en voudras pas, je nous ai inscrits à la prochaine : le Paradis Blanc de Michel Berger !

Je me laissais prendre au jeu. Il m'exfiltrait de la morosité. Tu t'amusais comme une folle. Ton corps frottait le mien. Tu étais excitée.

Dans tes draps blancs, nous cherchions un sens à *Je m'en irai dormir dans le paradis blanc*. Mort naturelle, suicide, expédition polaire au mois d'août ? Pour toi, c'était mettre fin à la société de consommation pour retourner aux valeurs essentielles. Pour moi, Berger était fatigué. Nous entérinions nos désaccords en emboitant de nos deux corps. Et dans le sommeil que je cherchais encore, tu as prononcé les mots qui unissent ou font fuir :

— Marc, je t'aime.

L'heure de choisir entre brune ou blonde ?

— Et toi, tu m'aimes ?

Ah, le voilà, le chantage affectif. Un *Je t'aime* en appelle un autre. Il n'est jamais anodin. Il est une chance comme un piège. Un cadeau qui engage. Qui engage à en faire un en retour. C'est un poison, une chimère, un pacte avec ton ombre. Et un couteau sous la gorge : vite, tu n'as plus que quelques microsecondes pour répondre. Au-delà, ça reviendrait à dire *non*. Il fera de moi un incapable. L'incapable d'aimer alors que je souhaitais juste ne pas être lâche. Je voulais être Gainsbourg : *Moi non plus*.

— Quel est ce secret que tu ne m'as pas encore dit ?

— Je t'aime Marc. C'est pas plus compliqué.

— Pourquoi il n'y a personne autour de toi ? Regarde ici : aucune photo !

Elle vérifiait.

— Tu ne juges pas les gens à leur déco, j'espère !

— Parle-moi de ta famille !

— Tu ne me parles pas davantage de la tienne. Laisse-nous du temps. Prenons ce que la vie nous donne.

Tu as glissé ta jambe entre les miennes. Tu me caressais le pénis. Mon esprit voulait poursuivre mais ce con bandait. Il t'a fait croire que je n'avais plus rien à dire.

J-15

Dernière belle journée avant une dégradation annoncée pour les jours prochains.

— Non, je ne monte pas là-dessus. Hors de question.
— S'il te plaît !
— N'insistez pas, Marc Vanbrughe.
Malicieuse quand elle déclinait mon identité. Tellement plus glamour que lorsque c'était De Vallières !
— Je n'ai jamais posé mes fesses sur ce genre d'engin et je ne compte pas commencer aujourd'hui.
— Dommage : je suis persuadé que la selle ne rêve que de ça. Pour information, une fille de trois ans monte.
— Mais je n'ai pas trois ans !
— Je roulerai doucement. Tu serreras ma taille et quand tu auras peur, je ralentirai. A condition que nous ne soyons pas déjà à l'arrêt…
— Doucement alors ?
— Promis.
Le sourire des gens nous portait. Je voulais croire que c'était pour la machine ou le couple glamour que nous formions. Mais ces fleurs étaient pour toi. Pour ta

singularité à croire qu'une tenue de motard pouvait être celle d'un bal. Avec ta robe des années trente et un casque demi-bol, tu ressemblais aux pionnières des sports mécaniques. Elles étaient l'égal de l'homme quand il leur refusait le droit de vote. De nos jours, des lois sont bien nécessaires pour la parité... Je t'ai bardée d'un sac en bandoulière qui limitait la prise au vent. Personne ne te reprochait de dévoiler tes jambes. Nous avons gagné avec souplesse la vallée et ses chemins endormis. La Bonnie dispensait son bruit un peu sourd dans la traversée des villages. Je n'ai jamais roulé aussi lentement le long des murs des châteaux, des églises perchées, des plans d'eau et des mers d'orties. Si tu fus d'abord enclume, la tête nichée dans ma nuque, je te sentais desserrer les bras autour de ma taille. Tu prenais l'habitude à chaque accélération de recoller ton bassin au mien. Nos poids se synchronisaient bientôt dans les virages. Nous ne faisions plus qu'un. Tu glissais tes mains sous ma chemise et au-dessus de mon épaule, je t'ai vu sourire au vent, les yeux plissés de plaisir. Tu étais à ta façon ma pionnière ; la première femme à partager mon plaisir de filer sur cette anglaise. La première qui n'était plus une enfant. Le clapotis du tissu sur tes cuisses, ta bouche dans mon cou : je voulais que cela ne s'arrête jamais.

Le matériel érigé autour du lit de mon père s'allégeait un peu plus chaque jour. Sa tronche n'était plus de travers mais sous le pansement, ses yeux restaient clos.

— Parlez-lui.

Lui parler de quoi ? Par la fenêtre, je t'ai vue profiter de mon absence pour grimper sur la moto. Ce n'est pas vingt ans que tu avais : c'était trois.

— Comment va-t-il ?

— Mieux.

— Tu n'aurais pas une paire de lunettes pour moi ? Mes yeux pleurent.

— Tu veux les miennes ?

— Ah non, tu en as besoin.

A la droguerie du centre-ville, je trouvais une paire de lunettes en plexiglas. Elles t'allaient si bien qu'arrivée dans la ville haute à Saint-Valéry :

— Tu sais, tes lunettes, tu peux les retirer…

— Mince ! Tu aurais pu me le dire avant… Je suis ridicule…

Dans l'intimité d'une cour emmurée, un nouveau restaurant nous attirait. Il traînait un pot de peinture près de l'enseigne à accrocher. Tu as vu, dessus, les mêmes. Tu me reprochais de t'en avoir offertes pour bricoler. Partager ta présence me donnait toutes les audaces : avec le pinceau chargé, je les ai mouchetées d'un geste rapide.

— Maintenant, oui.

Nous riions de bêtises puériles. Nous avons contourné la baie jusqu'au Crotoy, traversé un troupeau de moutons, dépassé le train à vapeur d'où des enfants enjoués nous faisaient signe. Passés le port, nous avons roulé sur la plage. Je passais dans les bâches peu profondes pour que les gerbes d'eau t'inondent de sel. Tu criais. Tu riais.

C'était bon comme un grand verre de lait. A la pointe de Saint Quentin, j'ai stoppé la machine. Tu sortais fière de toi une robe légère de ton sac.

— Tu as cru m'avoir mais il n'y a que toi qui seras trempé !

Nos traces étaient un brouillon. Les amoureux sont comme les enfants : ils piétinent, tournent l'un autour de l'autre, s'échappent puis reviennent. Ta main m'entraînait dans les dunes. Tu t'essoufflais. Entre les oyats, dans un lit de sable blanc, ton corps s'est couché. Tu as écarté les cuisses en me tendant les bras. J'ai ôté mon pantalon sur quelques dizaines de centimètres. Tu as relevé ta robe. Des amants pressés. A peine le temps pour le sable de se loger au creux de nos formes humides. L'abrasif de nos envies. Nous sommes restés dans le parfum brûlant de la silice. Au moment de quitter notre couche, j'avais le sentiment que tu me confiais une mission importante : ta culotte.

— Je n'ai pas de poche.

Au retour, l'idée que sous ta robe légère tu ne portais rien m'obsédait. Tu n'avais pas encore assez confiance pour me permettre de piloter d'une main.

Je suis repassé par le chemin de halage. La première fois depuis l'accident. Tu m'as probablement transmis la force qui me manquait. J'ai retrouvé ce chalet qu'enfants, nous squattions. Il était retapé et habité. Au passage à niveau, je t'ai expliqué la légende qui voulait que le train Paris – Calais coupe les têtes des bovins distraits ou emporte sous ses roues les ménagères dont on ne retrouvait que le sac à provisions.

— C'est horrible !

Par les chemins de traverse, je suis arrivé face à l'entrée de la ferme. Je me suis tourné vers ma compagne qui hésitait. Je pensais qu'à forcer le destin, tout était possible. La moto glissait doucement dans la cour. Derrière sa fenêtre, ma mère nous observait. Fleur et le chien nous rejoignaient mais très vite, Fleur fut intimidée. Le chien grognait ;

— Ben alors, ça va pas ? C'est une façon d'accueillir les invités ?

Je me suis mis à genoux :

— Fleur, je te présente Lucie. Lucie est l'amie de papa. Lucie, voici Fleur, ma grande fille.

— Bonjour Fleur. Que tu es belle !

— Bonjour Madame.

Je lisais de l'incompréhension dans ses yeux. La maladresse de mon empressement. Le chien poursuivait.

— Attends, je vais l'attacher à sa niche. Tu veux boire quelque chose ? Ou prendre une douche ?

— Non. Je suis fatiguée. Je vais rentrer. Dépose-moi à la gare.

Tu suggérais à ma place qu'il était préférable que tu partes. Au retour, tu n'as pas souri. Tu étais si lourde sur mes lombaires, si pâle que les étoiles accrochées à tes lunettes s'évanouissaient. Tu insistais pour rester seule. Tu m'as demandé de repasser demain, après ta journée de travail. Tu me ferais ta spécialité ; des truites en papillote avec ses légumes croquants. *Le poissonnier des halles vend les meilleures* insistais-tu. Quand fonctionnerions-nous comme un vrai couple ? Tu me manquais déjà. Etre amoureux, c'est être en manque de l'autre. Etre malheureux en quelque sorte…

Sur le seuil :

— Marc ? J'ai passé une super journée !

J-14

Arrivée d'une perturbation.

Dix heures et demie. J'embrasse ma mère. Pas de café. Pas de pain. Et Fleur dort encore.

— Tu as besoin que je fasse quelque chose aujourd'hui ?

— Quoi ?

— Je ne sais pas : la litière des lapins ou le jardin.

— Parce que tu ne vas pas la rejoindre aujourd'hui ? C'est déjà fini ?

— Mais qu'est-ce que tu racontes, maman ?

— C'est qui, cette fille ?

— Lucie Marchand. Elle était à Saint Pierre.

— Et tu profites de l'absence de ton père pour la ramener à la ferme ?

— Je ne la ramène pas à la ferme. Si j'avais voulu le faire, elle serait rentrée ici.

— C'est cette fille qui te rodait autour au lycée ?

— Tu t'en souviens ? C'est amusant, pas moi !

— Tellement qu'il ne t'a pas fallu trois semaines pour la retrouver.

Elle m'énervait. Je voulais, comme à quatorze ans, foutre le camp d'ici. Je passais la journée avec Fleur. Pour me racheter ? Le chien se plaisait avec nous. Et nous, avec lui. Nous le lavions dans une bassine d'eau tiède, avec notre propre savon et un arrosoir pour le rincer. Nous guettions le moment où il se secouerait. Et ça nous faisait rire. Nous terminions chez grand-père des puzzles de chiots, de chatons, de poneys. Et je m'apprêtais à initier Fleur aux Lego que j'avais retrouvés dans le grenier. Quand elle faisait la sieste, je poursuivais mes travaux sur le processus d'appauvrissement des sols dû aux mauvaises pratiques agricoles. La mise en forme ressemblait à une thèse. J'avais une idée derrière la tête.

A dix-neuf heures, la vitrine me renvoyait le reflet d'un motard qui tenait un sac bleu à la main. A l'intérieur, deux belles truites, écaillées, vidées et emballées à l'ancienne dans du papier journal, quelques oignons blancs, deux carottes et du fenouil. Le tout avec l'injonction du poissonnier de dire bonsoir à sa petite Lucie. Tu m'as fait de grands signes avant d'encaisser ta dernière cliente. Je ne sais pas si tu lui as parlé de moi mais elle m'a dit bonsoir en sortant. Tu irradiais de bonheur ceux qui t'approchaient. Il n'y avait jamais d'ombre à l'Est du beffroi.

Nous avons dîné. Miles Davis, à la trompette. C'est tout de même autre chose que le bugle ! Après le dessert, tu m'as dit que tu préférais dormir seule. Que Fleur avait besoin de moi.

J-13

Je ne me souviens plus…

— T'es quand même un salaud, toi !

— Pourquoi ?

— Depuis vendredi, je t'attends !

J'ai invoqué la récidive du père. Ça le contrariait. Je ne l'étais pas autant. Sa table était intégralement débarrassée. Et propre. Je cherchais du regard un cadavre de bouteille.

— Qu'est-ce que tu regardes ?

Il avait le sourire du môme qui a une bonne note à annoncer.

— Et pour les égorgeurs de chevaux ? On sait qui c'est ?

— C'est pas forcément des gars du coin. Pour les démasquer, il aurait fallu qu'ils s'en vantent et que ça se répète. Rien ne prouve que le commanditaire soit sur ta liste. Maintenant que nous avons fini, qu'est-ce que tu comptes faire ?

— Si j'avais eu ces noms il y a trois semaines, je crois que je serais allé les trouver un à un pour leur faire bouffer leur merde à ces bâtards. Heureusement, nous avons pris le temps de la réflexion.

— Tu vas rien faire. C'est plus sage.

Je n'ai pas compris.

— Je n'ai pas dit ça, Daniel. Il se trouve que nous sommes dans un Etat de droit et que les faits ne sont pas prescrits.

— Ne crois jamais ça !

— Quoi donc ?

— Que nous sommes dans un Etat de droit. Les gens sur cette liste, c'est l'Etat. Si certains ont quitté les meilleures places, ils ont encore le bras long.

— Suffit de leur raccourcir !

Il m'a raccompagné. Contrarié.

— Ça va ?

— Oui

— Il y a quelque chose dont tu veux me parler ?

— Non

— Je repasserai te voir dans la semaine. Je vais tâcher de mettre tout ça au propre.

C'était tellement mieux, une maison aérée, l'odeur du café, les chiens dehors et les crottes sur le fumier.

J-12

Coup de tonnerre.

J'ai arrêté le moteur en entrant dans la cour de ferme. Il y avait encore de la lumière au salon. Ma mère avait retiré sa blouse ; j'ai compris que mon père s'en était allé.

— Tu es seul ?

Pourquoi le demander quand ne pas l'avoir été fut un drame ?

— Indra et Fleur ne sont pas avec toi ?

La mauvaise nouvelle ne concernait pas mon père. Elle cachait son visage dans des mains tremblantes. Les sanglots d'une mère marquent un désert ou un cimetière. Inutile d'expliquer ; Indra me jetait son vitriol à la gueule. Son châtiment pour mon crime. Je tournais en rond en avalant ma colère. Le salon libéré m'épargnait le regard de mon père. Indra était sur messagerie.

— A quelle heure elles sont parties ?

— A peu près treize heures.

— Avec des affaires ?

— Un sac de plage.

— Un sac de plage ?

— Indra t’a eu au téléphone. Vous vous étiez donnés rendez-vous à la plage pour passer l’après-midi ensemble.

Elle s’est levée. A la cuisine, elle a fait réchauffer mon dîner. Je me suis assis devant une assiette vide qui me rappelait que j’étais un nomade.

— Non mais j’ai dîné !

Ma mère a plaqué sa poitrine sur mes épaules. Elle sentait encore le savon de Marseille de sa toilette du matin. Ses mains tremblantes s’efforçaient de me réchauffer. Personne ne pouvait me réchauffer là où j’avais froid.

— Et qu’est-ce qu’elle t’a dit d’autre ?

— Qu’elle allait te rejoindre.

— Après ?

— Après… Tu t’absentes parfois si longtemps.

Mon poing a frappé le plateau de bois. Ses seins ont sursauté. Elle s’est éloignée de ma colère.

— Elle est partie avec un sac et il y avait quoi dans ce sac ?

— Je ne sais pas !

La chambre ! J’ai monté quatre à quatre l’escalier. Sous l’oreiller de Fleur, son doudou avait disparu. Cambriolage des tiroirs de la commode. Seul le portrait d’Indra saluait sa victoire. Je l’ai d’un revers brisé. La porte s’entrouvrit :

— Qu'est-ce que tu fais là ? Viens ici mon beau... Je crois que Fleur est partie. Elle t'a rien dit à toi ? Non ? Tu es encore là, tu es un bon chien...

Il posait sa tête sur le lit. C'était interdit. Ses yeux rebondissaient dans les coins. Fleur lui manquait. Je pleurais. Il ne le répéterait pas. J'ai étouffé ma douleur dans son oreiller. Il sentait ma petite fille. Son sourire. La vie avant qu'Indra ne l'éteigne. J'ai rejoint ma mère qui se lamentait en balançant son buste. Il se disait dans le village qu'il lui manquait une case. Son balancement leur donnait raison. Elle est venue s'asseoir près de moi et m'a bercé. J'avais huit ans. Et je me réveillerai devant une énorme boîte de Lego avant de rejoindre Nono pour une partie de billes. Chante, maman, chante. S'il te plaît, les airs dont tu m'as privé. Chante et pince-moi. Que je sorte de ce trou. Mon cerveau reptilien reconnaissait sa peur quand elle insufflait des naseaux. Le câlin était une excuse. Je l'ai regardée.

— Qu'est-ce que tu attends ? Ben vas-y !

Elle fut moins étonnée que soulagée. Même si les mots refusaient de sortir. Elle a cherché un peu de confort dans le fauteuil du vieux grincheux. Dans ce monde où la population autour de moi se décimait, elle était la dernière. Je la ménageais. Mais plus il fallait attendre, et plus je craignais ce qu'elle avait à me dire. Je me suis assis. J'étais moins menaçant, assis. Ça la rassurait :

— Lundi, Fleur a eu sa mère au téléphone. Pourquoi elle appelle aussi quand tu n'es pas là ?

— Et ?

— J'ai entendu Fleur qui lui disait que tu étais venu avec une dame sur ta moto.

La comtoise était aussi impatiente que moi. Qu'est-ce que ça pouvait bien lui foutre ?

— Et ?

— Elle a dit : *Il y avait une dame sur la moto de Papa.* Je suppose que sa mère lui posait des questions. J'entendais les réponses de la petite. Une dame qu'elle n'a jamais vue. Que le chien n'aimait pas la dame parce qu'il était méchant avec elle. Que la dame était gentille mais que Fleur n'aime pas que quelqu'un aille avec papa sur sa moto.

— Quoi d'autre ?

— Fleur a ensuite parlé en danois.

— Que disait Fleur ?

— Je ne comprends pas le danois.

Fleur m'a d'un coup rappelé Paulette dans Jeux Interdits. Sa ressemblance. Son innocence. Que ne pouvais-je le lui reprocher ? J'ai marché dans l'obscurité jusqu'au pré. Le chien me servait de guide. J'ai senti la présence de la jument. Son souffle. Puis le poids de sa tête sur mon épaule. Elle me réconfortait pendant que le chien tentait de l'énerver.

— Indra, c'est moi. Qu'est-ce que tu es en train de faire ? Il faut qu'on parle. Rappelle-moi quand tu auras ce message. Je t'en supplie.

Je découvrais la dernière option de Volvo : *rapt d'enfant*. Toujours une innovation d'avance. Elles étaient au mieux, en Allemagne. Au pire, au Danemark. Je n'étais plus un mari et voilà que je n'étais plus un père. Je pensais au mien que l'annonce tuerait.

Je t'en voulais. J'en voulais à tout le monde. Une douleur aux tripes. J'ai vomi mon silence dans la nuit. Comme la jument, j'apprenais les limites à coup de clôture électrique. Le souvenir de cette leçon me rongerait l'émail. S'attaquer à ce que j'avais de plus dur, n'était-ce pas ce que tout le monde s'employait à faire ? J'ai sorti la Bonnie. Dans le rétroviseur tremblant, j'ai aperçu l'ombre chinoise de ma mère dans le rectangle lumineux de la porte. Ma vie se résumait à rouler sans but. L'océan, obstacle ultime…

— DD, de la gniole qui saoule bien, tu as ça ?

— T'es chiant ! T'as vu l'heure ?!

— DD, faut que je me rince la gueule. Déconne pas !

Avant, chez DD, il n'y avait de vide que les bouteilles. Le reste était plein : les chiens, de puces, les fauteuils, de poils, la cour, de bagnoles éventrées. Et nous, évidemment. Je pouvais tout lui dire : vérités, grossièretés. Et ce petit homme banal savait sonder l'âme humaine. La mienne était insondable ce soir ; un vrai défi.

Il lui restait un calvados frelaté. Etait-ce parler d'alcool qui lui donnait cet œil noir de l'éleveur qui mène sa bête à l'abattoir ?

— Marc, t'as une nana qui fait 1m80 au garrot et tu mises sur un canasson qui ne veut pas prendre le départ ! T'es con ou quoi ?

— Y'a pas à dire, t'as pas ton pareil pour remonter le moral ! Tu le caches où, toi, ton cheval de course ?

Il me contait l'histoire de l'arrondissement pendant que je sifflais sa bouteille. Il avait un tas d'anecdotes. Des belles. Des drôles. Des insolites. Elles enracinaient le nomade que j'étais. Pourtant, lui rêvait d'aller à Paris. Chaque année, au moment de Noël, il voyait les parisiens -*des fouteux d'gins*- découvrir chez nous les illuminations de Noël. Alors qu'eux, avaient les Champs-Elysées !

C'était devenu une mode, dans nos campagnes, de décorer les maisons et les jardins.

— Ça donne lieu à des scènes surréalistes, d'une si profonde naïveté que ça en devient poétique.

Des ouvriers, des Rmistes qui dépensaient l'équivalent d'un mois de revenus pour acheter des merdes chinoises dans les camions qui s'arrêtaient sur les places de villages alors que ça faisait dix ans que le petit dernier réclamait des cours de théâtre. Sans compter la douloureuse qu'EDF envoyait en même temps que les bons vœux et qui faisait dire au gamin que ce n'est toujours pas le moment pour venir réclamer des sous pour sa putain de connerie de théâtre à la noix ! Les nuits, il ne fallait dormir que d'un œil à cause des vols de matériel entre rivaux.

J'ai trouvé le couplet sur les illuminations de Noël moyen. Mais la suite allait me plaire.

— Notre tissu social est un miroir brisé. De loin, tout semble parfait. De près, il y a mille fragments qui projettent des images différentes. Des grands. Des petits. Des ronds. Des poignards.

A mi-bouteille, je trouvais qu'il parlait bien. A m'en faire oublier l'âpreté du breuvage. Trente-cinq ans qu'il allait au plus près des gens, par 20 centimètres de neige ou par 45°c. Il reconnaissait l'odeur du désespéré avant qu'il mette fin à ses jours. Ou l'insoutenable image de familles entières dans les lambeaux de leur chair qu'un train dispersa une demi-heure plus tôt.

— J'ai vu le toubib quand il a faufilé son bras entre la cage thoracique de ton frère et l'arbre de direction pour briser le compteur de vitesse. Il a sorti des torchons blanc et rouge comme ceux du boucher. Il en a déplié plusieurs pour récupérer les restes de cervelle sur le tronc. Sans grimacer. Tu ne sais pas ce que c'est que d'arriver sur des accidents. Etre confronté à l'odeur d'huile et d'essence sans jamais savoir si tu ne mets pas le pied sur un reste humain alors que quinze minutes plus tôt, tu dormais bien. Et tu dis à la jeune recrue, pompier volontaire, qu'elle a oublié un bras là-bas. Et elle s'exécute. La famille d'hollandais au passage à niveau de la D11. Les parents : 35 ans. Les cinq enfants de 10 ans à 10 mois. Leur clebs a eu la tête tranchée par les glissières en béton qui bordent les voies… Et bien tu vois, on s'habitue. C'est tellement dégueulasse comme on s'habitue à tout. Et le pire, c'est même pas tout ce qui est sanguinolent ! Le pire, c'est ce qui ne dit pas son nom…

Du Zola. Je n'interrompais pas DD. Je buvais. Le clientélisme, la source des maux : une entrée bitumée à l'œil, un permis de construire qui omet des mètres carrés, une place en maison de retraite, un poste de secrétaire à la communauté de communes. Le tout, grâce à la caisse communautaire.

J-11

Journée dégueulasse.

L'avion atterrissait en crabe sur la piste détrempée. Dehors, c'était novembre à seize heures. La ligne 2 m'emmenait à Frederiksberg. Qui aurait cru que je m'y sentirais davantage chez moi qu'en Picardie ? Je passais voir Klaus, *Place Christianshavns*. Plus que l'ami d'enfance, il était le frère qu'Indra n'avait jamais eu.

— Tu n'as pas vu Indra par hasard ?

Le danois est pragmatique de nature. *Il n'y a pas de hasard. Il n'y a que des rendez-vous*. Klaus savait. Mes appels qui échouaient sur sa boîte vocale, elle les écoutait. Elle refusait de me parler, préférant se confier à lui. A lui qui, à quarante ans, restait célibataire.

— Achète-lui des roses.

Il en vendait. Son stock ne suffirait pas. J'ai remonté *Vaernedamsvej*. A la crèche de Fleur, la directrice m'a rappelé que le règlement intérieur était aussi valable pour moi. Elle ne l'a pas vue en juin. J'ai oublié de prévenir que nous partions en France. Mais quand je lui ai demandé si elle avait vu ma fille, elle fut surprise. Fleur était donc ailleurs. La clef dans le barillet a coincé.

Quelques pas en arrière pour vérifier que c'était bien ma maison. Le voisin, un cerbère, est sorti m'expliquer qu'une entreprise était intervenue ce matin.

— Une entreprise ? Pour faire quoi ?

— Changer les serrures.

Il a cru que j'avais quitté le Danemark. Quand récupérerai-je mes montres et mes BD ? La serrure de la boîte aux lettres restait inchangée : ma propriété se réduisait à ses quelques décimètres cube que je partageais avec tous les postiers du monde. A deux blocs d'ici, il y avait ma belle-mère et en face, ma belle-sœur. Dans la rue, aucune Volvo brune. J'ai sonné d'abord chez Kristen. Le voilage du bow-window a bougé. J'ai joué le vieil habitué mais la porte restait entrebâillée.

— Bonjour Kristen. Vous me laissez entrer ?

— Qu'est-ce que tu veux, Marc ?

— Indra est venue chercher Fleur en France et je n'arrive pas à la joindre.

— Elle n'est pas ici.

— Indra n'est pas ici mais est-ce que je peux voir Fleur ?

— Elles ne sont pas ici. Va-t-en !

J'ai sonné à nouveau mais insister ne servait à rien. Le temps me donnait raison de la détester. Quand je me suis approché de la porte d'entrée d'Inge, la sœur d'Indra, j'ai entendu le verrouillage à double-tour. L'information circulait. Inge que j'ai tant protégée d'une mère intrusive et d'une sœur autoritaire m'abandonnait à son tour. La fragile. La délicate. La traitresse.

Je me suis assis sur le banc sur lequel défilait tout un tas de gens : des belles, des moches, des grosses, des lycéennes, des traine-la-patte, des aguicheuses, des fêtardes. Un poivrot que les riverains tentaient d'éloigner. Un spectacle que je relevais depuis le confort de ma maison. Chauffage au sol. L'album de Montand à l'Olympia en boucle. Mais je n'avais plus de fenêtre. Juste une boîte aux lettres et je n'étais pas contorsionniste à m'y plaire. J'aurais sinon continué à regarder ce petit monde à travers la fente. Alors c'était mon tour de distraire mes voisins. Tiens, une éclaircie. Un vélopoussette. Notre moyen de transport à Fleur et moi. Où étais-tu, ma puce ? J'étais certain qu'on te privait autant de moi que moi de toi. Ces quelques années, ta vie entière, à partager tes sourires, tes rages de dents. Un dessin en couleur. Un collier de baisers. Ton rire quand le chien se secouait en sortant du bain.

Le calme fut déchiré par la sortie du Lycée Prins Henrik. *Skoleferier* revenait dans toutes les bouches ; vacances d'été ! Il me restait assez d'humanité pour leur sourire. Au silence revenu, j'entendais à nouveau mon cœur saigner devant la porte close…

Nous habitions Frederiksberg, le Notting-Hill danois. Pour sa proximité avec le lycée français.

J'ai perdu ma liberté le jour où j'ai couché avec Indra. Castré au plus proche de l'os. J'ai vécu sa vie plutôt que la mienne. Trader, c'était pour ne pas être l'ombre de son ombre. En fait, nous habitions ici parce que maman et sœurette y habitaient déjà. J'ai laissé mes clés dans la boîte aux lettres. Je reprenais ma liberté.

L'absence de filtre révélait une vérité crue et mes pensées devenaient vitriol pour celles que j'avais aimées. J'arpentais les rues, cherchais le hasard, avançais dans le noir. Je voulais boire.

Les danois sont un peuple où chacun produit sa part, dans le souci permanent de participer à la hauteur de sa juste contribution. Excitant ! La *Janteloven* régit les principes de la nation : tu es un bon danois si tu n'as pas la volonté d'être supérieur à un autre danois. Etonnant pour le français dont l'école initiait à la compétition. Belle-maman, juge aux affaires familiales, ne faisait jamais plus de trente-sept heures par semaine. Mal vues, les heures supplémentaires. Elle en faisait tout de même parce qu'une fois rentrée chez elle, elle continuait de nous faire la morale.

— Barman, la même chose !

Les danois sont les champions du bonheur. Suffisait d'observer le type me dire :

— Règle ce que tu me dois et je te ressers !

Dans un pays où il pleut un jour sur deux, où l'été, le soleil disparaît au milieu de l'après-midi, pas évident. Alors ils ont inventé la pilule du bonheur : la *lykkepiller*. Un antidépresseur. Après administration, faire abstraction de leur mine triste. Le bonheur est à l'intérieur. A l'intérieur des bars ! La brasserie Carlsberg est à deux pas d'ici.

— Garçon ?

Grimace. La loi de Jante et ses dix commandements sont tirés d'un roman : j'en ricanais encore. Ils disent que l'individualisme nuit au bonheur. Qu'à cela ne tienne : buvons ensemble ! Mais le danois est raciste. Un peu. Non : beaucoup. Donc je buvais seul ! Je faisais pourtant de gros effort d'intégration : je n'étais pas noir et je dépliais le journal *Jyllens-Posten*, le plus gros tirage du royaume, à droite de la droite. Il publiait les douze caricatures du prophète. La société danoise a changé ce jour-là. Elle avait décrété qu'elle ne m'adopterait jamais. On ne vient pas au Danemark pour faire fortune. On vient au Danemark pour faire trente-sept heures. Même à trente-sept heures, tu prends le travail d'un danois. C'est mathématique. Si par malheur, tu le perds, c'est pire. Parce que tu deviens un étranger qui perçoit des allocations sociales. Moi, j'étais en congé parental. Au Danemark, les sujets de sa Majesté sont tous égaux. Au nom de la sacrosainte égalité des sexes, j'ai élevé notre enfant pour laisser ma femme danoise s'émanciper. Je me disais que ce serait bon pour elle. Elle s'est tellement émancipée que je ne la voyais plus.

Le mec à qui je racontais ça avec un danois approximatif était plus bourré que moi. Alors il me comprenait. Lui n'était pas obligé de régler à chaque tournée vu qu'il était danois de souche.

— Garçon ? Pourquoi tu m'aimes pas ?

— Parce que tu bois trop !

— C’est un bar ici, non ?

— Oui, mais on n’aime pas les gars comme toi qui boivent trop…

Qu’est-ce que je disais ! Ah oui ; on sait rire au royaume. Il y a l’incontournable *Jan Gintberg*. Ancien éleveur de porcs reconverti dans l’humour… cochon ! Cru et raciste. Mais ça fait rire le bon danois qui rentre chez lui à 18 heures. Il y a aussi *Lars von Trier*, réalisateur de films crus et pas marrants. Finalement, le danois, ce qu’il aime, c’est le cru et le pas marrant. Comprends pas que l’Indra ait refusé l’autre fois que je la sodomise dans les chiottes à St Val…

J-10

Le beau temps invitait à la sieste.

Allongé dans l'herbe, bras croisés sous la nuque, j'imaginais à quoi ressemblaient les nuages. Le chien jouait avec Fleur et Lucie discutait avec mes parents. J'ai entendu mon père appeler sa petite-fille, lui murmurer une chose qui la fit rire. Elle s'approchait de moi avec l'intention que je ne l'entende pas. Une intenable démangeaison affectait le pavillon de mon oreille. Sur les instructions de son grand-père, la chipie me chatouillait avec une grande herbe. Et mes grimaces n'ont fait que l'encourager. Indra cognait sa matraque sur les barreaux.

— Debout !

J'ai ouvert un œil.

— Eh oh ! Le Français ! Debout ! Le commissaire t'attend !

Le policier danois me secouait avec sa botte. Je me suis assis, la gorge sèche. J'avais mal aux côtes.

— Vous allez mieux ? Bon, vous avez prévu de repartir par le vol de 18h00 ; c'est toujours votre intention ?

Qu'est-ce que je faisais ici ?

— La juge Andersenn retire sa plainte si vous quittez le royaume comme prévu.

— Une plainte ?

— Je vois... Trois voitures de police ont été nécessaires pour vous maitrîser chez la juge Andersenn.

— Chez ma belle-mère ?

— Vous ne vous souvenez de rien ? Vous deviez en tenir une bonne ! Si c'est cuiter que vous cherchiez, vous pouviez très bien le faire en France. La police y est plus tolérante à ce qu'on dit.

— Sa fille a kidnappé la mienne.

— La vôtre, vous voulez dire ! Ecoutez, nous nous sommes déplacés pour trouble à l'ordre public. Maintenant, vos affaires, ça ne nous regarde pas. Je vous conseille d'attraper votre avion avant que la juge ne change d'avis. Sinon, ce sera interdiction de quitter le royaume et il vous faudra un avocat.

— J'en connais un : ma belle-sœur.

Ça ne l'a pas fait rire. Mon blouson puait le vomi. Il faisait beau. C'était samedi. J'avais froid.

— Voici votre portefeuille, votre carte d'embarquement et vos lacets. Une voiture de police vous accompagne. Je vous déconseille de revenir. La juge Andersenn n'est pas du genre commode. Et elle a gardé de nombreux contacts dans la police. Et prenez une douche !

Dans l'avion, les strasses odorantes importunaient ma voisine. Je la rassurais : moi aussi. Je me souvenais du pub mais rien ensuite. Sauf de mon réveil en cellule de dégrisement.

J'ai retrouvé la Bonnie à Roissy. J'ai roulé au crépuscule. Il faisait froid pour une fin juin. Maman avait chargé le Godin : le charbon incandescent respirait dans le noir. J'ai repensé à toi. La proximité sans doute. Tu me manquais…

J-9

Temps sec et froid.

S'entendre dire à dix heures que le taux de divorce connaissait une croissance à deux chiffres. Mieux que le secteur du luxe. Je haïssais déjà celui que je sollicitais. Parce qu'il était aussi triste que sa robe noire pendue au cintre. Mais j'étais aux abois.

— Vous savez que la femme est l'avenir du droit ?

Il coupait mes phrases avec ses *oui, classique, évidemment*. Une eut droit à son point :

— Pourquoi Copenhague ?

— Parce que ma femme est danoise.

— Danoise ? Mais ça change tout ! Je ne fais ni le Danemark, ni l'Allemagne. Croyez-moi, les bons divorces sont 100% français. L'Europe, l'harmonisation, c'est du vent ! Retenez ça : avec le Danemark, c'est perdu d'avance !

Je voyais Fleur s'éloigner de moi. Ma petite que j'ai élevée. J'étais prêt à tout pour la récupérer. A hurler qu'Indra était carriériste avant d'être une maman. Qu'elle ne savait pas régler la température du bain.

— Je vous donne le numéro d'une consœur à Paris. Elle traite ce genre d'affaires. Et puis c'est une femme. Important pour le client d'être défendu par une femme… Dites-lui que c'est moi qui vous envoie.

Rue de l'Amiral Courbet, j'expliquais pour la seconde fois le rapt de ma fille par sa mère.

— Rapprochez-vous de mon secrétariat qui vous adressera une convention d'honoraires. Vous devriez voir une association. Elle vous aidera à comprendre les mécanismes affectifs du rapt parental.

Putain… J'ai été féministe à la place des femmes, j'ai prôné l'égalité homme-femme. Pour me prendre finalement en pleine face l'inégalité père-mère.

J-8

Le temps ? Quel temps ?

Je marchais vers le moulin, des ruines du XVIIIe d'où on voyait la baie s'emplir et se vider. C'était un coin venteux où grand-père articulait fort. Il fallait s'accroupir. Là peut-être. Il déterrait une plante. Il le faisait avec tant de soin que j'ai cru qu'elle était précieuse.

—Tu vois, Marc, cette graminée, c'est le Vulpin. C'est une herbe et pour l'empêcher de pousser dans les blés et dans les autres cultures, l'agriculteur épand des produits chimiques sur des hectares et des hectares et des hectares. Partout. Tout le temps. Quand le représentant qui vend ses produits chimiques passe à la ferme, il dit à l'agriculteur qu'il doit se protéger, mettre des lunettes, des gants, une combinaison et un masque pour ne pas les respirer. Et tu sais pourquoi ? Parce que les produits chimiques sont dangereux pour la santé de l'agriculteur. Et toi, tu penses quoi de ces produits dangereux que l'agriculteur épand sur les cultures de blé, de betteraves, de maïs ? Qu'ils ne sont dangereux que pour l'agriculteur ou aussi pour tous ceux qui mangeront la récolte ?

Un pavé dans la marre. Antoine poursuivait. Au lendemain de la Seconde guerre mondiale, le pays a fait du paysan, le nourricier de la planète. Autrefois, il semait son grain à la volée. Il récoltait peu, il y avait beaucoup de fermes, beaucoup de paysans, des familles qui se nourrissaient. Puis le pays a décidé qu'il fallait produire plus. Il s'est souvenu que pendant la guerre de 14, la végétation poussait dans les tranchées plus qu'ailleurs. A cause du nitrate des explosifs. Le paysan a utilisé le stock qu'il restait et puis aussi de l'azote. Ça augmentait les rendements. C'était magique ! Et puis ça a été la course en même temps qu'un cercle vicieux. Le vulpin a aimé l'azote. Il s'est développé. Alors des chercheurs ont cherché à l'éliminer. Ils ont découvert un produit chimique, l'*Isoproturon* qui, dilué dans l'eau, tuait le vulpin. L'herbicide était né.

Le paysan était directement conseillé par l'industrie chimique. Le marchand d'azote lui disait d'augmenter ses apports puisque le désherbant était la solution contre le vulpin. Mais la végétation a produit une humidité permanente au sol et les champignons se sont développés. Pas ceux de Paris mais ceux qui attaquaient les cultures. Alors l'industrie chimique a proposé au paysan le fongicide.

Le paysan, avec son herbicide et son fongicide, est reparti dans la course à la surproduction en ajoutant des nouvelles unités d'azote sur ses cultures. Mais les cultures ont produit trop de sève. La sève attirait les insectes comme les pucerons. L'industrie chimique a proposé l'insecticide. La chimie vendait et l'agriculteur augmentait ses rendements donc ses gains. Mais la terre qui nourrissait sa famille depuis des siècles s'est mise à recevoir chaque année 200 unités d'azote, des herbicides, 2 à 3 fongicides, 1 à 2 insecticides et même des hormones pour raccourcir les tiges de céréales que l'azote faisait trop pousser !

Tandis que les blés finissaient de murir, la moissonneuse occupait mon père dans sa révision générale. En bon comptable, il en changeait dès son amortissement pour en acquérir une plus performante. Garder une longueur d'avance. Ou plutôt une largeur de coupe d'avance. A celui qui aurait la plus grande ! Dès que les graisseurs furent reluisants et les courroies, tendues, il scrutait heure par heure la météo. Comme les coureurs de Grands Prix sur la grille de départ. Venait l'instant du vrombissement du moteur de 500 ch quittant son camp retranché pour aller conquérir les plaines. C'est le moment qu'Antoine choisissait pour m'éloigner de ce qui faisait l'âme d'une ferme : la moisson. Au rythme des remorques gavées de grain qui rebondissaient sur les roues surgonflées, Antoine, imperturbable, me dispensait son enseignement qui allait à l'encontre des efforts que faisaient au même moment Robert. Et il l'illustrait avec génie. C'est ainsi que je faisais connaissance avec Gabin, Ferrat… Gabin pour ses interprétations fidèles dans des rôles de paysans. Pour le prix de sa notoriété quand la révolte paysanne envahissait sa ferme normande. Et Ferrat parce qu'il chantait la détresse du monde rural. Le dessein des paysans ardéchois contraints de devenir flic ou fonctionnaire. Grand-père avait plus de sympathie pour Thorez que pour De Gaulle.

Notre complicité agaçait Robert : *Ton grand-père est un alcoolique.* J'ai grandi dans cette dualité qu'une cour séparait. Je n'ai pas choisi de camp : il s'est imposé à moi. Il fallait que je m'aveugle des événements qui déplaisent. Maman, le bon sens, ça saute aussi une génération ?

Membre du conseil municipal pour présider la commission de remembrement, Antoine Vanbrughe a été l'ennemi du petit paysan avant de se repentir. Avec le géomètre, il a participé à leur génocide dans les années 50. Les parcelles éparpillées avaient toutes un nom. Antoine a créé des champs à perte de vue. Sans aubépine ni noisetier. Le conseiller technique est venu vendre « la mort est dans le pré », l'industriel a fixé les prix et la PAC a fait des paysans des malades transfusés. Vente à perte, surendettement et crises devinrent le quotidien du paysan. A la place de passion, harmonie et raison.

— A la fin de la guerre, le paysan nourrissait cinq personnes. Sa famille. Sous Giscard, 26. Tout transite par les circuits de distribution qui fixent les prix en se fichant bien des conditions de production. L'éleveur donne des aliments médicaments à ses bêtes et le cultivateur gère la pathologie végétale. Et c'est la profession où on se suicide trois fois plus qu'ailleurs.

Il avait le verbe clair. Rien de ce qu'il me disait ne m'effrayait. Aujourd'hui seulement, ces chiffres me donnaient le vertige…

J'ignorais que la route qui menait au village était le Chemin des Dames. Longtemps je n'y ai vu que les bleuets et les coquelicots. Pas les rats, les plaies et le nitrate ! Un kilomètre de despotisme, de trahison et d'enrichissement personnel. Le kilomètre de tous les dangers où les ouvriers au volant de leur bolide se livraient bataille dans un ballet mortifère. A raser les vélos, à se rabattre devant les mobylettes, à slalomer entre les camions bondés de détritus, ces fourmis venues concentrer ici les immondices de toute une région.

J'ai arrêté la moto que je conservais entre les jambes. J'ai retiré mon casque pour que cette pourriture colle à mes cheveux. Il y a eu la guerre ici. Et moi, je n'étais pas aux côtés des miens. Pire : je les laissais mourir de soif en détournant leur puits. Si ma vue révulsait Robert, il était encore trop clément.

Ce matin, c'était rouge contre bleu. John était arrière latéral droit. Sa jambe plus courte que l'autre le ramenait vers l'intérieur du terrain. Il était content de me voir. J'avais une mauvaise nouvelle à lui annoncer. L'arbitre de touche m'a dit qu'il restait dix minutes avant la mi-temps. Comme autrefois, les cris se perdaient dans le froid. C'était ici que j'ai connu mes premières brimades et autres vexations. Vocabulaire inchangé : *à moi, putain, bordel, fais chier*. Je me mettais à la hauteur ; le cul dans les pâquerettes.

Au coup de sifflet, les joueurs convergeaient vers la buvette. Dans l'odeur acidulée des oranges coupées, j'ai dérangé John.

— T'es v'nu nous voir perdre ! Huit à un : on est des brêles !

— Je ne suis pas là pour ça, John. Il se passe quelque chose à l'usine.

— Eh oh fiu ; ché diminche !

— Castejo est en train de déménager les machines.

— Tu y es pu !

— J'en viens : il y a une dizaine de semi-remorques, des engins de manutention.

— Pourquoi veux-tu qu'il déménage les machines ?

— A ton avis ?

J'ai laissé l'étincelle se faire.

— Tu déconnes ?

— Non.

— Tu y es pour quelque chose ?

— Pourquoi tu dis ça ?

— Parce que tu y traînais ces jours-ci… Les gars ! Fremez vos gueules et écoutez : Castejo est en train de déménager ché machines. L'enculé, il profite qu'on a le dos tourné pour nous la mettre profond !

Je venais de craquer une allumette au-dessus de la traînée de poudre. Un mec est venu me trouver :

— J'te connais, toi : t'es Vanbrughe ! T'as un rôle à voir là-dedans ?

C'est allé très vite : j'ai senti un coup dans le ventre qui m'a fait reculer. J'ai juste vu John résigné à ne rien faire pour me défendre. C'est un troisième qui a dit :

— Laisse-le, il n'a rien à voir là-dedans.

— Qu'est-ce que t'en sais, Fournier ?

— Je le sais. C'est tout.

John a ajouté :

— C'est vrai, il est juste venu nous prévenir ! Laisse-le.

Il y a deux minutes, les équipes s'insultaient et à présent, je découvrais qu'elles avaient le même employeur. Autour du terrain vide, une publicité : *Ets Castejo-Bricart – Un avenir pour demain.* L'entraineur m'engueulait. Il restait une mi-temps à jouer.

— C'est vrai que t'es Vanbrughe ?

— Ouais. Tu te souviens quand tu m'appelais couille de Flamand ?

Il souriait. Il ne me craignait pas à cause de l'altercation qui me faisait encore souffrir. Je lui ai mis un grand coup de genou dans les couilles. Il est tombé en couinant.

A l'usine, le portail éventré invitait au bain de sang. Maladroits sur leurs crampons, les footballeurs débâchaient les camions. Je me suis approché de John, changé en statue de sel.

— Ça va pas ?

— C'est ma machine…

C'était elle qui l'aspergeait de son parfum de lubrifiant et lui manucurait les mains au henné. En la quittant vendredi, il n'imaginait pas la voir sanglée comme un animal sauvage sur cette civière gigantesque.

Elle a coûté 1,5 million d'euros. Le prix de dix maisons. Quand il fallait former un volontaire sur la nouvelle bécane, le mec qui avait quitté l'école à seize ans prenait une revanche sur la vie : OPQ échelle 4, échelon 11. Le plus haut salaire de la boîte !

Et John détestait le changement. La fois où Isabelle était partie, ce n'était pas la fin du monde : après elle, il y eut Jennifer. Mais partir en laissant le frigo vide et la poubelle pleine…

Dehors, il y avait des heurts avec les routiers hongrois pour des bâches maltraitées. Je leur ai dit en anglais que les ouvriers ne savaient pas, que leur patron était un voyou, qu'il fallait les comprendre. Puis une rumeur enflait. Castejo était là. Un mouvement de foule. Des coups au centre.

— Arrêtez les gars ! Arrêtez !

— T'es d'son côté ?

Le même que sur le terrain de foot a bondi sur moi. Je n'ai pas cherché à le raisonner. J'ai porté le premier les coups. Mon cœur battait si fort que j'avais de la lave dans les veines. Je ne sentais plus la terre ferme. Et puis d'autres nous séparaient.

Mon arcade sourcilière pissait le sang. Je crachais son dégoût. Je devenais comme eux. Quand Castejo m'a vu, son visage s'illuminait parce que j'incarnais la providence. Mes mots, peut-être, lui faisaient croire :

— Faites pas ça. Ça va mal se terminer !

Lui n'était déjà plus qu'un animal qu'on traque. Ses yeux m'imploraient au nom d'un passé commun que nous n'avions jamais eu. Ne m'avait-il pas reçu chez lui ?

— Arrête de filmer ! Les flics vont utiliser ton film pour envoyer tes potes en prison. Efface ! Maintenant ! Fais-le maintenant ! Après, il sera trop tard !

Les gars réalisaient qu'une ligne venait d'être franchie. Que les coups portés dans l'élan de la révolte étaient un délit. Que les lèvres en sang de Castejo, suppliantes de regrets, porteraient bientôt plainte.

— Vanbrughe, tu le paieras !

— Je ne suis pas venu te sauver. Juste m'assurer que tu restes en vie pour être traduit devant la justice.

Les premiers véhicules de gendarmerie sont arrivés. Ceux qui troublaient l'ordre public portaient une cravate. Ceux qui le faisaient respecter l'ignoraient. La situation allait dégénérer. Ça aurait dû être un dimanche de juin, frais et ensoleillé, un dimanche où les rouges allaient mettre une raclée aux bleus. C'était un dimanche où tout s'arrêtait : les projets, les crédits, l'insouciance. Je quittais cette comédie humaine quand les gendarmes m'ont interpelé. Derrière la grille des fenêtres, j'écoutais les questions du gradé. La colère grondait par abcès. J'ai aperçu le maire du village. Quelle position déjà avait-il dans mon organigramme d'ordures ?

Les militaires préparaient une intervention. *Qu'est-ce qu'ils foutent, les renforts ! Eloignez les journalistes !* Je négociais d'être à l'heure au déjeuner dominical contre une sortie de crise. L'idée a séduit. Un type en civil me donnait des recommandations que je n'écoutais pas. Je sélectionnais des mots. Pour persuader les gars de relâcher Castejo et pour capter l'attention des journalistes. On m'a tendu un mégaphone : j'ai obtenu de partir tout de suite après.

— John, c'est Marc ! Ecoutez tous. Vous êtes en colère et vous avez mille fois raison de l'être ! Pour l'instant, vous n'avez rien fait de mal. C'est Castejo, le voyou. Il a cru que son usine était sur roulettes : qu'il pouvait déménager vos machines vers l'Est en toute impunité. Et lundi, vous n'auriez eu que vos yeux pour pleurer. Il s'en fout de savoir que vous avez une baraque à rembourser et un crédit auto. Les gars, la presse, les élus et la gendarmerie sont là. Grace à votre intervention. Les machines resteront là. Pour un long moment encore. Alors ne gâchez pas tout. Laissez partir Castejo. Laissez-le partir, la gendarmerie va s'occuper de son cas. Hein, mon Capitaine, vous allez vous occuper de lui ? Il a dit oui. John, faut le laisser partir. Fais-le pour tes gosses. Fais le pour Ryan. Et tout va bien se passer. Et effacez vos films et photos maintenant…

Le négociateur m'a arraché le porte-voix. Je me le suis pris dans les gencives. Il y a eu un long silence. Mon déjeuner était compromis jusqu'à ce que je voie Castejo se pointer sous les quolibets et les sifflets. A ma hauteur, John m'a dit :

— Enculé !

Mon amour, tu voulais que je prévienne John ? C'est fait.

Impossible de me concentrer sur mes travaux. L'heure était venue de lire le cahier rouge : *12 juillet 1989 - Accident de moto, chemin de halage*. 26 ans jour pour jour. J'ai vite trouvé mon nom…

Ma mère m'apportait une assiette chaude :

— C'est dimanche, tu aurais quand même pu manger avec nous.

— Avec vous ?

— Avec ton père et moi !

— Papa est là ?

— Qu'est-ce que tu t'es fait ?

— Il est rentré ?

— Tu as saigné. Faut soigner ça. Attends, je vais chercher ce qu'il faut…

Dans la maison, il flottait une odeur froide de cuisine et la télé était à fond. Du fenouil et Drucker.

— Papa ? Ça va ?

Ses yeux m'ont fixé. Me reconnaissait-il ?

— Voilà… J'ai des compresses et du désinfectant…

— Comment il va ?

— Qui, ton père ? Mieux que toi ! Attends… Arrête de bouger !

— Il nous reconnaît ?

— Mais ! Bien sûr ! Le gamin demande si tu nous reconnais !

Il a souri. Il souriait. Mon père souriait.

— C'est de te voir dans cet état qui l'effraie. Dis donc, c'est profond. Comment tu t'es fait ça ?

Je voyais des larmes dans ses yeux bleus. Il pleurait de me voir sans notre Fleur. Il avait les yeux de grand-père. J'ai pris ses vieilles mains dans les miennes. Elles bougeaient.

— Je suis allé à Copenhague pour la ramener chez nous. Mais elles ne m'ont pas laissé la voir. Je me suis entretenu avec une avocate de Paris, spécialiste du droit des familles. Elle a déjà traité avec le Danemark. Papa, elle me manque aussi.

J'ai senti sa main caresser mes cheveux. Je suis revenu m'asseoir. Troublé.

— Il y a un autre sujet important dont je voudrais te parler. C'est à propos de l'expropriation, il faut porter plainte. Il n'y a pas prescription.

Son regard alertait ma mère.

— Il reparle pas ?

— Ben non, idiot ! Tu croyais qu'il allait reparler ?

Ben oui…

— Je sais tout. Il faut porter plainte contre ceux qui t'ont volé la ferme.

— Laisse-le avec tes histoires. Il n'est pas bien solide encore. Il doit se reposer.

— Arrêtez de faire l'autruche. La préemption est entachée d'irrégularités. Vous ne récupérerez pas les terres mais justice sera faite.

— C'est de l'histoire ancienne, Marc. C'est pas utile de reparler de ça à ton père.

— J'ai les noms, le rôle de chacun. Porter plainte, c'est ouvrir une enquête, inculper les responsables !

Du coup, ma mère ne parlait plus.

— Je ne savais pas pour Rolf. Il est possible de saisir la ligue de protection des animaux. Elle fera un prélèvement, prouvera qu'il a été empoisonné. Et puis, on ne peut pas laisser en liberté les salauds qui ont égorgés les chevaux. Si ?

Il détournait le regard. Ça le rendait nerveux.

J-7

Il est où, le soleil ?

Tu ne répondais pas. Pourquoi ajouter à ma peine ?

Je voulais être personne. Dans un café, je réussirais. Le journal traînait sur le zinc. A la Une, la photo d'un type tenant un mégaphone, l'arcade sourcilière ouverte. La contreplongée dramatisait la scène. Déjà que mes blessures intriguaient le patron du rade... L'article reprenait mes mots : patrons voyous, usines à roulettes. J'ai pensé à John. A Jenni. A leur gamin. J'ai retourné le canard. Oublier ce qui fait mal. T'oublier.

— Allo ?

Quinze appels en absence.

— Vous avez… trois… messages. Message un : aujourd'hui, à 8 heures 5. *Marc, les gendarmes sont passés à la ferme. Ils te cherchent. Je leur ai donné ton numéro. Ils vont t'appeler. J'espère que tu n'as rien fait de grave. Tu m'inquiètes, tu sais…* Message supprimé. Message suivant : aujourd'hui, à 9 heures 8. *Gendarmerie d'Abbeville. Monsieur Vanbrughe, pourriez-vous vous présenter à la gendarmerie. C'est urgent. Merci*. Fin du message. Message suivant : aujourd'hui, à 9 heures 35. *Vanbrughe, vous me faites chier. La presse est dans nos locaux. Elle vous cherche. Rappliquez vite.* Fin des nouveaux messages. Menu principal…

— Décrivez votre situation !

Je m'embrouillais un peu quand elle m'a dit :

— Nous sommes une association. Pour adhérer, c'est 150€. Ça couvre les frais, les conseils juridiques et les bouteilles d'eau. Votre cotisation à jour, nos conseillers répondent à toutes vos questions.

J'ai raccroché.

— Gendarmerie d'Abbeville.

— Je suis Marc Vanbrughe. Vous avez cherché à me joindre.

— Ne quittez pas…

Que pouvait-elle bien me vouloir ?

— Monsieur Vanbrughe ?

— Oui.

— Capitaine Decrocq de la Gendarmerie d'Abbeville. Je voudrais vous entendre à propos de l'incendie à l'usine Castejo-Bricart.

— Quel incendie ?

— Est-ce que vous pouvez passer maintenant ?

Dorénavant, tu n'étais plus ma seule source de préoccupation.

— A trois heures ? Voilà pourquoi la presse n'en parle pas…

— Où étiez-vous à trois heures ?

— Dans mon lit.

— Des témoins ?

— Non.

— C'est embêtant.

— Embêtant ? Parce que vous me soupçonnez ?

Il m'a jeté le journal. La rançon d'une mauvaise gloire.

— Je n'ai pas de témoin. Ma femme est à 1500 bornes d'ici. Et ma maîtresse, à 50. Et je n'ai rien à voir avec ce merdier.

— Vous avez bien dormi à la ferme de vos parents ?

— Oui.

— Avez-vous remarqué quelque chose ?

— Rien.

— L'usine est à 200 mètres. Les pompiers d'Abbeville ont été renforcés par ceux de Rue et de Saint-Valéry. Il leur a fallu 4 heures pour en venir à bout. Et vous, vous n'avez rien entendu ?

— Non. Je dormais.

— Vous avez le sommeil lourd ?

— En général, oui. Je suppose que vous avez interrogé mes parents à ce sujet, non ?

— Justement : votre mère a précisé que vous ne dormiez plus dans votre chambre mais dans une annexe de la ferme. Pourquoi ?

— Parce que je m'y sens bien.

— Est-ce pour aller et venir sans que ça se sache ?

— Non.

— Non mais cette dépendance est justement à l'entrée de la ferme, ce qui vous permet d'aller et venir en toute discrétion.

— Je ne me déplace qu'en moto, une vieille Triumph de 1967 un peu bruyante.

— Vous permettez que mes collègues jettent un œil à votre moto ? Donc, si je résume, personne ne peut dire où vous étiez cette nuit. Par contre, hier, vous étiez le leader des heurts à l'usine Castejo-Bricart. Comment expliquez-vous cela ?

— Le leader ? J'ai prévenu une partie des ouvriers qui disputait un match que des semis hongrois embarquaient leurs machines. Je n'ai fait que les rejoindre ensuite. Je n'ai rien à voir avec ce qui se passe à l'usine. Je n'y travaille pas !

— C'est vous sur cette photo.

— Oui. Et vous, vous étiez sur place hier ?

— Je n'étais pas de service.

— Vos collègues vous diront que grâce à mon intervention, vous avez récupéré sain et sauf le directeur de l'usine.

— Sans alibi, vous aurez du mal à convaincre le procureur de la République.

Il relisait ses notes.

— Vous avez consulté un avocat il y a deux jours. Pourquoi ?

— Vous me surveillez ? Non mais je rêve ! Vous avez des enfants ?

— Si vous êtes un brin observateur, vous comprendrez qu'ici, c'est moi qui pose les questions.

— Si vous aviez des faits à me reprocher, vous me mettriez en garde à vue. Mais ce n'est pas le cas alors je suis libre de partir. Maintenant, je souhaite déposer plainte.

— Ah oui ? Et pour quel motif ?

— Délit d'initiés, prise illégale d'intérêts, cruauté envers des animaux et j'en oublie.

— Rien que ça. C'est sérieux au moins ?

— On ne peut plus sérieux.

— Un rapport avec l'incendie chez Castejo-Bricart ?

— Je ne sais pas encore.

— Ça peut attendre alors.

— Ça ne peut pas attendre. A moins que vous ne préfériez que je revienne avec un avocat…

— Vous dites ne rien à voir avec tout ce bazar et d'un coup, vous voulez porter plainte. Bon… C'est mon collègue qui va prendre votre plainte.

C'est effrayant comme tout peut basculer d'un moment à l'autre. Une coïncidence ou deux. Dans la tête d'un gendarme, il ne peut y en avoir deux. Avec la poisse que j'avais, me promener dans les bois un jour de chasse me garantissait la seule balle perdue qu'aucun tronc n'arrêterait. Le jeune qui a pris ma plainte était récemment affecté ici. Il ne rechignait pas à inscrire les noms que je lui communiquais. Autant de bombes à retardement que le Capitaine lisait déjà. Je suis sorti. Libre. Conscient que dormir seul avec un chien taiseux constituait un délit.

— Elle est belle.

— Merci.

— Cette terre, c'est pas celle du chemin qui mène à l'usine ?

— Qui mène à ma ferme. Bonne journée.

Je suis repassé à l'usine pour voir quel crime on me reprochait. Des badauds, souvent des ouvriers, y allaient de leur théorie fumante. Mais un détail changeait tout. Seuls les bureaux étaient touchés. Hier, l'outil de production. Cette nuit, l'administration. C'est Castejo qu'il fallait convoquer ! J'ai repensé au trésor que j'avais : les photocopies des bilans financiers en vue du faux PSE. Après le dépôt de plainte, elles devenaient mon assurance-vie contre les chiens empoisonnés et les hangars en feu. J'étais nostalgique d'une Picardie qui n'existait plus. J'y vivais mieux depuis que je l'avais réalisé.

Je profitais du réseau avant de rentrer.

— Ouais !

— Je ne suis pas à l'association Ulysse ?

— Si !

— Je vous dérange ?

— Non !

Le gars n'avait rien à vendre. C'est lui qui me fallait.

— On va pas se mentir. Votre femme veut s'approprier la garde de fait. Neuf fois sur dix, ça marche.

— C'est ce que dit l'avocat.

— Vous avez un avocat ? Il vous servira à rien mais c'est indispensable. Pour être synthétique : ça va être long, extrêmement coûteux et pour une issue parfaitement incertaine. Pour le Danemark, faut regarder mais je crois qu'il y a peu de coopération. L'avocat va vous parler de la convention de la Haye. Oubliez. C'est une perte de temps qui sert la partie adverse. Je vais plutôt vous parler de ce qu'il ne vous dira pas. Vous aurez beau vous égosiller, démontrer quel bon père vous faites, ça ne changera pas grand-chose. A moins que votre femme soit Simone Weber. Votre femme, c'est Simone Weber ?

— Pas que je sache.

— Vous aurez mal deux fois. Une fois au moment du rapt. Et vous êtes en plein dedans. Une autre fois quand vous découvrirez que votre enfant n'a plus rien en commun avec vous.

— C'est-à-dire ?

— Quel âge l'enfant ?

— 3 ans.

— Aïe. Ça commencera avec la langue paternelle que sa mère aura plaisir à proscrire. Puis l'image du père. Vous voulez que je continue ?

— Et l'enfant dans tout ça ?

— Le parti pris s'impose à lui. Il ne choisit pas. Inutile de vous bercer d'illusions : en cas de déplacement illicite de l'enfant, tout se joue dans les premières quarante-huit heures. Et c'est déjà trop tard. Reste la médiation. Tentez-la. Il n'y a qu'elle qui puisse donner des résultats. D'autres questions ?

— Je pourrai vous rappeler en cas de besoin ?

— Bien-sûr.

— Je dois quelque chose ?

— Vous rigolez ?

— Pourquoi vous faites ça ?

— Parce que tous les chemins mènent au doute. Une dernière chose : ne touchez pas à l'alcool. Ça ne résout rien. Bon courage. Vous en aurez besoin.

Le type vidait mes espoirs. J'étais en colère et triste.

— Tu viens manger ?

Le journal trônait en évidence sur la table.

— Sur la photo, tu as perdu du poids.

Je maigrissais parce que je n'avais plus d'appétit. Les assiettes que ma mère m'apportait, c'était le chien qui les finissait.

— Tu manges bien au moins ?

— Oui.

— Sers-toi comme il faut. T'es allé à la gendarmerie ?

— Oui.

— Qu'est-ce qu'ils voulaient ?

— Savoir où j'étais cette nuit.

— Et ?

— J'étais dans mon lit. Où voulais-tu que je sois ?

Je n'arrivais pas à convaincre ma mère. Alors les gendarmes !

— Un journaliste a appelé tout à l'heure. Il voulait te parler.

— Ah ?

— J'ai pas donné ton numéro.

— Tu as bien fait.

Ton salon restait fermé. Pas un mot pour l'expliquer. Parmi les images qui défilaient, j'avais la force d'écarter les plus effroyables. Je voulais croire que tu étais partie acheter du poisson : *La p'tite Lucie ? Non, pas aujourd'hui.* Ou que tu le pêchais en mer. Aussi incroyable que cela paraissait, de toi, je n'avais qu'un numéro de téléphone et d'improbables amis. Il ne m'en fallait pas davantage quand je t'avais dans les bras. Toujours ta messagerie. Je restais jusqu'à la tombée de la nuit pour espérer voir une lumière à l'étage. Je suis parti quand il n'y avait plus d'espoir et que le froid avait fini de coloniser mon corps. Jennifer m'a dit d'essayer ta mère. Ta mère ? J'ignorais que tu en avais une. Enfin, comme tout le monde mais tu n'en parlais jamais. Où habite-t-elle ? J'avais dorénavant directement ta messagerie…

J-6

Putain de temps de Toussaint !

Par son intemporalité, la ferme m'apportait une forme inattendue de réconfort. Une calle à l'armoire bancale que j'étais sans toi. Ce matin, ma générosité a eu raison d'un lapin. Le voir ratatiné comme une carpette sous ses frères aurait attristé Fleur. Je l'entendais me dire *Attention, papa ; une petite poignée*. Je le jetais sur le tas de fumier avant que mes remords ne me contraignent à aller le récupérer. Célébrer ses obsèques, c'était ce que nous aurions fait si Fleur était là. Je développais une dépendance palliative à son absence. Deux séances par jour, je plongeais plus qu'il ne faut ma tête dans son oreiller. Parfois plus. J'ai placé le lapereau dans une boîte à chaussures avec un peu de paille pour que l'éternité lui soit douce. J'ai peiné à creuser sous le grand chêne. Si papi veut y être enterré, prévoir plus de temps.

Un car de gendarmerie stationnait à l'entrée de l'usine.

Loin de l'agitation, je comptais les lettres glissées sous ta porte. Toujours plus nombreuses. Je décidais d'entrer par effraction dans ta vie. La secrétaire de mairie de Mareuil m'a donné l'adresse de ta mère. Avant de sonner, j'ai espionné par la fenêtre. Un couple regardait la télé. Sans toi. L'homme a ouvert en disant qu'il n'avait besoin de rien. Rien, c'est ce que je vendais. Il a appelé sa femme :

— Bonjour Madame, je suis un ami de Lucie. Vous êtes sa maman ?

— Qui êtes-vous ?

— Marc Vanbrughe. J'étais au lycée avec votre fille.

Il y a eu un blanc.

— Yvon, va promener le chien.

— Maintenant ?

— Maintenant !

Le bruit de la laisse pendue à la rampe d'escalier fit débouler un cocker. Ses griffes patinaient sur le carrelage. La dame s'interdisait de me regarder. Cela n'annonçait rien de bon.

— Tu es avec Lucie ?

— Plus ou moins. Enfin, plus que moins.

C'était maladroit.

— Il faut croire que l'histoire finit toujours par s'arranger. Qu'est-ce que tu veux ?

— Je cherche Lucie. Elle a disparu depuis dimanche.

— Tu cherches Lucie chez moi ?

— Pas chez vous précisément mais j'ai pensé que vous sauriez peut-être où elle se trouve ?

— Qu'est-ce que tu espères en venant ici ? Voir si le temps a fait son œuvre ?

Mais qu'est-ce que le monde entier me reprochait ?!

— Je ne comprends pas...

— Tu ne comprends pas ?

— Non.

— Petit con !

— Ecoutez Madame, je ne suis pas venu pour me faire insulter !

Je ne sais plus si elle m'a invité à la suivre dans la maison sombre mais je n'avais que cette piste pour te retrouver. J'ignorais encore ce que j'allais découvrir...

Elle s'est allumée une cigarette. C'est à sa façon de la tenir entre l'index et le majeur, l'ongle du pouce planté dans le filtre que le vide s'est brutalement fait en moi. J'aurais voulu me tromper mais j'ai vu cette photo d'elle, plus jeune, posée sur le buffet.

— C'est pas vrai ! Vous êtes... la femme... qui travaillait au cabinet d'assurance en face du conservatoire ?

— Et il se fout de ma gueule par-dessus le marché !

J'autopsiais son corps pour l'authentifier. Si elle avait les hanches plus épaisses, elle n'avait rien perdu du port gracieux quand elle envoyait ses volutes au ciel. Elle avait le regard noisette. Le même qui me troubla chez John. Je réalisais que ma vie toute entière avait été guidée par lui. Dans les boîtes, les hôtels, les dîners, les réunions. Mille étapes pour m'emmener le plus sûrement du monde de ta mère jusqu'à toi. Et ton absence pour me ramener à elle. J'ai aimé cette femme avant toi. Quoi, ta mère ! Il n'y avait pas ton arbre généalogique tatoué sur ses fesses ! Moi qui te cherchais, j'ai cru que tu m'avais piégé…

Elle est revenue s'asseoir. A peine calmée.

— Valérie – c'est ça ?, je suis désolé mais je ne savais pas…

Elle ne me croirait pas. Pas plus que les flics, ma mère et Indra.

— Je dois comprendre que Lucie sait ?

— Tu as vieilli, Marc. Tu as perdu ton innocence. Tu te souviens de l'Hôtel de France ?

Oui, je me souviens. Comme si c'était hier.

— Ma vieillesse te fait honte ? Le jeune mâle que tu étais ne me grimperait plus dessus ?

— Inutile de tout gâcher.

— Laissons le passé au passé, c'est tellement plus simple. Tu baises toujours en deux temps trois mouvements ou c'était l'erreur du débutant ? Il faudrait que je demande à Lucie ? Parce qu'après la mère, tu te tapes la fille, c'est bien ça ? Dommage que je n'aie pas de petite-fille ; tu aurais mis une option dessus ! En fait, tu es un psychopathe : tu te fais la lignée !

— C'est fini ?

— Non, c'est pas fini ! A 15 ans, il fallait que tu te tapes des vieilles. A 60, des jeunes ? T'as jamais songé à en prendre de ton âge ?

Lucie avait mon âge. Elle s'est rallumée une clope. Griffait le filtre.

— Je cherche Lucie.

— Je ne la vois plus. Ou aux enterrements.

— Vous êtes fâchées ?

— Depuis septembre 1991. Ça te parle ou ça aussi, tu as oublié ?

— Ça devrait ?

— Tu ne manques pas de toupet : oui, ça devrait.

Elle s'est assise en s'épluchant les mains.

— Il n'y a que les salauds qui ne se rendent pas compte du mal qu'ils font. Tu es un salaud.

Elle s'est servi un alcool fort.

— Ma fille et moi étions complices. La seule famille que nous ayons eue vu que son père avait eu la bonne idée de se barrer quand il a appris que j'étais enceinte. On peut dire que vous, les hommes, êtes constants : pas un meilleur que l'autre. Elle était en première. C'était fin septembre. Le 24 exactement. Ce soir-là, elle est rentrée toute rayonnante. J'ai compris qu'elle était amoureuse. J'ai demandé : *Et qui est l'heureux élu ?* Elle a répondu : *Un garçon de ma classe.*

J'étais dans sa classe. L'étau se refermait.

—Elle m'a dit que c'était l'homme de sa vie. Elle avait quoi : 17 ans ? On se berce d'illusions la première fois. Lui ne savait pas encore. Qu'à dire vrai, il ne s'intéressait pas à elle. Mais qu'il finirait par s'en apercevoir. Et là, ça serait pour toujours !

Mâchoires collées.

— Ben non : lui, son truc étaient les vieilles. Te souviens-tu qu'elle était raide dingue de toi ? Qu'elle aurait donné sa vie pour toi, Marc Vanbrughe ? Elle aurait donné sa vie pour toi et toi, tu aurais donné la tienne pour elle ? Tu n'imagines pas à quel point tu as bouffé nos vies. Et aujourd'hui, tu te pointes chez moi et je suis assez conne pour te recevoir.

Elle s'est resservie à boire. A bu cul sec. Moi, j'étouffais. J'étouffais d'avoir aimé ta mère avant toi.

— Une seule fois dans ma chienne de vie, je me tape un mec qui a l'âge de ma fille, un seul. Eh ben faut que je tombe sur le sien ! Tu n'en feras pas d'autre, le musicien ! Après ça, comment lui dire : *Ecoute chérie, ce garçon n'est pas pour toi* ou *tu sais, c'est un mauvais coup. J'ai testé. Oublie-le*. Elle m'a traitée de salope. Que c'était dégueulasse ce que j'avais fait. Que je devais avoir honte de coucher avec un mec qui pourrait être mon fils. Qu'elle ne voulait plus jamais me voir. La dernière chose que je lui aie dite avant qu'elle ne claque la porte, c'était : *des morveux comme lui, ça ne manque pas. Tu auras l'embarras du choix*. Ah, tu es rentré ?

— Bah Nénette, tu fumes dedans ?

Si son chien n'avait pas pissé si vite, Nénette aurait passé à la moulinette mon amour propre. Sauvé par la taille d'une vessie de cocker ! Elle a écrasé sa cigarette dans une tasse :

— Marc allait partir. N'est-ce pas Marc ?

— Oui.

J'avais l'habitude. Dans l'étroitesse de la porte, elle m'a dit :

— Essaie le service de cardio. Et ne remets plus jamais les pieds ici.

Plus fort :

— Au revoir Marc.

Et j'étais dehors.

Je me présentais à une inconnue qui connaissait tout de moi. Pas juste une identité et un cursus scolaire. Non : mon éjaculation précoce aussi ! La primeur ne méritait-elle pas davantage de clémence ?

Aimer la mère et la fille avait un parfum d'inceste. Inutile de remonter mon col : le froid venait de l'intérieur. J'évitais les voitures qui surgissaient entre deux réflexions. Tu savais que j'avais couché avec ta mère. Pourquoi le taire ? S'il fallait un responsable, j'étais celui-là. Cherchais-tu à me le faire payer ? Voulais-tu que je goûte au paradis avant de me faire vivre l'enfer ? Mais merde : ils roulent tous comme des malades ! J'ai freiné à mort et dans la poussière, les quelques mots lâchés par Valérie dans l'embrasure de la porte sont tombés avec les médicaments de ta salle de bain : *Essaie le service cardio*. Je revois l'antihypertenseur. Le même que ma belle-mère prenait. C'est dire qu'il était efficace !

Sur le registre des admissions à Abbeville, aucune Lucie Marchand. Sur celui d'Amiens, sa consultation embarrassait la jeune secrétaire.

— Vous êtes de la famille ?

— Je suis son compagnon.

— Attendez, je vous prie.

Elle avait quoi : 22, 23 ans ? Elle s'est éloignée pour passer un appel. Y étais-tu ? Je lorgnais l'écran de l'ordinateur mais n'y reconnaissais rien. Elle me surveillait et entre deux acquiescements, se tournait pour que je ne lise pas sur ses lèvres. Je ne savais pas lire sur les lèvres. Je comprenais à peine quand tout m'était clairement expliqué, alors…

— Monsieur, vous ne pouvez pas la voir.

— Dieu merci, elle est là ! Pourquoi je ne peux pas la voir ?

— Les visites sont interdites.

— Interdites ?

— Oui.

— Je veux voir un médecin.

— Le médecin, c'est seulement aux heures de visite.

— Vous venez de me dire que je peux voir le médecin aux heures de visites mais que les visites sont interdites ! Faudrait savoir !

— Je vais voir…

Je lui imposais une situation de stress qu'elle essayait tant bien que mal de gérer seule. Si proche du but, je me suis emporté. Rester calme. Mes doigts courraient sur le formica blanc. Des bras forts en blouse blanche se sont approchés. La peste avait passé un second coup de fil.

— Vous avez de la chance, le professeur de Boves va vous recevoir.

De Boves ? Une chance ?

— Bonjour, vous êtes la personne pour Lucie Marchand ?

Il était accompagné de trois blouses blanches. Ça commençait à faire beaucoup de monde à l'accueil.

— Bonjour FX !

— Marc ? Qu'est-ce que je peux faire pour toi ?

— Tu es cardiologue ?

— Oui.

— Lucie est dans ton service ?

— Peut-être.

— Elle y est ou elle n'y est pas ! Mais ne dis pas *peut-être* !

Deux types se sont approchés.

— Je te trouve bien nerveux, Marc. Ce n'est pas un moulin, ici. Il y a un règlement. Personnel soignant et visiteurs s'y conforment.

Démonstration d'autorité. S'il savait comme je m'en foutais de son règlement… Et il s'est ravisé :

— Si tu me promets de rester calme, on peut en parler dans mon bureau.

Je semais dans son sillon mes idées pathogènes : quel accident t'amenait ici ? Une bactérie ? Un malaise cardiaque ? Il marchait toujours avec le pied droit rentrant. C'est orthopédie qu'il aurait dû faire. Dans le village, on disait que c'était à se reproduire entre eux que les aristocrates naissaient mal fichus. Que ce qui n'était pas bon pour les lapins n'était pas bon pour les humains. Une porte, un bureau. Double exposition, canapés en cuir. Belle place.

— Je suis sans nouvelle de Lucie depuis dimanche. Qu'est-qui se passe ?

— Assieds-toi. Excuse-moi de te demander ça mais quels sont tes rapports avec Lucie ?

— On baise trois fois les petites semaines et plus les meilleures.

Je pratiquais l'humour par dépit. Et lui, pas du tout. Ma déclaration ne l'a pas inspiré. Ou alors juste un soupir. Il regardait sa montre. Le ciel était sombre. Je craignais ce que j'allais apprendre.

— Elle a été admise aux urgences dans la nuit de dimanche à lundi. Elle s'y est présentée d'elle-même.

— Pour ?

— Insuffisance cardiaque.

— C'est-à-dire ?

— Son cœur est malade.

Une modélisation de l'organe trônait sur un meuble bas. J'avais le coupable. En bleu. En rouge. En blanc.

— Tu vas la soigner ?

— Ce n'est pas aussi simple que ça.

— Comment ça ?

— Lucie est régulièrement en hospitalisation itérative pour décompensation. Elle est depuis plusieurs années ma patiente.

— Ce n'est pas la première fois que ça lui arrive, c'est ça ?

— Non.

— Et tu l'as toujours remise sur pieds, non ?

— C'est plus compliqué.

— Comment, c'est plus compliqué ?

— La maladie est évolutive.

Il défaisait les espoirs que je tricotais. Une Pénélope en blouse blanche. Il amenait une évidence que je refusais encore de voir.

— Comment va-t-elle ?

— Elle est en unité de soins intensifs. Dès qu'elle ira mieux, je lui ferai passer des tests. Nous aviserons ensuite.

— Elle est consciente ?

— Oui mais dans un état de grande fatigue.

— Mais… C'est grave ?

— ICA Stade III. C'est grave mais son pronostic vital n'est pas engagé.

— Il pourrait le devenir ?

— C'est tout le problème. La fréquence d'alternance des poussées et des phases de rémission a fortement augmenté ces six derniers mois. Tu as relevé des essoufflements ou des incapacités à réaliser des tâches de la vie quotidienne ?

Les images de toi faisant l'amour dans les dunes et courant sous l'orage me sont apparues. Tu avais soudainement le visage d'une malade.

— Essoufflée quand elle marche.

— Et au repos ?

— Pâle. Frileuse. Inquiète.

— Vous deux, ça fait longtemps ?

— Quatre semaines. Douze fois en fourchette basse.

— Pardon ?

— Non, je réfléchissais à voix haute. Tu trouves normal qu'elle me l'ait caché ?

— Je soigne les cœurs. Pas les problèmes de cœur. Si tu veux bien me laisser maintenant, j'ai à faire.

Décidément : personne ne s'arrachait ma compagnie. Pas même toi.

— Mais dis-moi, Marc ; tu n'étais pas à l'étranger ?

— Je suis rentré.

— Très bien. On aura probablement l'occasion de se revoir.

— FX, je peux la voir ?

— Non.

— Tu me laisses ton numéro de portable ?

— Jamais. Un principe.

— Sauf si c'est l'ami qui te le demande.

— Surtout si c'est l'ami qui me le demande…

Comment ce merdeux a-t-il pu être mon ami ? Tu étais toute proche. Là, derrière l'une de ces fenêtres. Mais je ne ressentais rien. Comme si ton corps était froid. Je t'en voulais de ne m'avoir rien dit. *Bonjour, Lucie, ICS stade III, tendance IV.* Je repensais à tous ces détails qui m'avaient échappé : les médicaments, le régime sans sel. Je nous revoie faire l'amour ; tes halètements qui flattaient mon ego. Tu masquais tes efforts. Et ton regard noir, c'était pour ça ? Le secret que je m'inventais, aussi ? Mais ça, mon amour, je pouvais l'entendre. Le comprendre… N'avais-tu personne, ni mari, ni enfant, parce que tu étais malade ? Cherchais-tu aussi à me perdre ?

J'ai quitté le CHU. Fragile. Sans toi, je n'aimais plus cette ville. En plus, les jours raccourcissaient. Imperceptiblement mais le savoir me déprimait. Il pleuvait encore.

Le poêle refoulait. Le chien aussi. Mais leurs présences m'étaient indispensables. Quelles chances avions-nous, le chien et moi, de périr asphyxiés par le monoxyde de carbone ? J'ai lu la convention d'honoraire de l'avocate. Je lui préférais Apollinaire. Mes yeux piquaient. Les fermer me soulageait.

J- 5

Mieux vaut oublier....

Le froid m'a réveillé. Plus de bois. En refaire. Pauvre grand-père, dans cette baraque pleine de courants d'air ! Je cherchais une motivation pour me tirer du lit. Je n'en trouvais aucune. Et puis elle est arrivée, portée par le vent d'Ouest. Le même qui faisait siffler les trains qui annonçaient la pluie. Cette fois, je reconnaissais les slogans d'une lutte qui restait à faire. Puis l'Internationale ! Je jubilais à l'idée que mon Gaulliste de père l'entende. La route qui avait coûté des millions brûlait sous les pneus et les palettes. Des banderoles gonflées comme des voiles descellaient les grilles. Ils étaient trois ou quatre cents, femmes, enfants et hommes blessés. Je me risquais dans la foule.

— Vanbrughe, t'es venu te joindre à nous ?

— Super l'article dans le Courrier Picard !

Ça, c'était l'échantillon favorable. Et puis j'ai aperçu le type qui me cognait quand il me voyait. Mais il avait l'avenir incertain. Le contrecoup. Il m'a fait pitié.

J'ai aperçu John, la casquette du syndicat vissée sur la tête. Il m'apprenait que les transporteurs hongrois emmenaient les machines en Lituanie ! Qu'elle était belle, l'Europe !

Au CHU, son secrétariat m'a indiqué que le Professeur ne recevait pas. Mon nom était écrit sur un post-it près du téléphone. Il décuplait ma détermination. A son bureau, j'ai affolé sa secrétaire. Il consultait à l'extérieur. Elle était sincère. Je devais me contrôler.

— Remettez-lui ce cahier.

— Voulez-vous le mettre sous enveloppe ?

— Non. J'écris mon numéro de téléphone sur la couverture. Donnez-lui dès que vous le voyez !

Le cahier rouge en accès libre. Il ne tarderait pas à me recontacter.

Il y avait à l'entrée de la ferme une Twingo blanche. Quelqu'un fumait à l'intérieur. Personne ne se garait jamais ici. Le chien m'a rejoint et l'instant d'après, l'homme se tenait debout à la grille. Il m'appelait. Le chien n'aboyait pas. Il était curieux, ce chien. Il n'aboyait qu'après toi.

— Vous êtes Marc Vanbrughe : vous êtes venu au journal. Vous cherchiez des articles sur votre père. J'ai des questions à vous poser.

— Vous perdez votre temps.

Je repartais quand j'ai entendu :

— Il est temps de dire la vérité, non ?

Quand tout fout le camp, que la banquise tombe dans l'océan, que les volcans embrasent les champs, il reste les phrases innocentes qui donnent foi en l'avenir.

— Comment tu t'appelles ?

— Jérôme.

— Et tu as les couilles d'écrire la vérité ?

— Oui.

— Réfléchis. S'agit pas de me faire perdre mon temps si c'est pour faire dans ton froc.

— Je suis prêt, je vous dis. Les flics vous soupçonnent pour l'incendie.

— Tu fais diversion. Tu me prends pour un crétin ?

— C'est pas vous.

— Tu me flattes.

— Je sais qui a commandité.

— Tout le monde le sait.

— C'est Castejo.

— Ah bon ? Quel intérêt aurait-il eu de mettre le feu à son usine ?

— Pas à l'usine. Aux bureaux.

Il me plaisait.

— Ton article, c'est sur quoi ?

— Les usines à roulettes. J'ai adoré votre expression.

— Et tu sais quoi, au juste ?

— Je débute.

— Elles sont toujours là ?

— Qui ?

— Tes couilles ?

— Oui.

— Alors suis-moi.

DD allait m'étriper. Mais j'attendais peu de l'instruction de ma plainte.

— Je vais passer un coup de fil. Tu ne parles pas. Tu écoutes. C'est tout. C'est clair ?

— C'est clair !

J'ai posé mon mobile sur la table. Deux sonneries avant d'entendre :

— Qu'est-ce que vous voulez encore ?

— Bonjour Monsieur le Directeur. Vous avez cherché à me joindre ?

— Oui mais c'était il y a deux jours ! Des journalistes vous cherchaient. Il y en a même un qui a fait le pied de grue hier, toute la journée ! Et ça, grâce à votre zèle ! Qu'est-ce qui vous est passé par la tête, bordel de Dieu ?

J'ai interrogé du regard Jérôme. Le planton, hier, c'était lui. Je poursuivais :

— Parfois, il est citoyen de désobéir…

— Citoyen ? Vous avez échoué dans votre mission !

— De quelle mission on parle ? Celle qui consiste à fermer les yeux sur une entreprise en train de se faire la malle ou sur l'écran de fumée qu'est le faux PSE ? Comment la CCI expliquera ça ?

— Qu'est-ce que vous voulez au juste ?

— Me permettrez-vous de communiquer vos coordonnées pour me recommander à un éventuel employeur ?

— C’est la meilleure ! Recommander un lascar recherché par la gendarmerie ?

— Parce que mettre un millier de ménages dans la merde en les privant de l’outil de production alors que l’entreprise planque ses bénéfices en Irlande, vous appelez ça comment ?

— Fallait donner dans le social, mon vieux !

Il était sur haut-parleur.

— Vous n’avez pas relevé quand je vous ai parlé de bénéfices en Irlande.

— J’allais le faire.

— Vous n’êtes pas seul.

— Si.

— Vous vous demandez de quelles autres informations je dispose, je me trompe ?

— Faut voir.

— Vous avez pensé quoi, de l’incendie des bureaux ?

— A un acte criminel. La gendarmerie vous a interrogé. A vous de le dire.

— Je ne vous remercierai jamais assez de me l’avoir envoyée. J’opterai davantage pour une fraude à l’assurance. Ou pire…

Silence.

— Pire ?

— Oui.

— Qu’est-ce qui pourrait être pire qu’une fraude aux assurances ?

— La destruction de pièces compromettantes.

— Dans ce cas, plus d'inquiétude à avoir. Il ne reste rien !

— Comme vous êtes prévisible… Et vous faites d'une pierre deux coups en me faisant porter le chapeau.

— Vous fabulez. Vous êtes aux abois. C'est normal.

— Et si des copies existaient, Monsieur le directeur ?

Silence.

— M'interdire l'accès à votre intranet n'a pas suffi : la charmante secrétaire de Castejo n'était pas radine de photocopies. Elles sont entre de bonnes mains. S'il m'arrive quelque chose, à moi ou à mes parents, à leurs biens, les chiens seront lâchés.

— Voulez-vous qu'on se rencontre ? Parler au téléphone est délicat.

J'ai fait un geste de victoire à Jérôme qui fixait le téléphone comme s'il attendait qu'il se mette en lévitation.

— Pour parler du bon vieux temps ?

— Disons, pour parler d'avenir.

— Et si c'est le bon vieux temps qui m'intéresse ?

— On me dit qu'il est possible de revoir les modalités pour l'Asie…

Il était avec De Vallières.

— Vraiment ?

Jérôme s'interrogeait sur la suite que je donnerais.

— De Vallières, vous me le garantissez ?

Silence.

— Oui.

— Vous écoutez aux portes ? Pas bien…

— C'est un bon poste. C'est honnête.

— Honnête. Ce n'est pas le mot qui me vient d'abord à l'esprit. J'ai une autre proposition !

— Laquelle ?

— La tête de Bruant.

— Jamais.

— Alors c'est non.

— Pourquoi Bruant ?

— Vous savez. Vous m'auriez sinon épargné cette triste expérience.

— Ce n'est pas le moment d'avoir des états d'âme, Vanbrughe.

— La vie est pleine de malices. Figurez-vous qu'en me mettant au placard, je suis tombé sur tout un tas d'archives intéressantes. Amusant, non ?

Silence.

— Vous les détenez de manière illégale. Irrecevables devant un tribunal.

— Qui parle de tribunal ?

— Vous faites allusion à la presse ? Nous tenons la presse. Nous tenons les élus. Vous avez déjà oublié ce qui est arrivé à votre père ? Vous êtes un idéaliste. Grandissez !

— Refusez-vous ma proposition ?

— Je ne sais pas de quoi vous me parlez.

Il se méfiait.

— Alors au revoir.

Et j'ai raccroché.

— Mais… il était prêt à négocier !

— Je n'appelais pas pour négocier. Laisse-moi maintenant.

— Je peux voir les documents photocopiés ?

— Non

— C'est qui, Bruant ?

— Sors.

— Ça a rapport avec l'expropriation de votre père ?

— SORS !

J'avais les nerfs à vif, même si son acharnement me séduisait. Ma mère proposait qu'on déjeune ensemble. Elle voulait surtout savoir qui c'était. La télé était éteinte. Pour une fois que je voulais l'entendre pour remplir le vide !

— Ça va ?

Hochement de tête et sourire esquissé.

— Tu as vu le journal ?

— Non.

— Ils disent que Bricart déménageait ses machines en Lituanie. C'est où, ça ?

— En Mer Baltique.

— Tu veux une ou deux ficelles ?

Ah, des ficelles ! Crêpe, crème, gruyère, champignons et jambon : 400 ou 800 kilocalories ?

— Une.

Mon téléphone sonnait.

— Allo ? (…) Bonjour FX… (…) Ok. Ok. Oui. A tout à l'heure.

— Tu le revois ?

— Ce soir à 18 heures.

— Qu'est-ce qu'il te veut ?

— Je ne sais pas encore, Maman…

Mon père calmait la curiosité de ma mère en lui tapotant la main.

— Je m'intéresse. C'est tout.

Je me repassais l'échange en laissant refroidir la ficelle : *Comment oses-tu venir dans mon service me remettre ce ramassis de conneries !?* Je savais FX remonté comme un coucou suisse. J'ai fait bonne figure devant mes parents. Notre rencontre s'annonçait houleuse mais renaissait en moi l'espoir de te revoir. Et j'avais dorénavant son numéro de téléphone.

— J'ai porté plainte.

— Porté plainte ? Mais pourquoi ?

— Pour dénoncer les vices de procédure de l'expropriation.

— Pourquoi tu as fait ça ?

Les yeux de mon père sont devenus ces billes d'acier lancées à toute allure dans un flipper. Il a quitté la table. Laisser une ficelle, de mémoire de picard, ça ne s'était jamais produit.

— C'est malin !

— Tu as laissé papa s'enfermer dans la haine. Et maintenant qu'il ne parle plus, tu veux te taire toi aussi ?

— Tu n'en feras jamais d'autres ! Pour une fois qu'on dîne ensemble !

Plus fort :

— Reviens. On n'en parle plus.

— Si ! On en parle. Faut arrêter de faire l'autruche !

— L'autruche, tu dis, mon garçon ? Mais t'étais où pendant toutes ces années ? T'étais où quand l'huissier venait, accompagné des gendarmes ? Quand les bulldozers ont retourné les cultures ?

— Vous ne m'avez rien dit !

— Te le dire ? Tu n'écoutais rien ! Il n'y avait que ton métier qui t'intéressait. Maintenant que c'est Indra, tu vois ce que ça fait ? Ton frère, il aurait été là pour nous, lui !

— Le voilà, le fils idéal ! Sauf que dans cette famille de tarés, il a préféré se bousiller contre un arbre !

— T'as pas le droit de dire ça !

— Avoue que tu aurais préféré que ce soit moi dans la bagnole ?

Une gifle. *Même pas mal* dit l'enfant. *Je l'ai bien cherchée* dit l'adulte. Ça baissait d'un ton.

— Tout ça, c'est de la faute de ton grand-père. Il t'a monté le bourrichon contre ton père. C'était un alcoolique. Revenir ici, avec ses livres, ses papiers griffonnés, ça va t'amener où ? Tu ferais mieux de t'inquiéter pour ta fille !

Je m'en inquiétais. Merci.

— On t'en a voulu, c'est vrai ! Jamais là quand on avait besoin de toi.

— M'avez-vous dit une seule fois que vous aviez besoin de moi ?

— Le nombre de fois où tu te décommandais, quelques jours avant de venir.

Indra ne voulait jamais venir.

— Alors on a fait sans toi. On a toujours fait sans toi. Tu les as pas vus, tous ces gens qui n'attendaient qu'une chose : voir disparaître la ferme. *Une si belle ferme à des Flamands, de la confiture à des cochons* j'entendais en faisant mes courses. Et je ne te parle pas de ceux qui disaient qu'on s'est enrichi avec les dommages de guerre ! Et quand je t'avais au téléphone, tu crois que tu t'intéressais à nous ? Et puis tu aurais fait quoi ? Hein ? On n'a jamais voulu que ce soit toi à la place de ton frère. On vous a aimés pareil. Tu sais bien, les paysans sont pas doués quand il s'agit de parler sentiments. Ça veut pas dire qu'on n'en a pas. Mais on ne les montre pas. Ton frère était un paysan. On se comprenait mieux. Mais toi, ça t'a manqué. Mais on t'aimait pas moins.

Il la regardait pleurer. Il s'est levé pour la prendre dans ses bras. Je n'avais jamais vu mon père prendre ma mère dans ses bras. J'ai vu à quel point j'étais le diable. Je les ai quittés en silence. Parce que je ne savais plus parler autrement qu'en blessant. Parce que je n'étais, moi aussi, rien d'autre qu'un paysan.

Ma mère qui n'avait pas son certificat d'études avait de solides notions en génétique : elle disait que les taches de naissance, les rouquins et l'alcoolisme sautent une génération. Forte de ces connaissances, dans le panier-repas qu'elle m'apportait, il n'y avait pas une goutte d'alcool. Elle craignait qu'à balader mes échecs, je ne me mette à boire. Je refusais de croire que grand-père buvait. C'était un homme intelligent, vif et lucide.

J'ai attendu dix-huit heures. Je l'ai vu entrer depuis le troquet d'en face. J'avais la tête lourde mais les idées à peu près en place. Je l'ai retrouvé dans un salon discret.

— Jacques, servez-moi un bourbon. Sans glace ! Et toi Marc, que prends-tu ?

Il avait dans son attitude quelque chose de terriblement infantilisant.

— Un lait menthe.

Une boisson de bébé : ça asseyait son ego. Il avait les cheveux gris, le pantalon côtelé et les mocassins à gland. Il se voyait grand parce qu'il prenait ses habitudes au bar d'un grand hôtel. Il faisait l'économie d'une cotisation dans un club.

— Tu vas bien, Marc ? Tu me sembles… fatigué ?

— T'inquiète. Je contrôle.

— Ça te plaît ?

Je n'en pouvais plus de la mise en scène :

— Non.

Il affichait un sourire pour cacher son étonnement. Il devait en user pour apprendre à ses patients les pires nouvelles…

— Marc, as-tu perdu le goût des belles choses ?

— Un hôtel moderne à 20 mètres de la Cathédrale, tu appelles ça une belle chose ? 800 ans pour en arriver là…

Je nous faisais gagner du temps.

— Marc, je n'ai pas compris pourquoi tu m'as adressé ce cahier…

— Sans enveloppe, tu veux dire ?

Les amis de trente ans sont les plus encombrants.

— Marc…

— Tu peux éviter de dire Marc à chaque début de phrase ?

Me calmer.

— Tout ça, c'est de l'histoire ancienne…

— Pas plus tard qu'il y a une semaine, je me disais la même chose en voyant *fauteuil roulant*.

Je savais qu'il resterait sans voix. La violence choque les aristos, les bourgeois. J'ai repris :

— En fait, je voulais que tu m'appelles. C'est moche, cette consigne que tu as laissée au CHU.

Il roulait sa langue sur ses dents.

— D'où vient ce cahier ?

— Sois précis. La question que tu te poses est *qui d'autre en a eu connaissance ?*

Roulement linguale sur l'émail. Cette mimique le vieillissait mais le balai qu'il avait dans le cul compensait.

— Tu sais ce que la prescription juridique veut dire, Marc ?

— Dis-moi, mon cher François-Xavier ; soigner… est une vocation qui t'es venue après que tu aies définitivement privé un mec de marcher ?

Il dansait sur ses fesses. Le cuir de son fauteuil club était en feu. Il s'est avancé :

— Qu'est-ce que tu veux ? Que je te rappelle nos rôles respectifs ? Te dire que c'est toi qui as apporté la corde ? On est dans la même galère. Tu parles, je parle.

Le professeur perdait son sang-froid. Son bistouri tremblait.

— J'ai une idée : mettons tout sur le dos d'Arnaud. Après tout, les morts ne parlent pas.

A sa mine, il me croyait.

— Eh. Oh. FX, je plaisante. Mince, as-tu donc tant à perdre ?

Grand silence : Jacques nous servait.

— Marc, cette histoire est bien là où elle est. L'auteur de ces notes sait que la prescription protège ses auteurs. Il n'intentera rien. Tiens, trinquons plutôt à Lucie !

Diversion, intimidation, compassion. Trois rafales et plus de munition.

— Pourquoi tu m'empêches de la voir ?

Il a pris une longue inspiration en matant les tympans du joyau gothique.

— Elle est en soins intensifs. Il n'y a que la famille qui puisse la visiter.

— C'est moi, sa famille, ducon !

— Calme-toi !

Nous laissions le temps aux clients de l'hôtel de nous oublier.

— Physiquement, elle est dans quel état ?

— Dans un état de grande fatigue.

— C'est-à-dire ?

— Elle a un dysfonctionnement systolique sévère.

— Et ?

— Elle ne tiendrait pas cinq minutes debout.

Mon cœur était serré.

— Il n'y a pas un traitement !?

— Pas dans son cas.

— Elle est condamnée à crever ?

— Nous attendons qu'elle aille mieux pour passer d'autres examens.

Je perdais tes mains sous mon pull. Je perdais ton coup de reins.

— Pourquoi tu refuses que je la voie ?

Il avait les épaules basses, le professeur.

— Ne me dis pas que… c'est juste pour éviter de me voir ?

Il respirait mal. Putain… Ce connard me privait de toi juste pour laisser le cadavre dans le placard de notre enfance !

— Putain, je le crois pas… Et ça se dit Professeur ?! Mais t'es une loque, mec !

— Je n'ai enfreint aucune règle déontologique.

— Me fais pas chier avec ta déontologie de merde ! Tu veux juste te donner bonne conscience ! Tu veux que je te dise ? En cas de malheur, je te tiendrai pour seul responsable !

Il s'est levé. Jacques lui a apporté sa parka de velours. Une parka en juillet ! Je lui ai saisi le poignet quand il partait :

— FX, laisse-moi la voir.

Des brancards obstruaient le couloir, des portes cachaient des vies. Un sas. Un interphone.

— Oui ?

— Je suis Marc Vanbrughe. Je viens voir Lucie Marchand.

Des heures et des heures que j'attendais ce moment. Les portes se sont ouvertes au son d'un jet pneumatique. Des sacs bleus et verts étaient suspendus au mur, des consignes plein de couleurs. Te voir dans une minute me faisait perdre mes moyens. Je ne savais plus lire. J'étais perdu.

— Bonjour Monsieur. C'est la première fois que vous venez, c'est ça ?

— Oui.

— Vous devez porter une combinaison, une charlotte sur la tête et vous mettrez ceci à vos chaussures. Pas de téléphone. Vous vous lavez soigneusement les mains puis vous vous les désinfectez ici sans rien toucher.

— D'accord.

— Vous êtes enrhumé ou vous toussez ?

— Non.

— Quand vous êtes prêt, je viens vous chercher. A tout de suite.

Je ressemblais à un technicien de la NASA. Avant d'ouvrir une ultime porte, l'infirmière m'a dit qu'elle était contente que tu aies enfin une visite. Enflure de FX !

Dans le vent de la porte qui s'entrouvrait :

— Lucie, vous avez de la visite !

Moins fort :

— Je vous laisse. Ne la fatiguez pas.

Dans la pénombre, les machines, les chiffres et les bruits bioniques formaient un vaisseau. Probablement pour ça que j'étais déguisé en technicien de la NASA. Pour lutter contre l'apesanteur, j'avais des semelles de plomb. J'ai vu une main se tendre au-dessus du drap jaune. Alors le vaisseau a disparu pour ne laisser paraître que toi. Tes doigts étaient lisses et froids. Ta poigne, extraordinaire. J'ai redécouvert ton visage en même temps que tes grands yeux noyés de larmes. Pour des retrouvailles équitables, je pleurais une larme sur deux. J'ai caressé tes cheveux courts quand tu as posé ta tête dans ma main. Tu mourais, les poings serrés, les bras le long du corps et des mèches collées au front. Ta peau était colorée. Tu chuchotais. Pardon ? Je ne te comprenais pas. Plus fort :

— Tu… en… as mis du temps !!!!

Parler t'étouffait.

— Il… faut… que je… te parle.

Pour me dire que tu étais malade ? J'ai deviné !

— Ça attendra, non ? Comment tu vas ?

Grimace.

— J'ai toujours froid… aux… jambes. Tu m'as manqué…

— Toi aussi, tu m'as manqué.

Trouver des sujets neutres.

— Qu'est-ce… qu'est-ce que tu t'es fait… au visage ?

— Ça ? C'est rien. Je vais te laisser, tu es fatiguée.

— Reviens vite... J'ai besoin de toi…

Tu regardais avec insistance la table de chevet. Ta paire de lunettes y trônait, constellées de peinture.

— Tu les veux ?

Je les ai posées sur ton nez. Tu souriais. Je t'ai promis de venir chaque jour jusqu'à ce que tu sortes et que nous retournions dans ce resto de St Val ou à la pointe de Saint Quentin. Le programme te plaisait. Mais tu n'y croyais guère.

Dans le couloir, j'ai cogné mon front sur le mur. Jamais tu ne sortirais de cet hôpital. L'infirmière s'affolait. Elle me disait de me calmer. De m'asseoir. Qu'elle me soignerait. La tête en arrière, je lui ai dit que tu avais froid aux jambes. C'était normal. Ton cœur irriguait mal ton corps. C'était comme ta peau jaunâtre. Etre patient. Etre confiant.

Je ne me souviens pas avoir un jour, un soir, été aussi seul.

J-4

Sous les néons, il n'y a pas de soleil.

— Monsieur Vanbrughe ?

11 heures 30 !

— Je me suis entretenue avec la partie adverse.

J'étais maudit.

— Monsieur Vanbrughe, vous m'entendez ?

J'ai dû meugler. Et ce mal de crâne qui me le sciait en deux.

— Nous allons saisir la justice française pour déplacement illicite de l'enfant. Il me faut une copie de votre contrat de travail.

— Pas d'internet.

— Vous n'avez pas internet ?

— Des photos, ça ira ?

— Tu manges avec nous ? J'ai fait de la soupe.

Que c'est long, un été sans barbecue. Je craignais de perdre mes dents.

— Non mais regarde-moi cette tête ! Va la passer sous l'eau. Ou prends une douche. Ou lave-toi les mains.

Je devenais docile. Comme un gamin. Ou un imbécile. Un martyr en quête du pire.

Je voulais parler à ma mère. J'attendais qu'elle finisse de passer la lavette sur la toile cirée que des mouches repeuplaient. J'ai commencé par Fleur : des parents qui se déchirent sur ce qu'ils ont de plus cher. Et puis je lui ai dit que tu étais entre la vie et la mort. C'était étrange de lui dire la vérité sans l'enjoliver. J'ai mis ma main sur la sienne et j'ai souri. Presque, je la réconfortais.

Tu aimes les bagnoles. Tu aimes les gonzesses. Pas tes ouvriers ! Castejo, enculé !

Les murs saignaient de haine.

— Putain, John, c'est quoi ce bordel ? Des pneus, des palettes : s'il faut une ambulance à la ferme, elle passe où ?

— Je vais faire dégager ça tout de suite…

John était métamorphosé par les pouvoirs que lui conférait la lutte. Décider de la suite du mouvement. Communiquer avec les médias. Réfléchir à l'avenir de l'usine. Il s'essayait aux pleins pouvoirs. Un vrai patron ! Il testait sur moi sa dernière idée : une coopérative ouvrière pour poursuivre l'activité industrielle.

— Fralib l'a fait ! Ils ont sauvé leurs emplois !

Il allait en parler à la télé. Ses regards furtifs au-dessus de mon épaule, c'était pour elle. Il parlait d'un mouvement sans précédent quand je ne voyais qu'une quinzaine de gars occupés à entretenir le feu, la cigarette au bec, les mains au fond des poches.

— John, il n'y a personne !

— T'inquiète ! Il y a un gars posté au péage. Dès que M6 arrive, il fait marcher le téléphone arabe !

La lutte se menait à petit bouillon, entre les épluchures de patates et les grimaces de Thierry Beccaro sur le 2. Aux dernières nouvelles, le parquet avait chargé la gendarmerie d'une enquête préliminaire pour entrave aux fonctions de l'inspecteur du travail. Le seul délit capable de mener à une condamnation. Restait à prouver que le feu ait été volontairement mis aux bureaux pour faire disparaître les registres du personnel.

— John, je suis venu pour autre chose. Lucie est hospitalisée.

— Ah bon ? Qu'est-ce qu'elle a ?

Son téléphone. M6 arrivait.

— Faut que j'y aille.

— Ah... Sinon, j'ai revu FX mais je suppose que tu t'en fous aussi...

Je ne l'avais pas dit fort.

Je t'ai rejoint, mon amour. Je te le confesse, je n'ai pas été prudent. La prudence est une assurance dont je me passais. J'ai senti la moto partir une ou deux fois, mordre le bas-côté à plus de 130. Je ne sais pas ce qui me passait par la tête. Etait-ce toi, allongée comme un gisant ? Ou le fantôme de mon frère qui me poussait du droit chemin ?

Tu vois, je n'ai pas peur de glisser sur l'asphalte, de rebondir comme un pantin, de me trancher la tête sur les glissières. Mais pénétrer dans le service… Pourtant, il n'y avait aucune place où j'étais plus utile. T'y voir t'assoupir, te réveiller, me sourire et recommencer. Apprendre par cœur le nom des infirmières, celui de leurs enfants, le roulement de leurs gardes. Soulever le store pour que le soleil caresse ton corps. Le baisser pour qu'il se repose encore. Ton chevet. Ton valet.

FX en faisait un préalable : éviter les émotions fortes. Je taisais mes maux, ces sables mouvants que je laissais à l'entrée. Si ça pouvait t'alléger. Tu as glissé ma main entre tes jambes en fermant les yeux. Oublier une seconde ta prison. Je ne retenais que la moiteur de tes draps lourds…

Jérôme insistait. Je lui ai donné rendez-vous sur le parking de l'hôpital.

— Drôle d'endroit pour se voir.

Son entrevue avec DD s'est mal passée. DD n'aura pas vu d'un bon œil la relève. Le rappeler rapidement.

Baissait-il son froc ?

— Je voudrais mettre le paquet : il me faut les dossiers de la CCI.

— DD les a.

— Il ne m'a rien dit.

— Dis-lui que je suis ok pour qu'il te les passe.

— Il me faut aussi les copies de Castejo.

— Pareil.

Timing idéal.

De retour, une agitation anormale tapissait le fond du couloir. C'était au niveau de ta chambre. J'ai couru. Des blouses blanches se bousculaient autour de ton lit. Des appareils bipaient. Quelqu'un m'a demandé de sortir. Je t'ai perdu mon amour. Je me suis absenté quelques minutes et le sort, ce salaud, s'acharnait.

— On la descend au bloc. Préviens l'anesthésiste !

L'instant d'après, il ne restait dans la chambre qu'un vide immense. Des câbles débranchés comme dans l'usine de John. Et ta paire de lunettes. J'étais à ce point précis de ma vie où le monde m'avait tout pris. Elle me laissait vivant pour que je souffre.

J-3

Soleil noir.

— Marc ? Marc ?! L'infirmière m'a dit que je te trouverais ici.

— Il est quelle heure ?

— Minuit passé.

Je me souviens avoir été amputé de toi. FX glissait dos au mur jusqu'au sol.

— J'ai des nouvelles de Lucie…

Tu vois, FX, descendre de ton piédestal n'est pas si difficile.

— On sort du bloc à l'instant.

C'était bon de t'avoir près de moi, comme au bon vieux temps. Te souviens-tu de notre première *33 Export*, chapardée dans un tracteur resté au soleil ? Elle était dégueulasse ! Après ça, comment ne pas détester la bière ?

— On l'a stabilisée.

Te souviens-tu de la fois où nous nous étions cachés dans la trémie de la moissonneuse-batteuse ? Cet abruti de Rolf aboyait. Personne n'osait descendre. Il grognait en fait après le chat, perché au-dessus de nos têtes.

— Marc, ça va ? Est-ce que tu comprends ce que je te dis ? Lucie a fait un arrêt cardiaque. Nous avons dû l'opérer.

Je t'ai regardé. Tes joues étaient creuses. Le temps ne t'a pas arrangé, mon vieux.

— Elle est en réa. Tu pourras la voir demain si tout va bien.

Comment ai-je pu me laisser embarquer dans ton histoire sordide ?

— Il faut que tu saches une chose quand tu la verras…

Tendre une corde pour punir un gars parce qu'il passait en moto dans le bois de ton père.

— Elle a une assistance circulatoire mécanique.

Une chance qu'il ne roulait pas vite : la corde l'aurait décapité. Si tant est que tétraplégique soit une chance. Je me demande s'il n'avait pas mieux valu pour lui qu'il perdit la tête. Il n'aurait jamais eu conscience qu'elle seule fonctionnerait.

— L'ACM, c'est impressionnant à voir quand on n'a pas l'habitude. Je préfère te prévenir.

Tu nous as fait garder un lourd secret. Nono l'a emporté six pieds sous terre. John n'étais pas là. Il ne restait que toi et moi.

— Il faut te reposer. Tu ne lui seras d'aucune aide sinon.

— J'étais pas là.

— Comment ça ?

— J'étais pas là quand c'est arrivé.

— Tu parles de quoi, Marc ?

— Je me suis absenté. C'est arrivé à ce moment-là. J'étais pas là quand elle a eu besoin de moi.

Je me demandais : si je disparais, à qui manquerais-je ? A ma mère ? Mon frère l'entraînait. A mon père ? Quelle drôle d'idée. A ma femme ? Non. A ma fille ? Le saurait-elle seulement ? A toi ? Que restait-il de toi ? J'en étais au pitoyable constat que la personne à qui je manquerai le plus était Daniel. Ce raté que j'extirpais de son marais. Le pauvre, il devait me maudire de le laisser sans nouvelle.

— Mais putain, Vanbrughe, tu peux pas réveiller les gens en pleine nuit comme ça !

— J'ai que toi, Daniel. Ma femme a kidnappé ma fille et ma maîtresse est à l'hosto.

— Ah bah mon vieux : tu ne fais rien à moitié !

Jérôme est passé prendre les documents. Daniel râlait : j'aurais dû le prévenir. Pendant que je m'épanchais, je devinais ses déplacements dans la nuit. Pisser, boire un café, regarder un reportage sur la chasse en Sologne. J'étais le sanglier.

— T'inquiète pas : tu n'es pas comestible.

Je restais immobile, dans la proximité blanche des urgences.

— Daniel ?

— Quoi encore !

— Je t'aime.

Silence.

Le jour qui se levait a révélé ma silhouette. Elles fumaient l'instant d'avant. Des infirmières s'inquiétaient à présent. Je ne saurais dire combien de temps j'ai dormi. J'ai appris tard que tu étais sauvée. Trop tard pour rentrer dans la nuit noire… Et puis, j'étais en vrac. L'estomac là où il ne fallait pas. Ça tombait bien : les deux jeunes femmes qui prenaient de mes nouvelles étaient en Viscéro. Elles ont proposé de m'accompagner en Cardio. Le règlement interdit au personnel hospitalier d'adopter un errant, même vacciné. Dans la salle de repos, de nouvelles têtes m'ont proposé un café. Il m'a réchauffé tout entier.

— Je peux en avoir un autre ?

Avec du pain cette fois. De la veille mais qui se conserve bien. La boulangerie de St Fuscien. Avec de la confiture ? On discutait pour laisser venir l'heure des visites. C'était n'importe quoi, ce froid en juillet. Ta maladie. Leur vie à conjuguer avec le travail. L'évolution soudaine. Les gardes, les enfants, la famille. J'ai pleuré. Parce que ça me faisait du bien. Et parce qu'il existait des gens bien. J'ai pu prendre une douche. Longue. Chaude. Tu remontais de réa. Shootée. Intubée.

— Assieds-toi.

— Elle va garder longtemps ce truc ?

— Tu étais sens dessus-dessous cette nuit.

Son silence m'accusait de l'être encore. Je tournais la tête à ses diagnostics maudits quand j'ai revu le cœur en 3D, bien en évidence sur le meuble. Tout tournait autour de lui : j'en avais la nausée.

— Marc, la maladie de Lucie a très vite évolué. Je crois que sans observance, nous l'aurions perdue.

— Elle est dans le coma ?

— Non. Des sédatifs la font dormir. A part toi, elle a qui ?

— Sa mère. Des amis.

— Sa mère est informée ?

— Elles ne se fréquentent pas.

— As-tu la possibilité de la contacter ?

— C'est compliqué. Il me faudrait l'aval de Lucie.

— On n'en est plus là, Marc.

Le ton m'a glacé.

— Tu m'as demandé si Lucie devait vivre avec cet appareil. La réponse est oui. Sans, elle ne vivrait pas. Ce qui s'est passé hier est la dernière étape de sa pathologie. Son cœur a lâché. C'est irréversible.

Avant le choc des images, le poids des mots !

— Heureusement, Lucie ne présente aucune autre pathologie. J'ai demandé au collège un greffon et l'agence de biomédecine l'a validé.

— Un greffon ?? Mais c'est la roulette russe ! Il y a pénurie d'organes !

— C'est du SU1. Priorité nationale. Le premier greffon compatible est pour elle.

— Ça va être compliqué ?

— Ce qui est compliqué, c'est l'attente.

— L'attente ?

Il roulait sa langue sur ses dents.

— La SU1 dure 72 heures.

— Je comprends pas.

— Lucie est prioritaire pendant 72 heures.

— Et après ?

— Le niveau d'urgence redescend.

— Pardon ?

— Oui. Elle reste prioritaire mais pour le quart Nord-Est.

FX portait des coups à mes espoirs. Il patientait entre deux salves.

— Quelles sont ses chances ?

— Il y a plein de facteurs qui entrent en jeu. La compatibilité. L'état du greffon. Mais aussi qu'une SU1 cœur-poumons reste prioritaire sur la cardiaque simple.

— Qu'il y ait un donneur ?

— Principalement les accidents. Je ne devrais pas te dire ça mais nous avons de la chance : nous sommes à la veille d'un grand départ.

— D'un grand départ ?

— Tu n'as pas d'enfant ? Les cours se terminent ce soir. Demain, c'est rouge sur toutes les routes de France.

Non, je n'ai plus d'enfant. Attendre un accident pour te sauver. Une partie d'échec entre Dieu et le diable. J'étais défait.

— Les morts sauvent les vivants. C'est comme ça, Marc !

Le type me parlait viande, morceaux de premier choix et possibilité d'être livré. J'étais à la boucherie.

— Tu as dit 72 heures ?

— Oui.

— Ça commence quand ?

— C'est commencé.

Il regardait sa montre. Je n'allais pas tarder à savoir combien de temps on s'était pris dans la vue :

— Il y a un peu plus de deux heures. La SU1 prend fin… lundi à 10 heures.

Ok. Un automobiliste, qu'il soit du Poitou ou du Bas-Rhin, du moment qu'il soit en bonne santé et compatible, a 69 heures et quelques minutes pour dire au revoir aux siens.

— Et pour Lucie, c'est risqué ?

— Il y a toujours un risque. Mais elle est jeune et en bonne santé. Ça le diminue considérablement.

— Et s'il n'y a pas de cœur d'ici là ?

— Tu dois être confiant, Marc. Tu dois l'être pour deux. J'attends son réveil pour lui annoncer. De ton côté, préviens sa mère, c'est mieux.

Il se levait.

— J'ai une dernière question.

— Oui ?

— C'est toi qui l'opéreras ?

— Si je suis de garde, oui.

FX me raccompagnait jusqu'au couloir. Il prenait un peu de son temps pour me regarder m'éloigner. Il se souvenait de votre dernière visite. Il t'a, toi aussi, laissée partir. Il savait que la maladie évoluait vite et il ne t'a rien dit. Cette fois, quelle vérité taisait-il ?

Je t'ai revue. Des tuyaux. Des aiguilles. Le sang hors de ton corps. La pièce immense et toi, gisant au milieu. Marc, es-tu si stupide que tu ne me vois pas mourir ?

Me quitte pas, pars pas, t'en vas pas. Je veux pas. Je peux pas. Je supporterai pas. Coup de pied dans une cannette. Putain ! Je veux gueuler. Péter les vitres. Vider mon sac. J'veux pas rester. J'veux pas partir. Envie de pisser. Pisser ma haine. Là, entre deux bagnoles. Qu'est-ce t'as, toi ? Ça te dérange ? Dégage ! Dégage ou j'te refais la face ! C'est ça ! De l'air. Faut qu'j'arrête. Sinon j'implose. Comme ces vieilles télés qu'en ont marre. Faut qu'j'arrête avec mes souvenirs de puceau, mes bourgeoises que je trimbale comme des trophées, ma monomanie, mon immaturité. J'ai bientôt quarante ans et je suis là à pleurer comme une gonzesse. Pas capable d'en garder une ! Je fais quoi ? Je flingue le premier venu qui roule pépère sur l'A16 avec ses gamins pas attachés à l'arrière de la caisse, le seau, les pelles et la brouette en plastique dans le coffre ? Je suis mort de trouille, mec ! Je les ai à zéro. Voilà. C'est pas compliqué. Je sers à quoi, moi ? Sans toi. Sans courage. Avec mes réflexions débiles. Je veux un fusil. Tirer dans le tas. Ça, c'est pour la ferme. Ça, c'est pour ma fille. Mais, non : faut que je sois là comme un chien qui attend sa caresse, sa pâté. Elle est où, la vie ? T'es où, bon dieu ?

J'ai marché longtemps. Pour évacuer. Magalie m'a promis que tu me sourirais bientôt. J'ai vu tes premiers battements de cils, ta main chercher la mienne. Je reprenais des couleurs.

— Ça va ?

— Oui. Je n'ai plus froid aux jambes.

Taire que ton cœur a déconné. Qu'il fallait en changer. J'avais le sentiment de te tromper.

De Boves est arrivé. Avec son équipe. Magalie courait derrière, un bloc-notes à la main.

— Bonjour Lucie. Vous nous avez fait des frayeurs.

Silence pendant la lecture des constantes. Puis :

— Marc, tu peux nous laisser ?

Salaud ! Débarquer avec un demi-bus et me demander à moi de sortir ? Ta main agrippait la mienne.

— Bon… Lucie, j'ai plusieurs fois évoqué avec vous les risques liés à votre insuffisance cardiaque, n'est-ce pas ?

Je sentais ta main de plomb. Tu l'écoutais mais c'est moi que tu regardais. Tu sentais que tu n'avais plus toute la vie devant toi. Et tu pleurais.

— Nous avons mis en place un dispositif d'assistance ventriculaire gauche. Tout s'est bien passé. Et je vois que vous récupérez vite. Hier, votre cœur a lâché.

J'ai perdu la pression de ta main. Tu as réalisé que ta vie tenait à cette pompe externe qui pulsait ton sang. Le voir circuler dans ces tuyaux devait être un choc.

— Il faut envisager une greffe, Lucie. Je regrette que nous n'ayons pas eu le temps de l'évoquer dans de meilleures conditions.

J'ai repensé à ce type qui roulait tranquillement vers Berck. Il avait des valises, des gamins, un pneu sous-gonflé. Le frangin contre son arbre, aurait-il fait un bon donneur ?

Le moniteur affichait *en attente de greffe*. Tu t'effondrais. Sans doute tentais-tu de te noyer dans l'océan de tes larmes ?

— Pardon, pardon, pardon… Pardon mon amour… Je ne voulais pas te le cacher. J'ai cru qu'avec toi, j'allais mieux.

— Calme-toi. Respire doucement. Ça va aller. Respire. Ce que tu vis maintenant ne sera bientôt plus qu'un mauvais souvenir, je t'assure.

— Je veux pas mourir, Marc.

— Tu ne vas pas mourir.

— La dernière fois qu'il m'a vue, je lui ai dit que je fatiguais et que j'avais toujours froid… Il m'a dit que c'était normal.

La laisser parler.

— J'aurais préféré qu'il me dise que c'était stable. Marc, qu'aurais-tu fait si je t'avais dit que j'avais une insuffisance cardiaque ? Que je pouvais vivre jusqu'à 100 ans ou mourir demain ?

— Ça n'aurait probablement rien changé…

— C'est foutu, Marc : je ne sortirais pas d'ici.

— Tu racontes n'importe quoi !

— Et s'il n'y a pas de cœur ! Il faudra des mois pour en avoir un et je n'ai pas des mois devant moi….

— Tu es prioritaire ces prochains jours : c'est une chance incroyable !

— Une chance ? Tu m'as bien regardé ? Tu appelles ça une chance ?

— Oui : parce que tu es en super urgence. Alors oui, c'est une chance.

Ma pauvre Lucie, j'étais ton sac de frappe. Mais j'avais la santé que tu n'as plus. Alors oui : j'encaissais. Puis tu t'es calmée. Tu as dormi un peu. Et à ton réveil, les quatre mots sur le moniteur te rappelaient que ce n'était pas un cauchemar :

— Je te demande pardon.

— Tu es pardonnée.

— Je ne voulais pas m'imposer à toi comme la maladie s'est imposée à moi.

— Je comprends.

— Tu connais le Professeur De Boves ?

— Nous étions à l'école ensemble.

— Il a dit que tu connais ma mère.

— Je ne sais pas si c'est le bon moment pour en parler.

— Je suis sous oxygène et j'ai une machine à la place du cœur. Je ne crains rien d'autre que la panne de secteur.

— Je l'ai vue lundi. Je n'arrivais pas à te joindre et le salon restait fermé. Je m'inquiétais.

— Tu… Tu la vois encore ?

— C'est la première fois que je la revoie. Tu ne m'as pas tout dit, Lucie…

— Toi non plus !

Nous parlions. Ça tournait le dos à ta maladie pendant que le soleil glissait sur le lino de ta chambre.

— Mais au lycée, cette histoire avec ta mère, c'était fini.

— Non, Marc. Jusqu'en première.

— Ah ?

Je n'étais pas un prédateur. J'obéissais à une chimie interne. Je distrayais les mères de mes petits camarades quand elles s'ennuyaient.

— J'ignorais que c'était ta mère…

— Je sais.

— Et tu ne la vois plus à cause de cette histoire ?

— Ouais.

— C'est pourtant de l'histoire ancienne !

— Le temps nous a fait croire le contraire…

— Il faut que tu la préviennes.

— Jamais !

— De Boves insiste.

— M'en fous.

Tu poursuivais :

— Mon cœur a tellement souffert que je suis étonnée qu'il ait tenu jusqu'à hier.

Ta maladie était-elle l'expression de nos amours impossibles ?

— Qu'est-ce qu'elle avait de plus que moi ?

— Vingt ans.

— Et elle ne t'a pas dit : « tiens, j'ai une fille de ton âge » ?

— Non.

— Mais pourquoi elle alors ?

— C'est elle que je voyais de ma fenêtre quand j'avais solfège…

— Qu'est-ce qui t'a plu chez elle ?

— Il y a si longtemps. J'avais dix ans...

— Dix ans ?

— Elle sortait fumer sa cigarette. Le gamin que j'étais aimait ça. Je l'ai abordée plus tard. Voilà !

Toi et moi déplions nos passés. Nous cherchions pourquoi ils ne se chevauchaient jamais ?

— Pourquoi n'es-tu pas mariée ?

— J'aurais pu. Comme fumer, boire ou courir. Avant de Boves, c'était le professeur Breton qui me suivait. Il m'a dit qu'accoucher me tuerait. J'avais 23 ans. Ça m'a terrorisée. Alors quant à faire une croix sur les enfants, j'en ai faite une sur leur géniteur. Difficile de fonder quelque chose de durable quand on ne l'est pas. Qu'est-ce qui t'a plu chez moi ? Je veux dire ; quand j'avais à mon tour quarante ans ?

— Ta nuque quand tu relèves tes cheveux.

— Je les ai coupés. Tu m'aimais encore ?

— Plus encore.

— Il ne faut pas t'obliger à rester.

— Je n'ai aucune compassion pour toi. Je t'aime. Je suis là. C'est tout.

— Et ta femme ?

— Indra avait l'âge qui me faisait entrer dans le moule. Et un beau cul aussi.

— Il ne te plaît pas, le mien ?

— Tu ne m'as pas laissé le temps de le regarder.

— Et moi ?

— Et toi : tu es la première femme que j'aime. Avec qui j'ai baisé plus de deux fois en moins de six mois.

Elle riait. Pour la première fois depuis des siècles.

Notre intimité fut mille fois bafouée par le personnel soignant.

— C'est difficile pour elle de se projeter. Il faut lui parler d'avenir. Pas de projets fous mais de choses que vous pourriez faire dans un mois ou deux. La greffe invente un avenir. Ouvrez-lui les yeux.

La psy était une sorcière.

— C'est moi qui ai demandé à Jenni de t'inviter.

— Ah bon ?

— Je voulais te revoir. Dès que j'ai su que tu étais rentré en France, on a organisé ce dîner. J'étais morte de trouille.

— John était dans la confidence ?

— Tu rigoles : il ne sait pas garder un secret !

— Je me disais aussi…

— Je t'ai trouvé cette fois-là un peu trop dîner en ville. Et changé.

— Affreux ! Je ne sais pas ce qu'il m'a pris…

Une ellipse. L'ombre du store dessinait une ellipse sur le mur pendant que tu dormais…

— Tu te souviens de l'orage ?

— Bien-sûr.

— Quand j'ai senti tes lèvres sur les miennes, je me suis dit que nous avions vingt ans d'amour à rattraper.

Tu refusais de croire au diagnostic. C'était une erreur.

— Evitez les sujets d'ordre médical. Nous sommes là pour ça. Poursuivez vos dialogues. Ils construisent l'avenir. La greffe invente un avenir.

La sorcière me faisait peur.

Tu étais lunaire. L'infirmière te faisait mal. Une incapable. J'étais en retard. Attendais-je que tu meures ? Plus rien ne sera jamais comme avant ! Tu pleurais.

L'idée que la mort nous sépare devenait insupportable. Nous parlions beaucoup, pour reconstruire la passé que nous n'avions pas eu. Jamais je ne fis tant d'effort avant de parler. Pour ne pas blesser. Pour rester positif. J'ai cru que j'étais plus épuisé que toi.

— Je t'ai réveillé ?
— Oui. C'est rien.
— Tu peux me servir un verre d'eau s'il te plaît.
— Bien-sûr.
— Tu devrais aller te reposer dans un vrai lit.
— Je veux rester ici.
— Il ne faut…
— Chut...

Interminable attente. Imprévisible lune. Et les mots, comme des grenades.

Tuer le temps avant qu'il ne te tue. Avec tes mèches collées au front, ton regard qui se vidait, tu m'as rappelé cette petite colombienne bloquée dans les décombres de sa maison après l'éruption du *Nevado del Ruiz*. Son supplice avait duré trois jours et trois nuits. Comme la SU1. Et les caméras du monde entier ont filmé en direct la montée de l'eau. Elle me regardait dans les yeux. Et elle restait digne et courageuse.

— Je veux qu'on me sauve.

M'entendais-tu penser à elle ?

— On te sauvera.

— Je ne veux pas que la mort nous sépare.
— Aucune chance.
— C'était bien, toi et moi, non ?
— Oui. Et ce n'est que le début !
Je ne t'ai pas convaincue.

J-2

La météo est un passe-temps inventé pour distraire l'humanité, pour oublier les guerres, les drames…

— Désolée de vous appeler un samedi mais je voulais faire un point avec vous. Je n'ai pas de bonnes nouvelles. Le lieu de résidence n'est pas retenu. Ça fait un mois que vous êtes en France.

Un mois ? Une éternité, oui !

— Vous êtes toujours en période d'essai. Pour le procureur, ça s'oppose à la notion juridique de la résidence habituelle. Par conséquent, le lieu de résidence retenu pour l'enfant est le Danemark. C'est donc la justice danoise qui est compétente. Rien ne nous empêche de saisir simultanément les deux pays mais il faut savoir qu'une double-saisine retarde généralement l'ensemble. Votre belle-mère… est une personne influente ?

— On peut dire ça…

— La partie adverse m'a fait parvenir des témoignages que je suis en train de faire traduire.

— Des témoignages ?

— Un certain Klaus qui se définit « ami du couple ». Il y a aussi Madame Lüsen, directrice de crèche et Madame Kristen Christiansen, ancien juge.

— C'est ma belle-mère. Elle peut témoigner ?

— Elle se présente comme ancien juge aux affaires familiales avec une carte de visite longue comme un jour sans pain. J'ai aussi copie d'une main courante du commissariat de Frederiksberg datée du 3 juillet.

— Et bé !

— J'aurais préféré m'en passer, je ne vous le cache pas. Vous pourriez peut-être demander la garde de l'enfant pendant l'instruction ? Même si elle est refusée, ça fera bon effet dans le dossier. On pourrait insister sur le fait que vous ayez assuré seul l'éducation de votre fille depuis sa naissance et que c'est dans l'intérêt de l'enfant. Le juge danois pourrait y être sensible.

— J'ai pris un congé parental mais sa mère était là. Du moins le weekend.

— Il faut mettre toutes les chances de votre côté et ne pas hésiter à épaissir le trait, Monsieur Vanbrughe. Je ne vous cache pas, compte-tenu des quelques échanges avec ma consœur danoise, que la conciliation a assez peu de chance d'aboutir. A ce sujet, c'est l'option B de la convention qu'il convient de retenir. Voilà. Je vous rappelle dès que j'ai du nouveau. Au revoir, Monsieur Vanbrughe.

Elle accusait réception de la convention en précisant que les honoraires n'étaient déjà plus les bons. J'ai appelé

Indra. J'ai eu sa messagerie. Je voulais lui faire part de ma détresse. J'ai été ordurier. Elle le versera au dossier.

Depuis longtemps, tu avais un truc sale, là, qui t'empoisonnait, qui t'irriguait mal le cerveau, les jambes. Il te rappelait que tu étais malade.

— Ce n'est pas parce que mon cœur est malade que je n'ai pas le droit d'être amoureuse. Je voulais vivre comme tout le monde.

Toujours les mêmes couloirs, les mêmes vues aux fenêtres. Tu te noyais dans l'épaisseur du matelas. Je te perdais.

— Je suis épuisée, Marc.

J'étais à court de mots. Sorcière, au secours !

Tu savais que rien ne serait jamais plus comme avant. Ton travail. Tes amis. Le chant.

Tes muscles se détendaient. Tu te résignais. De moi, tu fis ton notaire. J'ai regretté que tu fusses fâché avec ta mère. Tu me parlais de la robe que tu voudrais porter si tu mourrais. Celle de notre vraie rencontre. Pas de bijoux. Pas de maquillage. Pas de chaussures.

— Et pas de culotte.

— Tu rigoles ?

— Tu la garderas dans ta poche !

J'avais définitivement ôté de mon poignet ma montre. Voir le temps m'échapper m'était insupportable.

— Tu veux me prendre dans tes bras ?

A vouloir être omniprésent, j'oubliais l'essentiel ! Que ce fut bon. Tout devenait secondaire. Une seconde au moins.

— Quand est-ce qu'ils vont avoir un cœur ?

Impuissant.

Je crois que nous avons passé toutes les tempêtes que l'annonce de la greffe avait déclenchées. Nous étions paisibles à présent, sur un radeau au milieu de l'océan. Cap sur le phare ou sur l'avion qui nous découvrirait par hasard.

Nos petites attentions retrouvées, des caresses, des baisers, tu as eu envie de faire l'amour. Mais je ne sais pas comment on faisait l'amour à une malade. Je veux dire, avec tous ces tuyaux et toi, fragile. Je nous ai imaginés dans les dunes…

J-1

Si je te quittais, j'avais peur que les urgences m'appellent pour m'annoncer une catastrophe. Mais tu voyais ta mère. Tu as fini par accepter même si tu disais d'elle qu'elle était une affaire de plus à mettre en ordre. Comme une robe sur un cintre. Ni toi, ni elle, ni moi, ne tenions à ce que je sois présent. J'avais, moi aussi, un rendez-vous : avec mon père.

— Mais tu ne vas pas y aller maintenant !

— Puisqu'il veut bien ! Hein, tu veux bien qu'on y aille maintenant ?

Il faisait oui en nouant sa cravate. La cravate, il y tenait. Bordeaux sur une chemise écossaise. Le tout, sous un gilet vert anglais. Elle était énervée. Assez pour louper le mariage des couleurs. Pensait tout de même au mouchoir. A carreaux. Nous n'étions plus à un bariolage près. Derrière une porte en tôle se cachait un faux trésor. Des draps le protégeaient de la poussière. Le soleil était encore haut et poignardait de ses glaives la poussière en suspension. A l'intérieur, ça sentait le cuir et l'odeur de poulailler. Heureusement que le père aspirait à l'aventure sinon ce tank était bon pour le musée. Il affichait 25000 km au compteur. Conçu pour les faire en un an, il en mettra 10. Robert est monté en claquant ces pieds au bas de caisse. Sûrement pour ne pas salir le tapis. Quand je cherchais le rétroviseur, j'ai aperçu Valentine courir d'une allure maladroite. En baissant sa vitre, mon père marmonnait son agacement :

— Tu ne vas pas partir sans tes papiers ! Et je t'ai mis un peu de liquide. Tu pars toujours sans argent !

— Maman, tu ne veux vraiment pas venir avec nous ?

— Non. Trop de route. Comme si ça ne pouvait pas attendre ! Depuis le temps. Pour ça, vous êtes pareils : aussi têtu l'un que l'autre !

Sans le vouloir, elle me donnait l'illusion d'appartenir à une même famille.

Trop de route. Et si précipité. Comme si la distance était compressible en s'y prenant plus tôt ! J'allais conduire. Oui, c'était un peu précipité. Du dérangement comme disait ma mère.

Je roulais doucement devant l'usine saccagée. La ferme lui survivra. Plus haut, après la barrière de péage, la voiture s'est élancée.

Au début, il caressait la frise en bois de la portière. Fier de sa voiture qui reprenait la route. C'était la plus grande que Citroën n'ait jamais construite. Un condensé de technologie. Un concentré de mauvais plastiques. Son seul signe extérieur de richesse. De nos jours, l'avocat roule en Smart et l'ouvrier, en Audi. Mais autrefois, la voiture était un indicateur social fiable. Les petits salaires optaient pour celles de la Régie ; les cadres, pour le Lion et les bourgeois, pour les Chevrons. Mon père n'était pas un bourgeois. Il était propriétaire terrien. Mais pour le concessionnaire, ça ne faisait aucune différence. C'est ainsi qu'il eut les voitures des plus grands Présidents. La DS de De Gaule, la CX de Chirac. Giscard avait préféré la Peugeot 604. Mitterrand, la Renault 30 et Sarkozy, la Renault Vel Satis. Des médiocres. Et Hollande ? Avec la DS5, Citroën n'était déjà plus Citroën.

A défaut de parler, la route serait longue. Il observait les champs. La dernière fois que nous avions partagé un espace si restreint, c'était en 4L. Renault, pour la basse besogne. Sur la banquette qui servait de siège, j'attendais de la promiscuité l'expression de son amour. Qu'il colla mon corps chétif contre le sien, avec la menace permanente de prendre son coude en pleine face aux passages de vitesse. Trente ans plus tard, c'est moi qui conduisais. Et ni lui, ni moi n'osions davantage.

Ce matin, j'ai appris une triste nouvelle. J'allais devoir me priver de ses bons mots alors que mon âme ne tenait plus. A l'accueil, on m'a demandé si j'étais de la famille. J'ai su qu'il lui était arrivé quelque chose. *C'était vendredi en huit. Pendant son sommeil. Paisiblement.* Sa tombe était à deux pas du parc où nous discutions l'autre jour. Il y avait juste une couronne de fleurs de la part de l'établissement. Toutes les roses étaient fanées. Je restais inconsolable devant une Baie muette. Bouffé par mes incertitudes. Alors je voyais dans chaque calvaire, dans chaque rayon qui perforait les nuages, son signe.

— Tu savais pour l'abbé Prunier ?

Il savait. Ma mère avait dû le lire dans le journal. Ils avaient chacun le leur mais ma mère commentait toujours le sien. *Tiens : les Imbert de Rue se sont fait cambrioler. Le ou les voleurs ont pris l'argent et les bijoux. Comme si on laisse de l'argent et des bijoux chez soi…* Ma mère n'avait pas de bijoux mais assez d'argent dans le tiroir du buffet pour acheter trois ou quatre fois ce que possédait la pauvre Madame Imbert. *Un adolescent abbevillois s'est fait écraser par le train au passage à niveau. D'après un témoin, il traversait en scooter alors que les barrières étaient baissées. Comme s'il ne pouvait pas attendre*. Ma mère descendait de vélo et s'il s'agissait d'un train qui quittait lentement la gare, traversait barrières baissées. J'aurais préféré qu'elle me dise que le père Prunier était décédé. Lui, je le connaissais. J'ai préféré repenser à nous. Aux portes de chambres des hôpitaux qui ne ferment pas. Avec l'appréhension de voir surgir un enfant quand c'est interdit aux moins de dix-huit ans, c'était beau. Le vieil abbé aurait été d'accord.

Ce n'était pas une destination comme les autres. Ou alors la plus inespérée que Robert n'ait jamais faite. La faute à son métier, si chronophage. Il s'était juré qu'en retraite, ce serait son premier voyage. Puis la vie en a décidé autrement. Je l'ai vue le premier et je n'ai pas résisté à la lui montrer : avec ses 40 mètres de granit rose et gris. Plus nous avancions dans la campagne austère, plus elle grandissait. Tant est si bien qu'à la fin, nous jouions à la retrouver derrière un bois ou une haie. Mon père avait lu les *Mémoires de guerre*. Savait que Tante

Yvonne la voyait de sa fenêtre. Alors il cherchait La Boisserie. Quand il l'aurait trouvée, savait où chercher l'église. Et la tombe, dans l'ombre du clocher. Il a repéré le caveau blanc et la myriade de plaques qui longeait le mur. A ôté sa casquette. A fait un signe de croix. Par-dessus son épaule, un pas en arrière comme le veut le protocole, je lisais les prénoms : Anne, Charles, Yvonne. A l'endroit de Malraux et avec pratiquement la même solennité. Mon père a salué les militaires postés au cimetière et je me suis investi à sa place pour dire quel grand homme le Général était. Ce témoignage, chaque visiteur leurs faisait. Mais là, c'était mon père. Il voulait se rendre à pied à la Boisserie. Emprunter à l'envers l'itinéraire du cercueil recouvert du drapeau tricolore. Plus lentement que le blindé.

Pour la première fois, j'ai regretté qu'il ne sache plus parler. Il m'aurait raconté ses anecdotes comme celle où gamin, un géant lui pinça la joue. Le jour où De Gaulle fut l'invité de Max Lejeune, ministre et maire d'Abbeville. Nous partagions le silence. Celui qui dit beaucoup…

Nous avons roulé vers l'or du soleil couchant, fixant une dernière fois dans le rétroviseur, l'incandescente Croix de Lorraine. Nous avons traversé les panaches de poussières que nous offraient les moissonneuses-batteuses et que nous respirions à pleins poumons. Après une dernière remorque de grain que ni lui, ni moi, ne souhaitions dépasser, il a fermé les yeux. Il s'est endormi, je crois.

J

C'était le jour de toutes les promesses. Depuis la rosée du matin calme au premier rayon qui transperçait le vitrail.

Cette concession en état d'abandon fait
l'objet d'une procédure de reprise.
Veuillez-vous adresser à la mairie.

Comment grand-père pouvait-il s'y rendre ? Avec ses vieux os peut-être ? La notion de *concession à perpétuité* est un attrape-couillon. Nos vies seraient-elles différentes si, du départ, nous le savions ?

Le lichen rongeait la dalle en ciment. Comme les taches d'encre sur le pupitre d'écolier. Rien d'autre ne la fleurissait. Deux plaques blanchies par le temps brisaient l'oubli : pompier volontaire, conseiller municipal. Il y avait un troupeau de bidons vides au pied d'un robinet, prêts à rendre service. L'eau pour seul lubrifiant, j'ai frotté le ciment avec la carte bancaire que j'avais dans la poche. J'ai fait sauter une à une les marques de lichen.

— J'ai lu tes notes. Parfois avec difficulté. Tu aurais pu acheter un cahier ou deux au lieu d'écrire sur les sacs en papier que la boulangère donnait ! Combien de fois je les tournais en tous sens pour finir tes phrases ! Quand tu écrivais *vulpin, glyphosate, azote*, j'entendais ta voix. Avec tes schémas mis au propre, ça donne un document de 180 pages. Je l'envoie ce matin par La Poste à l'Université de Picardie. Au nouveau *département agronomie, agriculture et développement durable*. Une appellation qui t'aurait plu.

J'espérais de tout cœur qu'Antoine Vanbrughe ne soit jamais deux plaques débarrassées par les services municipaux à l'expiration de la perpétuité mais une référence pour les étudiants agronomes.

Quand j'eus fini de frotter, la dalle de ciment était mouchetées de taches propres sur un gris usé. Comme les taches d'encre que l'effaceur remplace par l'absence. C'était pire. Décidément, toutes mes bonnes intentions se soldaient par des échecs. Pourvu que la thèse de grand-père échappe à cette malédiction !

Je ne sais pas où en était le frangin de sa perpétuité. Tiens grand-père, je suis repassé te mettre des fleurs. De la part de ton autre petit-fils. J'ai arraché le panonceau. Celui que le cantonnier avait coincé derrière les mollets du Christ. La concession n'était plus à l'abandon. Repousser la perpétuité était un délice qui rabotait les ongles !

Contre une pièce, j'apportais une lumière nouvelle depuis les ténèbres. Le silence était si pénétrant que la flamme qui vacillait me soufflait les mots. Elle éclairait mon visage d'une douceur angevine. Et puis, à force de prières, ils sont arrivés. Bleu, jaune, rouge : les premiers rayons de la journée à travers les vitraux de St André. Des couleurs pour refaire le monde. J'ai fredonné de vieux cantiques que la nef magnifiait. J'ai eu l'aval que je venais chercher. Les églises sont des endroits magiques.

DD débutait par des reproches. Cette fois, j'étais trop matinal.

— Ta mère t'a jamais appris à venir chez les gens à des heures normales ?

— T'as perdu du poids ?

— Ouais, t'as vu ça ! Bon : t'es venu lire l'article ?

Non mais allons-y : *Zone industrielle de Manchecourt : du paradis à l'enfer*. Factuel. Argumenté.

— Couillu !

— Ah : ça me fait plaisir que tu dises ça. Je me suis pas dégonflé, hein ?

Au ressac des injustices, les nouvelles submergeaient les anciennes. Mais j'étais heureux que DD fasse journaliste, le métier dont il a toujours rêvé.

— Et ça sort quand ?

— Bah : il est en kiosque ce matin !

— Ah ?

— J'ai cru que tu venais pour ça !

DD avait l'œil surpris mais vif.

— Quelque chose ne va pas, Marc ?

— Je réalise que je ne connaîtrais jamais le nom des salauds qui ont empoisonné le chien et égorgé les chevaux.

— Je te fais un café ?

— Qu'est-ce que vous avez tous à m'emmerder avec votre café : j'en prends jamais !

DD était gêné.

— Excuse-moi, Daniel.

— J'ai quelque chose à te dire.

— Je t'écoute.

— Reste pas debout. Assieds-toi.

Ses précautions m'inquiétaient.

— Je sais qui a fait ça. C'est un grand dadet qui n'est pas allé longtemps à l'école. Il avait redoublé trois fois son CM2 : *Plus c'est grand, plus c'est bête !* J'y connais rien en psycho mais je crois que c'est là que tout s'est joué dans sa tête…

DD m'indiquait le chemin de la rédemption, la voix étranglée par des tremolos.

— Tes parents m'ont dit qu'ils ont remarqué deux ou trois jours avant, une voiture sans permis avec un gars costaud au volant. Une voiture blanche avec une portière marron. Et une remorque derrière. Il n'y avait pas trente-six dans le secteur. Un gars à qui on faisait faire n'importe quoi pour un billet ou deux. Le reste du temps, il braconnait et était assez con pour refuser le RSA.

DD était minuscule sur sa chaise :

— La mère l'a eu tard. Je ne sais plus avec quel alcoolique. Un tordu vu le résultat. Le lendemain, je lui ai dit : *Les chevaux du père Vanbrughe, c'est toi ?* Il a dit : *Non ! - Ben si : ils t'ont vu ! – Pas possible : c'était nouvelle lune ! - Ils t'ont filé combien pour ça ? - 10000 - 10000, ça m'étonnerait ! - Ben si. Avec, j'ai fait le plein !* Il parlait en anciens francs. 15 euros. Il a tué les chevaux du vieux pour 15 euros. Je lui ai dit : *Tu es le roi des cons !* Il m'a dit qu'il en avait marre que tout le monde le traite de con. En fait, c'est *roi* qu'il a pas aimé. Il s'est pendu trois jours après. Au saule pleureur qui est dans la cour. C'est chez lui, ici. Je savais pas où aller après mon divorce. Je l'ai découvert dix jours après. Cette baraque, c'est ma hantise : peur de manquer à personne et qu'on me retrouve bouffé par mes clebs parce qu'ils n'auraient rien d'autre à bouffer.

Contraint d'avoir de la compassion pour le bourreau de mon père.

— Tu crois que si j'avais pas dit *roi*, il serait toujours vivant ?

— Pas sûr. Dans la vie, on fait tous des conneries. J'ai bien fourni la corde qui décolla les cervicales de Fournier. Juste parce que De Boves m'en avait demandé une. Et même pas pour quelques pièces ! Je suis encore plus con que ton frère !

Livrer cette vérité ne lui fit ni chaud, ni froid. Je me suis levé et j'ai posé ma main sur son épaule.

— Daniel, tu n'as rien à te reprocher. Vraiment.

Il aurait encore l'occasion d'être triste. La vie est d'une rare violence. Je lui ai fait la bise. Il aurait dû ricaner. Me dire : *Tu veux pas qu'on se roule une pelle pendant que tu y es ?* Au lieu de ça, il m'a présenté ses joues de hamster et son haleine de chacal. J'ai refermé le portail et voyais le jour luire comme jamais.

A la droguerie, j'achetais deux bricoles. A la pharmacie, deux autres. Je les bourrais dans la sacoche quand un énorme 4x4 allemand m'a frôlé. A sa façon de reculer droit sur la Bonnie, je devinais quel type de conductrice était en train de se garer. Lycéen, je passais des heures à les observer. Attendre n'en faisait pas moins l'instant stérile mais révélait que je gagnais mon pari. La portière s'est ouverte. Une jambe nue cherchait le sol dans le vide. J'ai effleuré sa portière avant de disparaître. Effleurer n'est pas toucher.

Mains collées à la faïence, je laissais le ruisseau d'eau brulante éroder ma nuque, ouvrir une gorge entre mes omoplates et se perdre dans l'estuaire de mes reins. J'ai enfilé une chemise sur ma peau mouillée et ce pantalon de lin que personne n'aimait repasser. Dans la cuisine, maman mondait des tomates. Sur la table, trois couverts attendaient 11 heures 50.

— Robert, le facteur !

Le journal sera bientôt là. Il était comme l'ami qu'on n'attend plus et qui arrive au pire moment. La date leur rappellera-t-elle qu'aujourd'hui, j'ai quarante ans ? Mais personne ne lit la date. J'ai rôdé autour d'elle mais j'étais transparent. Comme si nous étions demain…

Pas de nouveau message. Le téléphone entre mes doigts pesait une tonne.

Toujours rien ? Envoyer.

Fx2b : *Non.*
J'écrivais un nouveau message :
Je t'aime, mon amour. Pour toujours. Envoyer.

Droit à côté du tableau Veglia, Stephen attendait. Le feutre vert dans une main, le rouge dans l'autre. Ça ne semblait pas être un jeu. Il regardait par la fenêtre la brume se dissiper. Il voyait maintenant l'ellipse hérissée de mâts qui coiffait le Stade de France. Il y avait moins de monde ce matin dans le RER B. L'avantage de travailler pendant les congés scolaires. Ses vacances, il les prendra en septembre. Il prendra l'avion pour aller chercher le soleil.

Anne était nerveuse. Contrainte de repousser sa pause cigarette. En maintenant le combiné à l'oreille, elle rangeait de sa main gauche le briquet dans son paquet de clopes, le paquet de clopes dans son sac. Puis a jeté le sac sous son bureau. Elle a dû faire ce geste un bon million de fois.

— Oui. A tout de suite.

Le téléphone a claqué sur son support :

— Tu notes : 121 497 / homme / 40 / B+

Rouge sur fond blanc. Le tableau se réveillait enfin. Stephen a ajouté :

— Plutôt rare pour un lundi.

Ce n'était pas de l'humour. Juste un constat. L'organisation du service devenait un casse-tête. Anne n'a pas fait médecine pour gérer des emplois de temps.

Avant, les jeunes recrues venaient sur la plate-forme par conviction. Aujourd'hui, pour le mentionner sur leur CV. Pour Stephen comme pour Anne, on ne pouvait compter que sur les anciens pour assurer le bon fonctionnement de l'ABM. C'est à peu près le seul point sur lequel ils étaient d'accord. Ce matin, à la relève, tous s'étonnaient que le premier weekend des vacances fut si calme. Chacun y allait de sa théorie : le durcissement des contrôles de vitesse, l'accalmie sociale qui a permis aux trains et aux avions de bien fonctionner cette année. Le prochain RER était dans quelques minutes. Ça a mis fin au débat. Pour Anne, il a d'abord fallu gérer l'absence de Mathilde : grippée. Saleté d'été dégueulasse. Toujours louche, une absence le lundi précisait Stephen. Il agaçait Anne. Alors elle consultait son ordinateur en fronçant les sourcils. Quand elle fut suffisamment concentrée, elle composa un numéro de téléphone :

— Je suis Anne de l'Agence de Biomédecine. Vous avez une patiente en SU1 cœur et j'en ai un. Homme, 40 ans, B+. Vous notez le numéro cristal ? 121 497. Vous êtes en première position. Je vous laisse me rappeler d'ici…

Elle regardait l'horloge accrochée au-dessus du tableau :

— Disons, 10:15. D'accord ? A tout de suite.

Elle a réitéré auprès d'un autre CHU. Celui de Bordeaux. Puis s'est accordée quelques pas dans cette salle qui ne dormait jamais. Anne rêvait de vacances. Pourquoi pas Marrakech ? Avec sa sœur ?

Il est allé droit aux constantes en lançant :

— Bonjour Lucie.

Tu ne le supportais plus. Lui, son hôpital et tout ce qu'ils t'ont pris : ta liberté de circuler, de décider, de contrôler ta vie. Et cette façon d'entrer sans frapper. De se croire tout permis. Tu ne croyais plus en toi. Juste bonne à rien dans cette société où réussissent ceux qui ont la santé. Tu n'aurais plus jamais la force de tenir ton violoncelle. Mais ton oreille était saine : tu as relevé le ton supérieur de son *Bonjour Lucie*. Quand il eut fini de lire au-dessus de ses lunettes, il t'a agité son portable avec l'esquisse d'un sourire. Lundi, presque dix heures. Tu as compris mais tu voulais l'entendre :

— Le pôle national de répartition des greffons vient d'appeler. Nous avons un cœur. Ils attendent notre feu vert.

Il t'a ausculté. Lui était dans l'après. Mais toi, tu étais au bout de son stéthoscope, partagée entre excitation et peur.

— Les poumons sont clairs. Pas de nausées ? De douleurs ? Vous gardez un peu l'oxygène ? Et bien Lucie, tout est parfait !

Il s'est assis sur ton lit et t'a regardé. Pour la première fois.

— Je veux être seule.

— Lucie, il me faut une réponse rapide.

Reprendre ton destin. Une fois. La cigarette du condamné.

— Je veux être seule.

L'homme pressé attendra. Devant une porte fermée. Lui qui les ouvrait toutes, violant l'intimité des vies réduites à ses diagnostics.

Il te confondait avec une voiture cassée. Devis, rendez-vous pour un échange standard et hop : repartie pour deux cent mille kilomètres ! Mais ce n'était pas un moteur. C'était ton cœur. Le berceau de tes émotions.

Avoir le cœur serré. Avoir mal au cœur. En avoir gros sur le cœur.

Peine de cœur. Bourreau des cœurs. Briser le cœur.

Attendre de tout cœur. Un cœur vaillant. Un cœur de lion. Un cœur en or. Pas un cœur d'artichaut.

Mettre du cœur à l'ouvrage. Avoir le cœur sur la main. Faire contre mauvaise fortune, bon cœur.

Ecouter son cœur. Ouvrir son cœur. Faire chaud au cœur.

Avoir un coup de cœur. S'en donner à cœur joie. Rire de bon cœur. Faire le joli cœur. Du baume au cœur. Un cri du cœur. Si le cœur t'en dit !

Réchauffer son cœur. Partager son cœur. En avoir le cœur net. Libérer son cœur.

Etre de tout cœur avec moi. Le quitter à contrecœur. Sans gaité de cœur. Un crève-cœur.

Tes doigts défaisaient un à un les boutons de ta chemise. Un morceau de corps flétri par la lumière du jour. Des tuyaux comme des poignards dans ta cage thoracique. Et les pansements grisâtres qui ne te laissaient aucun espoir : le tien est mort…

Tu ne crois pas, chère Lucie, qu'il est grand temps de procéder au déménagement de tes émotions ? Allez, quoi : haut les cœurs !

Ton téléphone était hors de portée. L'attraper tirait sur ta poitrine. Tu as lu mon SMS. Tu voulais répondre mais les mots ne venaient pas.

SMS : *Je veux que tu sois le premier à savoir : il y a un cœur et je vais accepter la transplantation. Je t'aime mon amour. Et je t'aimerai encore !*

Un coup sec sur le bois. Il apprenait à frapper avant d'entrer.

— Ne quittez pas… Lucie ?

Tu as souri.

— Magalie ? C'est ok ! Prévenez l'ABM.

Vingt-troisième coordination de greffe. Beau palmarès pour Magalie. Et toujours l'adrénaline. Tous appréciaient sa maîtrise du stress et son élocution parfaite. L'espace de huit à douze heures, elle sera la goutte d'huile dans les rouages de la logistique. Le reste du temps, elle était infirmière au service de transplantation. Quelques transplantés revenaient de temps à autre lui dire bonjour. C'est pour eux qu'elle faisait ce métier.

— Agence de Biomédecine, j'écoute.
— C'est Magalie. Feu vert pour le cœur.
— Pour le dossier d'Amiens ?
— Oui.
— Nickel.

Le pendule de Newton se remettait en marche. La bille qui cognait les quatre autres éloignait la cinquième. Un mouvement perpétuel que tu as suspendu quelques minutes, mon amour. Le temps de reprendre ton destin en main. Maintenant, il était en marche.

Le greffon était proposé à deux receveurs. Pour chaque binôme ; un gagnant, un perdant. Anne l'annonçait au CHU de Bordeaux. L'infirmière a répondu qu'il était peut-être encore temps de prévenir le malade : il n'y a pas une heure, elle lui disait de se rendre à l'hôpital dans les meilleurs délais. La loterie de la transplantation…

— Gilles, c'est François-Xavier. J'ai un prélèvement cardiaque pour toi. C'est Magalie à la coordination.

— Bonjour Magalie, c'est Gilles. Peux-tu me mettre en relation avec le service de prélèvement s'il te plaît ?

— Bonjour, c'est le Médecin pour le cardio-prélèvement. Le dernier gaz de sang, c'était quand ? – (…) – Ok. Vous maintenez. Je me prépare.

Rien ne garantissait qu'il soit bon. Sur place, il s'en ferait une idée. Le cœur est le premier organe prélevé. Le plus fragile aussi. Mais rien ne le protège mieux que la cage thoracique du donneur, même en mort cérébrale. Extrait, le temps serait compté. L'erreur, fatale. Alors il se préparait avec la minutie de l'écolier, une veille de rentrée. Dans les rayonnages, il choisissait son matériel. Des canules. Des pinces à clamper. Sans courir. Puis a regardé sa montre. Sa petite voix disait : *C'est parti !*

Un véhicule de transport d'urgence l'attendait. Le chauffeur était épais. Concentré.

— On a le temps.

Gilles informait Magalie :

— On quitte le CHU. Préviens François-Xavier et remets-moi en relation avec le service de prélèvement s'il te plaît...

— Ici le cardio-préleveur : je quitte Amiens. Les autres équipes arrivent quand ? (...) Je vous appelle quand j'approche. A tout à l'heure.

— Professeur, Gilles vient de quitter le CHU.

— Merci. Je vais me reposer.

Magalie savait où le joindre.

Gilles consultait ses mails. Est allé un peu sur les réseaux sociaux. S'est enfoncé dans son siège, le téléphone toujours à la main. Il se répétait les étapes. Pour être au top. Pour ne rien gâcher des vies à sauver.

Le chauffeur s'est trompé d'entrée. Il perdait son sang-froid.

— C'est la première fois ?

— Non. Pourquoi ?

Gilles a ouvert le coffre. Avant de saisir la glacière, il a tiré d'un trait sa cigarette.

Au chauffeur :

— J'en ai pour deux heures maxi.

Au chef de clinique qui le rejoignait :

— Qui est arrivé ?

Pour aucun, il n'écoutait les réponses. Il collait son téléphone à l'oreille pendant qu'ils marchaient :

— Magalie, c'est Gilles. Je viens d'arriver. Vous avez prévu des motards pour le retour ? Non ? Ça serait pas mal.

La glacière en bandoulière tapait ses fesses pour le pousser vers la salle d'op. Dans le filet d'eau, sa peau apparaissait doucement sous la mousse. Il trouvait ses mains plus jeunes que lui. Quand il a rejoint le reste de l'équipe, il régnait un climat fébrile. Prélever un cœur qui bat encore n'a rien de banal. Anubis. Les mots ne comptaient pas.

— Anne-Sophie, vous êtes où ?

— Ici !

— Je suis Gilles, le cardio-préleveur. Qui manque ?

— Une des équipes rénales et l'hépatique. Arrivée prévue dans moins d'une heure.

Le cardio-préleveur mène la danse. Il pratique la sternotomie, l'ouverture où chacun farfouillera façon Docteur Maboul.

— Anne-Sophie, on en est où ?

— Manque l'équipe rénale.

— Qu'est-ce qu'elle fout !

Il approchait son bas-ventre du matelas chauffant pour diminuer son envie de pisser. Une infirmière souriait.

FX a pris une douche. Magalie le mettait en relation avec Gilles.

— Ça se passe comment ?

— Bien.

— Tu clampes à quelle heure ?

— On attend une équipe néphro. Mais tout est prêt.

— Et le cœur ?

Il a regardé pour la première fois le donneur. Dès que la néphro franchirait la porte, Gilles l'arrêtera. Il avait le permis de tuer. Comme James Bond. Mais là, dans le faisceau aveuglant, le cœur battait. Rouge pourpre.

— Il est nickel.

— Ok. Bon courage.

— Equipe rénale sur le champ.

— Ok. Y a-t-il un prélèvement pancréatique ?

— Oui.

— Si je place la canule au-dessus de la veine splénique, là, ça te va ?

— Parfait.

— Il est quelle heure ?

— 15h18.

— Anne-Sophie ; il est 15h18. Je clampe.

Aussi l'heure du décès. Dans la cage ouverte, le cœur a cessé de battre. Gilles a sectionné l'aorte. Puis l'a extrait. Il a ensuite glissé l'organe dans une poche à 4°c. D'autres chirurgiens ont pris sa place. Chacun faisait son marché. Dans un ordre immuable : cœur, poumons, foie, reins. Le dernier fera le ménage. Comblera les vides de compresses. Façon bourrage d'ours en peluche. Un ours éventré sauvera dix vies…

A la fenêtre, il s'en grillait une en composant le numéro de Magalie. Un infirmier est venu le trouver :

— Attendez une minute… Magalie ? C'est Gilles : clampage à 15:18. Greffon conforme aux examens. Je remplis le rapport de prélèvement et je pars.

— Professeur ; la greffe est confirmée.

Sur le parking, le chauffeur discutait avec les motards. Son téléphone a sonné :

— C'est Magalie. Les motards sont arrivés ?

— Oui.

— Ok. Gilles sort.

Les gars ont coiffé leur casque et chevauché leur moto. Gilles sortait avec la glacière à l'épaule. Il fumait encore. Anubis.

— Bonjour messieurs. On passe par où ?

— Bonjour Docteur. Par l'autoroute.

— Ok. Pas d'imprudence.

L'un d'eux bloquait l'avenue à la sortie du centre. Ils ne se priveront pas de quelques coups de bottes dans des portières récalcitrantes. Le chauffeur était concentré mais vexé par la présence des motards. Les éoliennes jouaient les ventilateurs. La brume se dissipait.

— Tout va bien se passer, Lucie.

— Je n'arrête pas de penser au donneur…

— Vous aurez tout le temps après. Mais là, tout de suite, il faut penser à vous.

Les paupières lourdes. Puis plus rien. L'anesthésiste fit ok au chirurgien.

— Tout le monde est prêt ?

Regards surexposés sur des tenues bleutées.

— Ok. J'incise.

Le scalpel pénétrait ta peau. Début de la transplantation. L'espoir changeait de camp. Les mots, à nouveau, comptaient.

Gilles poussait sur un chariot la glacière. Comme d'autres, une imprimante.

— Magalie, je suis en bas !

— Professeur, le greffon est en bas !

Gilles n'intègrerait pas l'équipe du professeur. Il lui tournait le dos pour préparer le greffon. Puis l'a replongé dans la glace. Voilà, son job s'arrêtait là. En sortant, il a revu la glacière abandonnée dans le couloir. Un infirmier-panseur assurait une relève. Gilles s'est entretenu avec lui. Puis il est parti.

— On l'irrigue !

Le cœur blanc s'est recoloré. Gilles l'a vu s'arrêter. FX, repartir. Mais cette fois, il était empli de ton sang. Empli de ton sang, mon amour !

A l'ouverture pneumatique suivante, FX quittait le bloc. Seul dans le couloir. Pas lent. Pied droit rentrant. Il venait de réussir sa soixantième greffe cardiaque.

J+29

Entre l'hôpital et toi, il y avait un cordon ombilical. Trop court pour t'éloigner de ses batteries de contrôles, de ses médecins, de ses kinésithérapeutes. Et du bloc opératoire en cas de rejet ou de complication. Il fallait le couper…

Ton salon somnolait sous un voile de poussière. Des factures. Des relances de l'URSSAF qui se fichait pas mal de ta performance d'hier : 200 mètres de course. Et une lettre de l'Université Jules Verne : *Pour Antoine Vanbrughe, Aux bons soins de Lucie Marchand.* L'enveloppe tremblait entre tes doigts comme une truite sortie de l'eau. Tu le sentais, le cœur, battre la chamade. Tu t'es assise. Tu pleurais.

Aucun taxi ne venait ici. Tu demandais au chauffeur de t'attendre. Au cas où il n'y aurait personne. Ou ça se passerait mal. Ou tu craquerais avant d'atteindre la porte. Tu te trouvais moche dans cet ensemble tailleur-jupe. Tu avais changé trois fois de tenue. Tu as revu, dans la cour, ma moto et Fleur qui venait à notre rencontre. Un mirage. Et puis tu as sorti l'enveloppe de ton sac. Elle était un peu cornée. Tu tirais sur le coin pour qu'il se redresse quand tu as entendu le chien gémir de l'intérieur. Celui qui te montrait les crocs. La porte, dernier rempart, s'ouvrait. Tu le craignais d'abord. Ma mère ensuite. Mais l'animal n'était pas hostile. Il se dressait sur ses pattes pour que tu le caresses.

— Ah mais fiche le camp, sale bête ! Je ne sais pas ce qu'il a, il ne fait jamais ça.

— C'est rien.

On dit ça en regardant discrètement la saleté que les pattes ont laissée sur le vêtement. On pense au coût du pressing. Mais on insiste : *c'est rien*. Un vieil homme poussait la dame pour mieux observer le chien. Tu voulais remettre le pli. Et fuir. Le taxi t'éloignerait de ces souvenirs instables comme une réaction chimique de triglycéride sans glace. Le couple se regardait. Elle, s'interrogeait. Lui, tentait de passer un message dans une langue que tu ne connaissais pas. Il insistait en appelant son chien de coups de paume sur la cuisse mais l'animal refusait de te quitter.

Le vieil homme a pris ta main. T'a accompagné dans le salon sombre. Celui où personne ne va. Il t'a montré où t'asseoir pendant qu'il fouillait le tiroir. C'était long. Tu regardais le chien. Il attendait de toi un simple geste pour jouer, se coucher, faire le beau. Toi, tu craignais qu'à le regarder, il se remette à grogner comme la dernière fois. Valentine obstruait de sa carrure le rectangle de lumière qui séparait le salon de la cuisine :

— Bon : laisse-moi faire !

Pour tromper la gêne, tu portais ton attention sur les objets qui t'entouraient. Tu m'imaginais mal vivre ici. Parmi les assiettes décoratives en porcelaine de Desvres. Tu as raison : je préférais les livres, une paillasse et une raison de vivre.

— C'est ça que tu cherches ?

Robert faisait péniblement demi-tour. Sa main tremblante te tendait une enveloppe sur laquelle tu pouvais lire : *A remettre à Lucie quand elle viendra.*

Ma façon de te donner des nouvelles te bouleversait. Toi, tu croyais que sans le courrier d'Antoine, tu ne viendrais jamais ici ? Moi, je misais sur la pertinence de ses travaux ET je savais que tu vaincrais la maladie !

A voir la tête de ma mère, tu comprenais qu'elle souhaitait que tu la lises maintenant. Mais le tintement de tes ongles sur le papier ne lui laissait guère d'espoir. Tu préférais attendre. Recouvrer l'intimité dont tu as été privée.

Il demeurait un sujet…

— Je voulais vous dire… Je suis sincèrement désolée pour ce qui s'est passé. J'ignorais. Je n'ai d'ailleurs toujours pas compris le geste de Marc.

Prononcer mon prénom provoquait l'indécence à ce qu'une inconnue puisse m'être familière… Il y avait une photo de moi sur le buffet. Et une de mon frère. Par son calme et son froid, la pièce était une chapelle. Le buffet, son autel. Et un même silence.

— J'ai quelque chose à vous dire…

Tu as fait taire la comtoise, le frigo et la soupière sur le feu. Le dire restait une option conditionnée par leur accueil. Tu protégeais d'abord ta vie. Toi qui faillis la perdre. Et ta renaissance faisait table rase du passé avec une force dont seuls les miraculés sont capables. Que ce fut compliqué pour eux, tu l'admettais. Comprenaient-ils que ça l'était pour toi ? Que tu étais blessée ? Que tu avais droit à la compassion ? Il n'en était plus question maintenant qu'ils étaient muets devant toi.

Avaler des dizaines de cachets n'a pas suffi. Il en manquait un. Proscrit par un CHU qui n'autorisait que ceux qu'il prescrivait. L'analyse sanguine l'a vite révélé. C'est étrange de repenser à l'odeur aseptisée, à la ventilation du matériel médical et au stress d'être pris en flagrant délit. Ton corps malade, ton esprit sain…

— Je suis enceinte.

Ces mots lâchés, ils te jugeraient. Damnation ou don du ciel ? Savaient-ils au moins que la médecine te l'interdisait ? Que l'amour de ta vie a disparu le jour où tu renaissais ? Et les premiers instants de la grossesse qui te punissait : que faire de cet enfant ? De Boves était clair : le greffon prenait bien. Aucune contrindication. Il devenait même attentif. Te prescrivait les traitements et les examens les moins nocifs pour le fœtus. Parrain d'un orphelin et premier chirurgien à transplanter une femme enceinte.

A présent, tu craignais le silence pour l'effusion qu'il noie. Le fauteuil crissait sur le carrelage : Robert s'en extrayait. La lenteur de ses gestes tuait sa spontanéité. Près de toi, il s'est agenouillé dans le vacarme de ses articulations. Et il t'a enlacée. Tu souriais mais tu étais gênée. Valentine a tourné le dos à la vérité. Sois indulgente : elle a perdu ses deux fils, sa petite-fille, la ferme et la moitié d'un mari. Une dure comptabilité.

Il a grogné. Pas le chien. Robert. Robert a grogné. Il s'énervait. Plus fort. Valentine est intervenue.

— Quoi ? Tu veux te relever ? Pourquoi te mettre dans des positions pareilles…

L'aider à se relever vous rapprochait. Ce fut de courte durée. Le taxi klaxonnait. Il te délivrait. Voyant la lettre encore cachetée, ma mère tirait sa dernière cartouche :

— Marc a adressé au notaire ses volontés testamentaires. Sa maison du Danemark pour sa fille. Pour un gars du village qu'il connaissait à peine, une somme faramineuse. Mais le matin même, il a retiré beaucoup d'argent et personne ne sait ce qu'il en a fait.

— Jonathan Lucet a trouvé 5000 euros dans sa boîte à lettres et un mot qui expliquait que les erreurs de Castejo n'empêcheraient pas son fiston d'aller dans son école spécialisée en Belgique. C'est Jennifer Maupin qui me l'a dit quand elle m'a annoncé la mort de Marc. Je venais de sortir de réanimation.

Valentine savait la somme exacte retirée. Le notaire le lui avait dit. Elle vérifiait, c'est tout. Tout comme elle savait pour ton hospitalisation. C'est moi qui le lui avais dit pendant que Robert faisait la sieste. Valentine n'avait pas ta sincérité. Elle préférait se taire. Mon père voulait comprendre :

— Monsieur Vanbrughe, je suis sorti ce matin de l'hôpital. J'y ai subi une greffe cardiaque.

Robert regardait ta poitrine. Le taxi klaxonnait.

— Je dois partir.

Tu les as laissés. Tétanisés de chagrin. Rincés par l'injustice d'avoir à survivre à leurs enfants…

Dans la voiture qui t'éloignait, ton ongle suivait les crevasses que la bille avait sculptées sur l'enveloppe. Elle t'emmenait vers moi. Une dernière fois.

Mon amour,

J'ose le plus beau des paris que je gagne puisque tu lis ces mots.
La vie offre d'une main ce qu'elle reprend de l'autre. Elle peut bien me maudire, elle n'occultera pas mes plus beaux souvenirs. C'est à toi que je les dois.

Personne ne vit avec les absents. Je l'ai appris trop tôt. Ne perds pas ton temps : joue du violoncelle, ris aux éclats, chante à tue-tête. Jouis même si je ne suis plus là. Montre-lui qu'elle a tort !

J'ai une dernière volonté. Disperse mes cendres à l'endroit où nous faisions l'amour. Tu sais, à la pointe de St Quentin, sur le sable four. Disperse-moi au vent iodé, parmi les oyats et les coquillages cassés. Il n'y a pas de meilleur endroit pour survivre à l'éternité.

Je te lègue ce que j'ai de plus cher : mon cœur et ma moto.

Je t'aime, mon amour. Je t'aime pour toujours.

Au procès en trahison, tu m'as jugé coupable. De désertion. Maintenant, tu avais cette lettre. Des mots aux contours flous. Aux liaisons fragiles. Des informations à ta désillusion.

— Monsieur ; on peut prendre par la vallée ?

— C'est plus long.

— C'est pas grave…

Tu avais tout ton temps. Tu sortais la tête de l'habitacle. Tes lunettes te protégeaient. Toi qui étais farouche à y monter, tu aurais tout donné pour être sur la Bonnie et sentir mon corps contre le tien…

Tu portais cette chemise que j'ai dû oublier chez toi. Tu étais nue dessous. Mais tu la boutonnais jusqu'en haut. Pour cacher la cicatrice. Cette douleur qui se voyait. Dans ma lettre, tu as lu qu'il fallait jouer du violoncelle. Les autres viendront. Le dernier sera plus compliqué. La mauvaise pronation écorchait cette étude de Sibélius que j'aimais tant. L'ouverture du coude déchirait les muscles thoraciques ! Ton corps refusait l'instrument. Moi qui y voyais un acte d'amour. Ne pas insister. L'Elégie de Fauré ? Tu n'y arriveras pas… Ma liste était courte mais difficile.

Tu composais un numéro en t'approchant de la fenêtre. Le beffroi était ardoise et pierre. Le ciel et la plage au Crotoy. Il y avait même le soleil dans l'éclat doré de l'horloge.

— Jonathan, c'est Lucie.

— Comin qu'elle vo, èm 'tiote Lucie ?

— Ça va. Je suis sortie ce matin. Je ne te dérange pas ?

— Bah, tu sais, depuis qu'avec Jennifer, on est licenciés, on a tout le temps…

— Jenni m'a dit que tu étais là le jour où Marc s'est suicidé.

Hésitation.

— J'étais à l'usine avec les autres grévistes quand j'ai reçu l'appel des SP me demandant d'aller sur une tentative de suicide.

— J'ai besoin que tu m'en parles ?

C'était il y a longtemps. Ou hier.

— Y'a pas grand-chose à dire. Malheureusement.

— Je suis allé voir ses parents cet après-midi. Tu t'y connais en chien ?

— Pourquoi ?

— La première fois que j'ai vu le chien de Marc, il grognait. Aujourd'hui, il ne me lâchait pas d'une semelle ! C'est étrange. Rien que d'en parler, j'ai des frissons. Tu en penses quoi ?

— Ben, qu'est-ce tu veux j'te dise ? Peut-être qu'il t'a reconnu ?

Silence.

— Tu étais le premier sur place ; tu n'as rien remarqué de particulier ? Une lettre qui expliquerait son geste ?

— Ecoute, je m'arrangeais pour ne pas gêner. J'ai pratiquement rien vu.

— Depuis ma visite chez eux, j'ai un drôle de pressentiment Jonathan. J'ai besoin de savoir.

Il y a eu un soupir.

— Ok… Quand je suis arrivé, Marc était vivant.

Tu mordais le gras de ton index pour taire ton émotion.

— En sortant de voiture, j'ai vu la porte du grand-père ouverte. Marc y était. Il a crié : *Qu'est-ce que tu fous-là ?*

Dégage ! Je comprenais rien. Je me suis avancé vers lui. Il a sorti une arme de poing. Il m'a répété de dégager. Mais il y avait le chien qui n'arrêtait pas de gueuler. Je lui ai dit de pas faire le con. Que les pompiers allaient arriver. Mais les premiers, c'était les gendarmes. Dès qu'ils ont vu qu'il était armé, ils m'ont dit de me mettre à l'abri. Que c'était dangereux. Je savais pas comment l'aider. Je t'assure, Lucie ! Je savais juste qu'il allait se passer quelque chose de grave. Suffisait de voir sa tête rasée.

Des images inondaient tes yeux.

— Les flics ont attendu les renforts, planqués derrière la maison. Et puis, quand les pompiers sont arrivés, les flics leurs ont dit de se planquer. C'est là qu'il y a eu un coup de feu. Un gendarme retenait sa mère. Et l'autre s'est approché de la fenêtre. Il a crié que c'était fini !

Taire tes pleurs. Que John aille au bout de son récit.

— Marc avait recouvert les murs, le plafond, le sol d'une bâche transparente, tu sais, comme quand on fait de la peinture. Je pense que c'était pour protéger. Il a cru qu'un vieux Luger allemand de 39-45 était comme un fusil à canon scié. Mais ça fait juste un trou. Propre.

Le gras du doigt n'a pas suffi.

— Quel con ! Je m'excuse.

— C'est rien. Continue. S'il te plaît.

— Il avait une pochette transparente avec une corde bleue autour du cou. Tu sais, la corde à ballots. Dedans, il y avait son passeport…

— Pourquoi ?

— Les flics aussi se sont demandés pourquoi. Ils ont appelé le procureur pour savoir s'ils pouvaient quand même conclure au suicide. Heureusement qu'ils étaient présents au moment du coup de feu sinon il n'y aurait pas eu don d'organe.

— Qu'est-ce que tu viens de dire ?

John était bivalve ; à la moindre alerte, il se refermait.

— Jonathan, tu viens de dire : *Sinon, il n'y aurait pas eu don d'organe.*

— Quand les pompiers sont entrés, ils ont tout de suite vu le mot bien en évidence dans la pochette : *Je m'appelle Marc Vanbrughe, je mesure 1m70, je pèse 62 kg. Mon groupe sanguin est B, Rhésus +. Les raisons qui m'ont poussé à me donner la mort sont personnelles. Je fais don de mes organes. Vous authentifierez la signature de ma lettre manuscrite avec celle du présent passeport. Je vous en prie : ne perdez pas une minute !* Il était allongé sur le sol. Sur un sol dur, comme s'il savait pour le massage cardiaque.

— Comme s'il savait quoi ?

— Qu'il faut être sur un sol dur pour faire un massage cardiaque.

— Marc était vivant ?

— Non, Lucie. Marc était mort. Pour le don d'organe, il faut maintenir les fonctions vitales. La circulation du sang, la respiration. Quand le médecin du SAMU est arrivé, il a été surpris par la préparation.

Tu voulais vomir.

— Quelle préparation ?

— Mais tout ! Le suicide. Le torse rasé. La bétanine. Et même la carte de donneur de sang dans la pochette transparente !

— Mais… Jennifer m'a dit que Marc s'était suicidé à cause de l'article dans le journal.

— C'est moi qui lui ai dit ça. Pour qu'elle arrête de me poser des questions ! Après, les flics sont repartis. Il restait les pompiers, le SAMU. Ils ont posé les appareils de maintien en vie artificielle. C'est là que j'ai réalisé que le type allongé, c'était mon poto. Une pompière psychologue s'occupait de ses parents. Moi, j'en étais incapable.

Tu t'es réfugié dans un coin de ton studio. Toute petite. Toute recroquevillée.

— T'es là ?

— Oui, oui… J'écoute…

— Dans la pochette transparente, il y avait aussi des lunettes.

— Une paire de lunettes ?

— Oui, tu sais, pour jardiner, passer la débrousailleuse ou le karcher.

— Ou pour peindre ?

— Aussi. Et une lettre pour expliquer que ces lunettes devaient suivre son cœur.

— Quoi ?

— Ben… Je sais pas.

— Ils ont fait quoi après ?

— Ils sont restés longtemps. Le temps nécessaire pour stabiliser les fonctions vitales.

— Tu as vu ces lunettes ?

— Oui. Le flic m'a fait lire la lettre. Il savait que je connaissais Marc. Peut-être que je comprendrais.

— Elle disait quoi, cette lettre ?

— Elle disait qu'il ne demandait qu'une chose. Que ces lunettes accompagnent son cœur, là où il ira. Que c'était une superstition. Qu'il fallait le faire. Que ça ne coûtait rien. Que sinon, ça ne marcherait pas.

— Mais Marc n'est pas superstitieux.

— Je crois pas non plus.

— Et ils l'ont fait ?

— Quand ils ont emporté le corps, le toubib a récupéré la pochette avec les lunettes. Il l'a accrochée à la perfusion. Après, je ne sais pas.

— Tu pourrais me décrire la paire de lunettes ?

— Tu sais, c'est des lunettes comme il y en a partout.

— Petites ? Grandes ?

— Moyennes mais qui protègent bien les yeux sur les côtés.

Tu sortais les tiennes de ton sac.

— Enveloppantes ?

— Oui, c'est ça !

— Et rien de particulier ?

— Non.

— Neuves ?

— Non : il y avait de la peinture dessus.

— T'es sûr ?

— Ah ouais. Sûr et certain !

— De la peinture comment ?

— Blanche !

— Et partout sur les lunettes ?

John n'en pouvait plus. Ces questions, ce rythme.

— Non : d'un côté seulement.

Abasourdie.

— Quel côté ?

— J'en sais rien !

— Et la peinture blanche ; des petits points, une grosse trainée ?

— Ça, je sais : des petits points comme quand il reste de la peinture sur le pinceau et que tu le secoues. Ça me revient : quand tu tiens les lunettes face à toi, c'est côté gauche. A droite quand tu les mets. Tu pleures ?

— Ça va. Merci Jonathan. Embrasse Jenni et les enfants.

— Tu sais que Marc nous verse 5000 € tous les trimestres pour que Ryan aille à l'école en Belgique ?

— Oui, je sais. Jenni me l'a dit. Ça va ? Ça se passe bien ?

— Ça a l'air ! Ch'gamin, il est content en tous cas.

— Faut que je me repose un peu. Je t'embrasse.

— Bien sûr. Adé !

Tu lui en voulais. Pour non-assistance. Ou parce qu'il était le dernier à m'avoir vu vivant.

Tu te sentais mal. Ton cœur et toi, faisiez deux. Les émotions. Les efforts physiques.

Magalie finissait son service.

— Lucie ? Quelle surprise !

— Magalie, vous étiez l'infirmière coordinatrice pour ma transplantation ?

— Oui.

— Si un objet avait suivi le greffon, qui pouvait le voir ?

— L'équipe de prélèvement. Et celle de transplantation. Mais aucun objet ne suit les greffons, Lucie. C'est interdit.

— Si c'est à la demande du donneur.

Elle a ri.

— Je vous arrête tout de suite, Lucie. Quand la personne décède, l'agence de biomédecine lui attribue un numéro. Personne ne saura jamais qui est le donneur. Vous vous interrogez, c'est normal. Il faut faire des projets maintenant. Profiter de cette seconde chance.

Ton état de santé régressait d'heure en heure. Le sentiment que le cœur battait à l'envers. Il y avait urgence à endiguer le mal.

— Lucie ! Ne me dites pas que nous vous manquons déjà !

— Peut-être… Professeur, lors de ma transplantation, avez-vous remarqué une paire de lunettes comme celle-ci ?

— Oui. Vous êtes descendue au bloc avec.

— Vous êtes sûr ?

— Oui. J'ai demandé à ce qu'on vous les mette de côté. Il y a des milliards d'agents pathogènes sur un objet comme celui-là. Ce n'est pas prudent de garder ça en salle d'opération.

— Vous en avez fait quoi ?

— J'ai demandé à un infirmier de vous les remonter plus tard.

— Oui, elles étaient sur ma table de chevet quand j'ai réintégré ma chambre au service de cardio.

Il se pinçait les lèvres. Cette discussion ne menait à rien.

— Comment vous sentez-vous ?

— Etes-vous sûr que je sois descendue avec ?

— Je ne comprends pas.

— Est-ce que ces lunettes ont pu arriver avec le greffon ?

Il a ri. Exagérément. Puis s'est tu :

— Non.

— Vous en êtes sûr à 100% ?

— Lucie ! Ce sont VOS lunettes. Je les ai vues cinquante fois dans votre chambre et même sur votre nez. Pourquoi voulez-vous qu'elles soient venues avec le greffon ? C'est impossible !

— Impossible ? Mais si le donneur l'a clairement demandé ?

— Bonjour. Je suis le donneur. J'ai une paire de lunettes exactement comme la vôtre et je veux qu'elles suivent mon greffon…

La fraction de seconde suivante, comme les sapeurs-pompiers le long de la voie de chemin de fer, il récoltait les lambeaux de son empressement. Personne n'avait jamais franchi les remparts édifiés par l'agence de biomédecine. Et si par malheur, il fallait que ça se produise, il ne voulait surtout pas que ce soit dans son service. Il s'est levé pour fermer la porte puis est revenu s'asseoir. Il roulait la langue sur l'émail.

— Vous espérez quoi ?

— Une réponse.

— A quoi ?

— Cet objet a-t-il pu, oui ou non, arriver au bloc avec le greffon ?

— Vous voulez dire avec la glacière ?

— Oui.

— Oui.

— Vous vous en souvenez ?

— Non.

Qui étais-je ? L'ami de trente ans dont il redoutait le retour ou le premier à démontrer que l'inviolabilité de l'anonymat a ses failles. Je n'étais soudain plus le lâche qui t'abandonnait sans l'ombre d'une explication mais un stratagème muni d'une colonne vertébrale.

Il voulait désamorcer la bombe. Sans alerter les artificiers. Et pour ça, il devait accéder à ta demande. Par précaution, il parlait moins fort :

— Vous voulez que j'appelle le médecin préleveur ?

C'était contre toutes les règles. Il s'en voulait. Terriblement. Bien sûr, tu fis oui de la tête.

— Ça vous servira à quoi ?

— A accepter.

Pourquoi sa légendaire supériorité ne t'avait-elle pas dissuadée ? Roulage de langue. Il savait mieux que quiconque que le travail d'une transplantation ne s'arrête pas au dernier nœud quand il faut recoudre. Depuis un téléphone privé, il composait un numéro. Ça sonnait. Puis une messagerie prenait le relais.

— Personne. Désolé.

Pour cette fois, il s'en tirait bien.

— Professeur, je ne comprends pas grand-chose à la compatibilité des groupes sanguins.

Changer de sujet : quelle aubaine !

— Parce que c'est notre domaine, ma petite Lucie. Vous êtes de quel groupe déjà ?

— AB.

— Ah oui, c'est vrai. Le groupe des chanceux ! Pour vous, tous les groupes…

Le professeur parlait trop vite. Il était révolu le temps où la petite Lucie était réduite à son diagnostic. Tu retrouvais la pertinence, l'intelligence. Tu jouais encore un peu :

— Il ne faut pas nécessairement le sien ?

Tu étais plus forte que lui. Son téléphone vibrait :

— De Boves… – (…) – Ah, Gilles. Comment tu vas ? – (…) – A Lacanau ? Et tu as beau temps ? – (…) – Trop chaud ? Gilles, excuse-moi de te déranger mais il y a deux mois environ, tu as prélevé un cœur pour moi. Te souviens-tu ? – (…) – Ah bon ? Le donneur ? – (…) – Ah… Et il y avait une demande spéciale de la part du donneur ou de sa famille ?

Il te regardait par intermittence. Taisait les informations fournies.

— Non : tu ne m'en as pas parlé. C'est ce que tu as fait ?

Il continuait.

— Merci. Embrasse Juliette pour moi.

Raccrocher le confrontait à toi.

— Vous me demandez si votre paire de lunettes étaient au bloc. Je vous réponds : oui. Vous me demandez si elle a pu venir avec le greffon. Je vous réponds : oui. Maintenant, ne me demandez rien d'autre.

— Vous savez qui est le donneur.

— Je vais vous dire ce que je pense : vous allez mettre en péril le succès de la transplantation. Le facteur psychologique est déterminant. Vous devez consulter un psychologue. J'en connais de bons en ville.

— La journée a été éprouvante, Professeur. Ne vous inquiétez pas ; je saurai être à la hauteur du cadeau qui m'a été fait.

Sur le bois de ton parquet, tu t'allongeais. Le dos plaqué au sol. Ainsi fallait-il être pour se faire prodiguer un massage cardiaque… Une main sur mon cœur et l'autre, sur ton ventre de limande. Sous elles, tes projets. Tu n'étais pas triste. Tu fredonnais la chanson de *Korgis* :

Change your heart
Look around you…

Tu serrais l'instrument entre tes cuisses. Avec fermeté. Et tu l'as joué. Tendu. Soyeux. Tu sais, les lunettes… Tu peux les retirer…

– FIN –

Epilogue

Hier soir, je suis passé à l'hôpital. La mort t'enchaînait à cette machine qui pulsait ton sang. Je t'ai observée dormir. Une petite voix m'a dit de partir maintenant. Qu'il était temps. J'ai vérifié une dernière fois notre groupe sanguin, notre rhésus. Tu avais pris un peu de poids et j'en avais perdu. Jamais nous n'avions été autant compatibles. J'ai subtilisé tes lunettes en espérant qu'elles te reviennent bientôt.

Dans la cuisine, maman monde des tomates. Sur la table, trois couverts attendent 11 heures 50.

— Robert, le facteur !

Le journal sera bientôt là. Il est l'ami qu'on n'attend plus et qui arrive au pire moment. La date leur rappellera-t-elle qu'aujourd'hui j'ai quarante ans ? Personne ne lit la date…

Je rôde autour d'elle mais je suis transparent. C'est curieux que ce soit toi, Papa, qui me regarde m'éloigner en t'interrogeant. Ou est-ce de me voir pieds nus dans la poussière que juillet offre enfin ? J'attache le chien. A travers lui, c'est Fleur que j'éloigne. Je gagne la bicoque de grand-père, ma première rencontre avec la mort. Ma conscience est obnubilée par l'échéance du sablier qui sera vide bientôt.

Mon téléphone pèse une tonne.

Toujours rien ? Envoyer.

Fx2b : *Non.*

Pas de donneur. Je poursuis mes ablutions. Des touffes entières de cheveux s'entassent dans un sac de papier. Je promène sur mon torse la tête du rasoir. Saigne un peu, ici et là. M'asperge d'ambre assainissant. Me distrais à deviner la trajectoire des coulures dans le reflet du miroir de barbier du grand-père. Ultime récréation.

Je ne supporte plus d'être utile à rien. L'idée de ce père de famille qui n'en finit pas de mourir sur la route des vacances me ravise : il a des enfants et moi… je n'en ai plus. J'ai tant perdu que je deviens une ombre qu'une mère ne voit plus. Une ombre n'a pas besoin de cœur. Je n'en ai pas besoin et toi, il t'en faut un. Tu sais, je l'ai longtemps essayé ; il va bien. Je te le laisse.

Je ne meurs pas. Je vis à travers toi. Je verrais avec tes yeux les traces d'argent que les engins agricoles griffent dans les chaumes d'or. J'inspirerai par tes narines l'odeur des moissons. Pour le reste, mon cœur battra mieux qu'un métronome tes pièces de violoncelle. Il endiablera le tempo jusqu'à ton épuisement. Parce que ton souffle me rappellera ton abandon quand l'extase approche. Alors je verrai le monde à ta façon. Il n'existe pour moi plus belle distraction.

Je rédige un dernier message :

Je t'aime, mon amour. Pour toujours. Envoyer.

Je mesure le vide à ces mots. Je le compare à celui que laissera l'organe extrait de mon thorax. Sans commune mesure. J'attends que tu me répondes *On a un cœur !* Que tu me fasses regretter cette coupe ridicule. J'espère encore, je crois. Pas le sablier…

Je vois mon père à sa fenêtre. Il m'observe. Tiens, il fait beau aujourd'hui. Les pigeons se rassemblent sur les toits. Les dés sont jetés, Papa : le Samu et la gendarmerie ne vont pas tarder à arriver. Je suis serein. Comme ce chalutier qui voit l'épais brouillard se lever soudain.

J'ai un peu froid. L'ordre d'arrivée dans la cour sera un peu perturbé mais rien de grave. Je me souviens du métal froid, de la déflagration qui fait s'envoler les pigeons en flotte serrée et cette brûlure intense.

Au fond, ce qui est important n'est pas de dire qu'on peut mourir par amour. Non : ce qui est important, c'est suivre son instinct à le faire un jour. Par amour.

Testament

Je, soussigné Marc Benoît Robert Vanbrughe né le 13 juillet 1975 à Abbeville dans la Somme, sain de corps et d'esprit, atteste que ceci est mon testament.
A propos des points 1 et 2, la seule justice française est compétente.
Je lègue à ma fille Fleur :
1- ma maison sise Hauchsvej, 14 – Frederiksberg, Hovedstaden.
Elle en jouira à sa majorité, le 14 avril 2030, après validation par Maître Jacques Bricheux, mon notaire, ou son successeur, des attestations de présence au lycée Prins Henrik de Frederiksberg de septembre 2015 jusqu'à son examen final du baccalauréat. D'ici là, le bénéfice de la location de ma maison aux conditions normales du marché sera intégralement versé au Faggruppen Akademiske Socialradgivere, section Accueil des réfugiés au Danemark.
2 - la totalité des titres du compte H/VPC 678-BE-34.257 bloqué jusqu'à sa majorité et soumis à la condition que Fleur passe au moins sept jours consécutifs par an jusqu'à sa majorité chez ses grands-parents Robert et Valentine Vanbrughe. Le déblocage des fonds n'est effectif qu'après validation par Maître Bricheux -ou successeur- de la feuille d'émargement à remplir à son étude.
Cependant, Fleur disposera des sommes mensuelles suivantes prélevées sur les dividendes dudit compte :

Jusqu'à ses dix ans ; 1000 DKK d'argent de poche et 7500 DKK de pension alimentaire
Jusqu'à ses 16 ans ; 2000 DKK et 7500 DKK de pension alimentaire.
Jusqu'à ses 18 ans ; 3000 DKK et 7500 DKK de pension alimentaire.
Je lègue à mon ami d'enfance Jonathan Lucet une rente à vie de 5000 € trimestriels décalquée des dividendes du compte H/ GAH 076-BE-98.098
Je lègue à Monsieur Geoffroy Fournier la somme de 450 000 euros au préjudice de son invalidité.
Je lègue à Monsieur Daniel Dubowsky la somme de 200 000 euros avec l'obligation de présenter à Maître Bricheux dans un délai maximum de douze mois l'acte d'un achat immobilier ainsi que la somme de 30 000 euros pour l'achat d'un véhicule.
A l'issue de la succession, le restant, hormis ma moto Triumph Bonneville de 1967, sera versé à France ADOT.

Mes cendres demeureront chez mes parents jusqu'à ce qu'une personne que j'aurai mandatée se présente à eux.

Rédigé le 13 juillet 2015,

Marc Vanbrughe

Quelques chiffres * :

- ✓ 21000 patients espèrent chaque année recevoir un organe.
- ✓ Moins d'un tiers seront réellement greffés.
- ✓ Plus de 500 décèdent avant d'être appelés.

Engagez-vous, demandez votre carte !

www.france-adot.org

** Source ADOT*

Mes remerciements à :

- *Ma famille ; écrire exige quelques sacrifices.*
- *Maragnès, pour sa patience.*
- *François Granet, pour sa clairvoyance.*
- *François Mortier, pour son aimable assistance.*
- *Henri Lavallard Boget, pour mon portrait.*
- *Anne Bensoussan, pour son amicale retouche photographique.*

***Et tous les lecteurs qui me font confiance depuis* "La bonne longueur de l'élastique".**

Toute l'actualité sur

www.emmanuelransonromancier.siteW.fr

N'oubliez pas d'interagir :

sur les réseaux sociaux /EmmanuelRanson

ou directement à emmanuel.ranson@gmail.com

CET OUVRAGE A ETE
IMPRIME EN FRANCE
PAR L'IMPRIMERIE JOUVE
A MAYENNE EN FEVRIER 2017.

Dépôt légal : février 2017